西南联大文库

西南联大的文学教育与文学创作

梅潇尹 著

中国社会科学出版社

图书在版编目(CIP)数据

西南联大的文学教育与文学创作 / 梅潇尹著. — 北京：中国社会科学出版社，2024.8

ISBN 978-7-5227-3412-5

Ⅰ.①西… Ⅱ.①梅… Ⅲ.①中国文学—现代文学—文学研究 Ⅳ.①I206.6

中国国家版本馆 CIP 数据核字(2024)第 073751 号

出 版 人　赵剑英
责任编辑　慈明亮
责任校对　杨　林
责任印制　戴　宽

出　　版　中国社会科学出版社
社　　址　北京鼓楼西大街甲 158 号
邮　　编　100720
网　　址　http：//www.csspw.cn
发 行 部　010-84083685
门 市 部　010-84029450
经　　销　新华书店及其他书店

印　　刷　北京明恒达印务有限公司
装　　订　廊坊市广阳区广增装订厂
版　　次　2024 年 8 月第 1 版
印　　次　2024 年 8 月第 1 次印刷

开　　本　710×1000　1/16
印　　张　12.5
插　　页　2
字　　数　214 千字
定　　价　69.00 元

凡购买中国社会科学出版社图书，如有质量问题请与本社营销中心联系调换
电话：010-84083683

序

罗 岗

1944年10月，王瑶在给友人赵俪生的信中写道："闻一多先生近来甚为热情，对国事颇多进步主张，因之甚为当局及联大同仁所忌，但闻先生老当益壮，视教授如敝履，故亦行之若素也……现闻先生为援助贫病作家，纪念鲁迅，文协，及青年人主办之刊物等，皆帮忙不少，态度之诚挚，为弟十年来所仅见。"（陈平原、袁一丹：《王瑶画传》）假如按照汪曾祺的说法，闻一多不只是"近来甚为热情"，而是抗战爆发之后，就表现出了他的热情坚毅："闻先生性格强烈坚毅。日寇南侵，清华、北大、南开合成临时大学，在长沙少驻，后改为西南联合大学，将往云南。一部分师生组成步行团，闻先生参加步行，万里长征，他把胡子留了起来，声言：抗战不胜，誓不剃须。"（汪曾祺：《闻一多先生上课》）联大到了蒙自之后，闻一多整天把自己关在图书馆里，因为图书馆在楼上，他总不下楼，有一位教授戏赠闻一多一个斋主的名称："何妨一下楼主人"。一般认为，闻一多躲在小楼成一统，是两耳不闻窗外事，一心一意做学问。其实不然，他之所以不下楼，固然有专心治学的一面，但也因为在全面抗战初期，面对日寇的猛烈进攻，不少联大教授对战争的前景悲观失望，甚至认为"中国必亡"，闻一多看不惯这些教授对时局的言论，所以不愿下楼和他们交谈，反而更愿意和青年学生往来。王瑶、汪曾祺还有历史系的何炳棣等作为学生辈，在后来回忆闻一多的文章中写下了颇多令人印象深刻的逸闻趣事，就是由于当年师生交往密切的缘故。

更重要的是，闻一多在与青年学生交往中，即使彼此观点立场有差异，也不必互相遮掩，可以畅快交流。据汪曾祺回忆，当时他对政治基本不闻不问，甚至对闻一多参与政治的做法还有些不以为然，觉得文人就应该专心从文。有一次，汪曾祺受一家小报之托，到闻一多先生家中约稿。闲聊之中，闻一多对汪曾祺颓废的精神状态十分不满，痛斥了他一顿。汪曾祺也不示弱，对闻一多参与政治的做法直截了当地提出了自己的意见。两人谁也没有说服对方。分手之后，汪曾祺还意犹未尽，提笔给闻一多写了一封短信，信里说闻一多对他“俯冲”了一通。闻一多很快给汪曾祺写了回信，说汪曾祺也对他“高射”了一通。当时日军飞机常常轰炸昆明，俯冲、高射一类的军事用语一般人也很熟悉。（汪朗：《汪曾祺与闻一多》）

闻一多和汪曾祺师生之间可以“俯冲”“高射”几个来回，不只是体现了他们观点立场的不同，而且还突显出老师对学生的欣赏与学生对老师的钦佩。这样一种令人神往的师生关系只能在日常的教学活动中逐渐形成。当然，我们今天也没有必要神话联大师生之间的关系。根据何炳棣的回忆，在迁到西南的最初两年里，联大教授们的经济状况仍然是相对优裕，住处也先选北门街（美国领事馆所在）、翠湖东路（英国总领事馆所在）这类考究的“边缘”地带。教授和学生在生活方式上还是有显著的不同。在后者心目中教授仍是高不可攀的。但是，从 1941 年和 1942 年起，持续的恶性通货膨胀，逐渐使一贯为民主自由奋斗的联大，变成了一个几乎没有“身份架子”、相当“平等”、同舟共济、互相关怀的高知社群。（何炳棣：《读史阅世六十年》）就此，王瑶信中所言“闻一多先生近来甚为热情”，“近来”即指“恶性通货膨胀”以来。尽管外部环境发生了变化，但联大课堂上师生之间的关系还是十分紧密。赵俪生曾经描绘过某个富有戏剧性的场景：冯友兰老师讲《中国哲学史》课，每讲到自认为淋漓尽兴的时候，总是向班上说：“密密密斯忒儿冯冯冯宝麟，你你有什么意见？”引得一教室的人既新奇又嫉妒，整个教室七八十人，你的眼睛就只瞧得上一个冯宝麟？我们只有“叨陪末座”？从中可以看出，冯契的脱颖而出，已经被老有城府的冯老先生觉察了。（赵俪生：《篱槿堂自述》）闻一多和汪曾祺的关系或许没有这么夸张。汪曾祺说，闻一多在联大中文系开了三门课：楚辞，古代神话和唐诗。这三门课，他都选了。这三门课各有特色，用今天的话来说，那就是名副其实的“金课”：“楚辞班人不多。闻先生点燃烟斗，我们能抽烟的也点着了烟（闻先生的课可以抽烟的），闻先生打开笔记，开讲：‘痛饮酒，熟读《离骚》，乃可以为名士。’”“闻先生教古代神话，非常‘叫座’。不单是中文系的、文学院的学生来听讲，连理学院、工学院的同学也来听。工学院在拓东路，文学院在大西门，听一堂课得穿过整整一座昆明城。闻先生讲课‘图文并茂’。他用整张的毛边纸墨画出伏羲、女娲的各种画像，用按钉钉在黑板上，口讲指画，有声有色，条理严密，文采斐然，高低抑扬，引人入胜。闻先生是一个好演员。伏羲女娲，本来是相当枯燥的课题，但听闻先生讲课让人感到一种美，思想的美，逻辑的美，才华的美。听这样的课，穿一座城，也值得。”“能够像闻先生那样讲唐诗的，并世无第二人。他也讲初唐四杰、大历十才子、《河岳英灵集》，但是讲得最多，也讲得最好的，是晚唐。他把晚唐诗和后期印象派的画联系起来。讲李贺，同时讲到印象派里的 pointillism（点画派），说点画看起来只是不同颜色的点，这些点似乎不相连属，但凝视之，则可感觉到点与点之间的内在联系。这样讲唐诗，必须本人既是诗人，也是画家，有谁能办到？”（汪曾祺：《闻一多先生上课》）汪曾祺是个大大咧咧的人，上课从来不记笔记，但颇有才气，同样“既是诗人，也是画家”，下笔也快，所以闻一多很欣赏他。有一次，汪曾祺替一个比他低一班的同学代写了一篇关于李贺诗作的读书报告，闻一多看过之后大加赞赏，评价说：“比汪曾祺写得还要好！”闻一多对这篇读书报告的评语，是当着汪曾祺的好朋友和同班同学朱德熙的面说的，因此汪曾祺很快就知道了。那位找汪曾祺代写的同学也知道了，还找到闻一多，说明了内情，闻一多却也没有追究，依旧算他唐诗课学习成绩及格，还给了八十多分。也许是闻一多觉得他找的这个“枪手”还够水平吧。（汪朗：《汪曾祺与闻一多》）

战乱时期的大学，容易出现各种状况，所以找人代写作业，似乎也见怪不怪。何炳棣在他的回忆录中也曾说过，1952 年夏天，他在哥伦比亚大学见到燕京大学的一位老同学，这位同学坚持要请他吃饭，原因是感谢何炳棣当年替他撰写了政治系硕士论文的序论部分。（何炳棣：《读史阅世六十年》）这类“趣事”进入历史之后容易成为“谈资”，当然不值得后人效仿。何炳棣在谈到联大学风时，更愿意在宏观上强调其对于五四时期北大“兼容并包”传统的继承与发扬。他认为联大的“兼容并包”具有新旧二义，旧义就是五四以降北大的“新旧兼容”。三校人才济济，以中国通史为例，前后即有四家，钱穆、雷海宗、吴晗、孙毓棠。四人见解俱有不同，而钱穆、雷海宗的观点及治学方法最为悬殊。根据《国立西南联合大学史料》（三）“教学科研卷”的记载，1938—1939 年钱穆的中国通史列为甲组，雷海宗的中国通史列为乙组；自 1939—1940 年起吴晗授甲组中国通史，雷海宗通史课还是乙组；1942—1943 年，吴晗、孙毓棠、雷海宗分别讲授甲、乙、丙三组中国通史。当时的理由是甲组较详于史实与制度，最适合人文社科学生的需要，乙组史实及制度略为简略，宏观视野及分析综合比较适合理工及不以历史为专业学人的需要。在何炳棣看来，钱穆的《国史大纲》果然是现代中国史学重要的收获，但雷海宗受斯宾格勒、汤因比文化形态史学影响而形成的“大历史观”同样意义深远。这就是“新旧兼容”所发挥的作用。至于“兼容并包”的“新义”，则是“中西并包”，这个新学风在联大历史系中表现得最为显著，可以溯源到 30 年代的清华，蒋廷黻主持清华历史系六年之中（1929—1935），坚信只有先体会西洋学史分析、综合、观点、理论的种种长处，国史研究和写作才有望能提升到世界先进水平。联大历史系国史及西洋史课程之丰富均衡，事实上可以认为是全面抗日战争前清华历史系课程设计的延续。（何炳棣：《读史阅世六十年》）“中西并包”其实也是闻一多神话研究和古诗研究的特色，按照学术史的评价，他的研究具有划时代的方法论意义，即“把神话研究提升到这样一个境界——对神话时代的人类生活进行还原的境界。考古学、民族学、语言学，从此成为中国神话研究的必要手段。”所以，闻一多的研究，也离不开“联大学风”的整体性氛围，而他那几门被学生们津津乐道的“金课”，同样离不开“联大课程”的体系性支撑。

梅潇尹的博士论文《西南联大的文学教育和文学创作》即将出版，她邀我为这本书写序，我重新翻阅她的书稿，随手记下了上面这些联大课堂内外的“轶事”与感想，希望对于更好地理解潇尹的研究工作有所助益。潇尹本科、硕士都均读于云南师范大学，工作也在云南师范大学，由于云南师大和西南联大的特殊联系，她研究联大应该具有得天独厚的优势，所以来华东师范大学攻读博士学位不久，我们就共同确定了以西南联大的文学教育作为博士论文题目。正像陈平原老师说得那样：“没有王瑶规划整理朱自清的《中国新文学研究纲要》，没有程千帆对原中央大学、金陵大学教授诗意人生的怀想，没有汪曾祺对沈从文教育方式的描述，没有余英时对钱穆和新亚书院的追忆，就没有今天多姿多彩的文学教育的历史记忆……我们凭借众多精彩的追忆文章以及讲课记录整理稿，在冥想中，重建那个已经消失在历史深处的课堂，以及课堂上的声音。并从这个地方开始，思考大学课堂的可能性，并借以重建中国现代教育及学术传统。”（陈平原：《演说之于现代中国——声音的政治、文化及美学》）潇尹的这本著作固然也使用了众多的回忆文章和讲课记录，描述了“作为教师的沈从文”，勾勒了“汪曾祺的创作起点”，渲染了“外文系的诗歌氛围”……不过，我认为更重要的是，她还利用了大量的史料，特别是对各类教学档案材料与记录的爬梳、整理和解读，整体上从通识课、写作课、专业课和课外活动四个方面，比较全面地考察西南联大文学的特殊性及其对中国新文学发展的推动作用，较为深刻地体现“新文学在大学里”的历史价值，对于今天急剧变化并不断寻找方向的大学文学教育依然具有重要的现实意义。

是为序！

2024 年 7 月 17 日　上海

前　　言

国立西南联合大学（以下简称“西南联大”或“联大”）是抗日战争期间设在云南昆明的一所综合性大学，它由北京大学、清华大学和南开大学联合组成。从 1938 年建校到 1946 年抗日战争胜利北返，八年时光，成就非凡。西南联大文学是 1940 年代特殊的文学形态，是文学教育与文学创作紧密结合的特殊成果。在校园中，教师的教学与个人创作密切相关，学生的学习与习作生产互为因果，高校的学术化视野促进了新文学理念的构建，使文学教育进一步成为直接影响其文学生产的决定性力量。

新文学自肇始即与大学结下不解之缘，北大作为中国新文学的发端之地完成了五四新文化运动的伟大使命，1920 年代新文学先驱们又在清华大学发出了“建设我们的新文学”的号召，1930 年代起，新文学课程终于开始在大学中“登堂入室”，尽管只是选修课程，但终究进入了现代高等教育的教学体系之中。抗日战争的爆发，对中国新文学产生了深刻的影响，1930 年代以来对立的诸如“雅俗”“古今”“中西”等一系列二元因素被悉数打破，高校、知识精英和青年学子被迫流徙，直面艰苦的生活甚至是残酷的生存考验。正是在战火中从中心向边地迁移的过程，让原本在象牙塔中攻读圣贤文章的知识精英真正认识到民众对国家的意义，接触到更加广泛真实的中国。民族生死存亡之际，这一次自上而下的流动，动摇了五四以来知识分子与民众关系的基本构图，民众的重要性得以充分显现，知识分子在融入民间的过程中也完成了自我意识的重构，在很多人身上，思想的左翼化倾向和他们的艺术探索同步发生。

结合上述背景再回到西南联大的内部来考察就会看到，西南联大几乎囊括了 1940 年代知识阶层变迁的全部样本，西南联大文学容纳了 1940 年代新文学的各种实践，将西南联大视为 1940 年代文学的实验场并进一步将其作为观察1940年代新文学教育与创作关系的典范非常恰当。

本书从西南联大文学教育的内部出发，从对史料的梳理和解读入手，从通识课、写作课、专业课和课外活动四个方面考察西南联大文学的特殊性及其对中国新文学发展的重要意义。第一章通过对“大一国文”的课程设置、教学安排、教材版本的考证与分析，从通识课程的角度分析西南联大“大一国文”课程对新文学知识建构的推动作用。第二章通过沈从文、汪曾祺及其他文学社团的学生创作，对国文系写作教学、小说创作实践及与报纸杂志的密切关系进行分析，考察西南联大丰富的文学创作在新文学拓展社会影响力的进程中所作出的贡献。第三章通过英美诗学教学、教师诗人的创作和学生诗人的实验，梳理了外文系教学与新诗现代化的相互关系。第四章通过内迁昆明途中的民歌采风和联大后期的朗诵诗创作，探索学生课外文学活动中所体现出的知识分子与民间关系的变化。

校园文学教育和校外社会环境是决定西南联大文学品格的双重因素。战争使象牙塔中的师生与民众合为一体，外部的战争流亡、社会的民众力量、校园中的课程教学和师生间的师承交流都成为影响校园文学创作的动力和原因。西南联大师生正是在学院学习中吸取思想精髓，在社会生活中体会真实人生，大学才情与当代敏感的结合，将文化传承和时代变迁整合进文学创作中，最终形成了西南联大文学严肃纯洁的精神品格和正大从容的浩然之气。

目　录

导　言

1937 年卢沟桥事变后，京津震动，高校迅速南迁。北京大学、清华大学和南开大学组成长沙临时大学，1937 年 11 月 1 日在长沙开学。随着战事的变化，武汉陷落，长沙危急，三校被迫再次迁往大后方的云南昆明，1938 年 4 月正式更名为国立西南联合大学。抗日战争结束后，1946 年 5 月 4 日西南联大结束历史使命，复员北返，各归各位。西南联大在昆明办学的八年时光成为中国高等教育史上一段具有特殊意义的历史时期。① 对中国现代文学史而言，西南联大文学是 1940 年代特殊的文学形态，作为战时中国最出色的高等学府，文学教育与文学创作的结合与互动，使西南联大成为从大学观察 1940 年代新文学状况的最佳范本。

对于 1940 年代文学的理解，不能离开战争的大背景。从地理上讲，以抗日战争全面爆发为界，之前中国现代文学的中心一直集中在以北京、上海为代表的发达城市。但是抗日战争的全面爆发，北京、上海、南京、武汉相继陷落，中国的社会、政治和文化版图发生了巨大的变化，形成了沦陷区、国统区和解放区三区并立的格局。随着对国统区文学研究的深入，越来越多的研究者认为，所谓“国统区”也不是铁板一块，在国统区内部，重庆、桂林、昆明这三个原本并不起眼的内陆城市或边疆地区，却因为战争而成为 1940 年代国统区文学的“新中心”。重庆作为战时陪都，在国统区具有核心地位，桂林被视为戏剧和出版的中心城市，昆明则

① 三校组成西南联大后，荟萃了一批著名的专家、学者和教授，师资充实，人才济济，他们在极其艰苦的条件下，坚持严谨的治学态度，打造优良的学术氛围，使西南联大成为当时中国规模最大的著名高等学府。西南联大在昆明办学的八年，毕业学生近 4000 人，大多学有所成，很多人成为举世闻名的专家学者。可以说，联大师生为中国的建设事业、高等教育的发展和世界学术研究，做出了巨大的贡献。抗日战争胜利后，西南联大于 1946 年解散，三校复员北返，分别在京津两地原址复校。

因为西南联大及其师生所流露的“昆明文人抗日战争现实性的民族立场，与学院派卓越的文化使命感之间的平衡”①，而成为国统区的战时文化中心。西南联大文学正是战时文化成就中极为重要的组成部分。

纵观西南联大的文学成果就能发现，它几乎容纳了1940年代新文学的各种实践，因此也吸引了诸多研究者的目光，关于西南联大作家作品的研究也取得了丰硕的成果，但是将西南联大视为一个教学单位，从文学教育和文学创作互动关系的角度考察其对中国新文学贡献的研究尚不多见，本书的研究正是在这个脉络上展开。

本书希望在1940年代的社会背景下，借助史料爬梳和文本解读，深入到西南联大内部，首先从通识课程中的新文学学习，探讨西南联大如何进行新文学的知识生产，并通过教材编写与教学活动，进一步在大学体制内确立新文学的合法性，使新文学作家和作品更深入人心，使新文学阅读和鉴赏具有更为广泛的受众基础。其次从国文系的写作课程入手，以沈从文、汪曾祺和学生社团文学创作为样本，观察大学写作教学如何指导学生的创作实践，并推动其溢出校园形成社会影响力的内在机制。再次以外文系的专业课程设置为对象，考察其在1940年代新诗发展历程中发挥的作用，特别是通过师生创作互动，完成中国现代主义诗人的代际更迭，真正开辟了现代主义诗歌理念百家争鸣，现代主义诗歌创作百花齐放的繁荣局面。最后通过课外文学创作活动的变化，把握由1940年代知识分子左翼化所引起的对民间价值的重新评估，以及他们在文学实践中所表现出的知识分子群体对民间社会的关注和对社会现实的担当。

一 研究综述

（一）大学与现代文学

尽管从1920年代起，学界就已经有很多关于新文学的评论和总结，甚至更早些时候就已经有被命名为“中国现代文学史”的思考和书写，但是这些论著大多还停留在同时代的文学评论层面，尚未拉开足够的历史距离，更没有脱离古代文学史的余脉②。1930年代以后，沈从文、朱自清等学者虽然已经在大学开设新文学课程，但系统性还非常缺乏，对新文学

① 吴福辉：《中国现代文学发展史》（插图本），北京大学出版社2010年版，第406页。

② 例如，胡适《五十年来中国之文学》、梁实秋《现代中国文学之浪漫趋势》、周作人《中国新文学的源流》及《中国新文学大系》中诸多名家撰写的分类《导言》等。

学科意义上的书写远未形成。直到1950年代以前，中国现代文学还未能成为一门独立的学科，因此王瑶的《中国新文学史稿》通常被看作是中国现代文学学科的奠基之作。

从新文学登上历史舞台开始，中国现代文学的研究范式不断变迁。胡适最早提出的“历史进化的文学观”被认为是“新文学”观念的理论基础，但同时也放逐了新旧文学之间的延续性。1950—1970年代的阶级论又将中国现代文学的研究核心集中于对“革命”成功的解释以及如何指导不断“革命”的文学发展进程。1985年“20世纪中国文学”的提出，使启蒙论、现代性成为现代文学研究中的关键词。但是总体而言，现代文学研究的范式主要还是以文学史和文学作品的解读为主，这样的研究形态相对僵化，没有能够找到新的方法和视角。出于对上述状况的反思，学者们开始寻求现代文学学科和研究领域的突破和拓展，正是在这种思路下，“文化研究”和“社会史视野”为中国现代文学研究提供了新的可能，报纸杂志、出版机构等逐渐成为研究现代文学的新角度①，大学与现代文学的关系也开始为学者们所注意。

大学这种起源于西方的教育模式，经过漫长的传播借鉴，成为世界高等教育最主流的方式。在中国，大学的发展同样受到研究者的关注。尤其是高等教育的政策、大学机构的变迁、高等教育的制度探讨等主题，成为诸多教育史家关注的焦点。例如金以林的《近代中国大学研究》②、加拿大学者许美德的《中国大学1895—1995：一个文化冲突的世纪》③就从大学的沿革、分布、学制、阶段性特点和时代变迁状况等方面对中国近代高等教育的发展脉络进行了梳理。梁柱的《蔡元培与北京大学》④、苏云峰的《从清华学堂到清华大学1911—1929：近代中国高等教育研究》⑤《从

① 相关论著如《报刊与中国文学的近代转型（1833—1911）》（张天星著，复旦大学出版社2015年版）、《晨报副刊与中国现代文学》（崔银河著，远方出版社2005年版）、《开明书店与五四新文化》（周佳荣著，香港中华书局2009年版）和《商务印书馆与中国近代文化》（史春风著，北京大学出版社2006年版）等。

② 金以林：《近代中国大学研究》，中央文献出版社2000年版。

③ ［加］许美德：《中国大学1895—1995：一个文化冲突的世纪》，许洁英主译，教育科学出版社2000年版。

④ 梁柱：《蔡元培与北京大学》，北京大学出版社1996年版。

⑤ 苏云峰：《从清华学堂到清华大学1911—1929》，生活·读书·新知三联书店2001年版。

清华学堂到清华大学：1928—1937》[①]、陈平原的《抗战烽火中的中国大学》[②] 分别从大学校史研究的角度，对北大、清华和西南联大的历史进行了研究。

大学这种教育形式传入中国只有短短一百多年的时间，但却恰逢中国社会文化最风云激变的一百多年，因此学界不可能忽视大学的建设发展与中国社会变动之间的复杂关系，相关研究也层出不穷。叶文心在政治运动和时局变更的大框架下完成了对民国时期大学校园文化的梳理和论证。[③] 刘超则以民国时期的清华大学作为研究对象，深入而细致地梳理了1928—1935 年清华大学的历史情境与发展脉络，对这一著名学府崛起背后“政”与“学”之间的博弈进行了精密解析。[④] 与此相关的研究还有《民国时期中央大学的学术与政治：1927—1949》[⑤] 《调适、规划与重建——抗战时期的中国教育近代化》[⑥] 等。

随着研究的深入，大学与文学的关系也成为文学研究中不可忽视的问题，尤其对于中国新文学而言，大学的意义更是非同一般。那些作为新文学运动开端的标志性事件很少与大学无关，作为新文学旗手的作家，也常常以师生的身份出入于大学校园之中。北京大学与新文学运动的密切关系就是其中的典型。

北京大学是五四运动的策源地和发祥地，北大师生在这场运动中确实起到了重要的领军作用和先锋作用，五四运动必定是北京大学历史上辉煌的篇章，因为它证明了大学能为民族兴衰贡献多么巨大的力量，能够激起怎样丰沛的思想浪潮，能够怎样澎湃地推动社会历史进程。当然，社会文化变迁与大学成长是相辅相成的，北京大学同样在五四时期经历了革命的洗礼，完成了从旧式学堂向新式大学的彻底转型，从此爱国、民主、科学、进步、思想自由、兼容并包逐步成为北大与新文学之间的关键词。在

① 苏云峰：《从清华学堂到清华大学：1928—1937》，生活·读书·新知三联书店 2001 年版。

② 陈平原：《抗战烽火中的中国大学》，北京大学出版社 2015 年版。

③ 叶文心：《民国时期大学校园文化：1919—1937》，中国人民大学出版社 2012 年版。

④ 刘超：《学府与政府：清华大学与国民政府的冲突及合作（1928—1935）》，天津人民出版社 2015 年版。

⑤ 蒋宝麟：《民国时期中央大学的学术与政治：1927—1949》，南京大学出版社 2016 年版。

⑥ 常云平、罗玲：《调适、规划与重建——抗战时期的中国教育近代化》，科学出版社 2017 年版。

一些研究者看来，北京大学之所以能够在新文化运动中占据如此重要的地位，是因为以蔡元培为首的北大精英集团和全校师生创造了“北大精神”，这种精神表现为“科学与民主的校格、健全奋斗的人格、开新向上的学格和个性自觉的群格”①。

此后陈平原在这个方面进行了很多深入的讨论。在他的研究中特别注意到新文学与新教育之间的密切关联，并将学术史和教育体制之间的相互关系纳入到研究视野中，他对北大的关注，从最早研究五四新文学，到逐渐靠近作为现代知识生产基地的大学制度，并将“文学史—学术史—教育史”作为三角制约关系放到中心位置。经过上述梳理，我们可以看到，大学与中国新文学的发展存在天然而密切的联系。

大学是知识生产和传播的重要场所，从某种意义上说，新文学生于大学校园之中，当然会受到大学校园之惠。除去孕育之功，大学对于新文学还有教育、推广之效。将集思想文化、文学教育、文学生产和文学传播于一体的大学作为重新理解现代文学的关键概念凸显出来进行深度剖析的方式，应当得到现代文学研究的足够重视。

（二）文学教育与文学生产

对大学与现代文学关系之研究，首推由钱理群主编的《二十世纪中国文学与大学文化》丛书。这套丛书由 7 个在 20 世纪大学发展中具有典型意义的样本组成：即“五四新文化运动时期的北京大学”“二十年代的东南大学”“二三十年代的清华大学”“抗战时期的西南联大”“抗战敌后根据地的延安鲁迅艺术学院”“七十年代末与八十年代的北京大学”以及“九十年代的北京、上海地区大学”。钱理群在丛书的序言中特别指出研究特定历史时期大学文化形态与文学发展关系所必然面临的难点，就是“要探讨特定时期的集中在大学空间里的时代精英知识分子的学术思想、文化追求、精神风貌等对文学发展的影响与作用，其中既包括了对学院培养的作家的直接影响，也包括通过各种途径（特别是现代传播媒介）对社会文化、文学的间接影响，以及大学文学教育在文学发展中的特殊作用”②。

在钱理群及各位学者看来，现代大学教育与现代文学始终保持着密不

① 朱成甲：《北京大学与五四运动——兼论北大与教育救国、文化救国思潮的内在联系》，《北京大学学报》（哲学社会科学版）2000 年第 3 期。

② 姚丹：《西南联大历史情境中的文学活动》，广西师范大学出版社 2000 年版，第 2 页。

可分的联系，从功能而言，现代大学教育既要对既成的思想文化有所批判，又要致力于新思想和新文化的创造。由于肩负了积淀传承和创造发展的双重使命，“反秩序”与“建立秩序”两种内在动力同时在现代大学中发挥作用，而现代教育也正是在两者间的对立制约与转换互补中得到了发展。因此，在文学的变革与开创时期，大学必然成为对其产生至关重要影响的文化策源地，它为打破旧文化的束缚提供精神力量和武器，为新理念、新思维、新观念的创获提供充分的想象力和创造力。此后，当新的文学观念发展到一定阶段时，又必须通过进入教育体制尤其是大学这样的思想生产机构而转化为新的知识和学术资源，并进一步转化为历史、沉淀为传统，从而形成新的规范甚至话语范本。

21 世纪后，中国现代大学与中国现代文学之间的关系逐渐引发研究者的兴趣，例如：《民国时期的大学新文学课程研究》①《中国现代大学与中国现代文学》②《现代中国的文学、教育与都市想象》③ 等。上述研究都在较为开阔的理论背景中展开了对大学与现代文学关系的历史考察。此外，还有另外一批研究者从较为具体的大学入手，对文学建设的个案进行剖析，例如：《新文学与新教育——从京师大学堂到北京大学》④《清华校园文学论稿：1911—1949》⑤《学府内外——20 世纪二三十年代上海现代大学与中国新文学关系研究》⑥《女子高等教育与中国现代女性文学的发生——以北京女子高等师范为中心的考察》⑦《燕京大学与“五四”新文学》⑧ 等。

然而，新文学与大学的关系事实上并不仅仅是一种观念，更是透过教育形成的知识生产，以及文学知识指导下完成的文学创作。《危机时刻的

① 张传敏：《民国时期的大学新文学课程研究》，人民出版社 2010 年版。

② 王彬彬：《中国现代大学与中国现代文学》，上海人民出版社 2011 年版。

③ 陈平原：《现代中国的文学、教育与都市想像》，北京师范大学出版社 2011 年版。

④ 陈平原：《新文学与新教育——从京师大学堂到北京大学》，转引自《北大精神及其他》，上海文艺出版社 2000 年版。

⑤ 张玲霞：《清华校园文学论稿：1911—1949》，清华大学出版社 2002 年版。

⑥ 杨蓉蓉：《学府内外——20 世纪二三十年代上海现代大学与中国新文学关系研究》，光明日报出版社 2007 年版。

⑦ 王翠艳：《女子高等教育与中国现代女性文学的发生——以北京女子高等师范为中心》，文化艺术出版社 2007 年版。

⑧ 王翠艳：《燕京大学与“五四”新文学》，文化艺术出版社 2015 年版。

文化想象：文学·文学史·文学教育》[①] 和《北平的大学教育与文学生产：1928—1937》[②] 是在这一思路上具有突破意义的代表性研究。对于文学的理解不能仅仅停留在概念的探讨上，而应该将其放置于由理论研究、文学实践和文学教育三方面共同构建起来的“文学制度”之中，“考虑到所有的文学‘研究者’和文学‘写作者’首先而且必须是‘受教育者’，那么文学教育的作用就格外突出”[③]，在此基础上，大学教育内部的知识、课程、学科等一系列“教育”要素就对现代文学的确立产生了影响，并且“作为现代知识的‘文学’是如何被生产出来的”就成为大学文学教育必须回答的问题[④]。而季剑青的研究则是从大学与新文学的离合与互动来梳理新文学的脉络，是一个可资借鉴的视角。从方法上说，季剑青的成果大体上属于文学史的外部研究，但又借助 1930 年代活跃在北平各大学内外的学者、作家、大学生、文艺青年，将这些“人”作为外部研究和文学文本关联的桥梁，并透过他们的文学立场、活动策略、思想逻辑甚至是文化心态，再次形成对外部要素的观照。他通过对北大、清华、北平师大、中国大学等校园之中大学教育与文学生产的深入分析后发现，1930 年代大学教育与文学生产之间逐渐呈现出一种相对“分离”的状况：学院派与“新闻纸派”分离、知识精英与大众文化分离、学术专门化与文学市场化分离。

以上成果中较为集中的是对新文学前两个十年中现代大学与现代文学关系之考察，更多的是注重其“发生”意义，而且大多数研究都将时间的节点放置于 1937 年抗日战争全面爆发之前。这些对于文学教育与文学生产的第一次成熟时期的研究，既为本书对西南联大文学教育的研究准备了充分的基础，同时也使其具备了向新的时空维度延伸的可能。

（三）西南联大文学研究

西南联大被称为中国近现代教育史上的一个奇迹。因为它在中国经历民族存亡战争、物质条件最为艰难匮乏的八年中，在西南边陲的一个小城

---

① 罗岗：《危机时刻的文化想象：文学·文学史·文学教育》，江西教育出版社 2005 年版。

② 季剑青：《北平的大学教育与文学生产：1928—1937》，北京大学出版社 2011 年版。

③ 罗岗：《危机时刻的文化想象：文学·文学史·文学教育》，江西教育出版社 2005 年版，第 38 页。

④ 参见罗岗《危机时刻的文化想象：文学·文学史·文学教育》，江西教育出版社 2005 年版。

市里，却呈现出了大师云集、桃李芬芳的学术繁荣景象，因而备受关注。

关于西南联大的研究，目前学界公认最好也是筹划最早（1973年）的著作是美国弗吉尼亚大学历史系教授易社强（John Israel）。在1970年代他就开始试图将西南联大放置于战争的背景下对其进行全方位研究。其著作《战争与革命中的西南联大》（*Lianda: A Chinese University in War and Revolution*）1998年由斯坦福大学出版社出版，2012年在中国大陆正式出版。①

易著的开创之功在于它第一次将西南联大作为一个整体放置于战争与历史的时空之中，一大特色是史实与评述并重，在书中既有作者对西南联大部分史实的叙述，也有归纳多方面资料后做出的个人判断。在易著中便可看到，联大八年并非只有一张面孔、一个声音、一种态度和唯一化解读，真实的西南联大并非没有缺点、没有斗争。易著中还提到了很多理解西南联大的关键性问题，例如怎样理解西南联大的通才教育？这种教育方式对中国的高等教育具有怎样的意义？高等教育中的“个人主义”和“自由”怎样确保？知识精英和普罗大众是否真的可能融合无间？在易社强看来，西南联大既是中国自由式讲学的高峰时期，同时又显露了它急剧衰落的预兆，“它的成长历程表明，中国通才教育的蓬勃发展端赖于那个特定的历史环境……对20世纪的中国至关重要，别无他选。通才教育可能不是最适合中国国情的高等教育体制，但其他种种体制更加糟糕”②。易社强的研究很大程度上是对费正清思路的延续，将中国大学的变化与社会背景充分连接，有效避免了传奇化的渲染，对西南联大做出有益而中肯的判断。

从1980年代后期开始，西南联大研究在学界受到越来越多的关注。在现有的研究文章中，数量最多的选题集中在了对西南联大人才培养模式、办学特色和管理方式的探讨上，这些选题的最终指向都是希望借助对西南联大的研究甚至反思，形成对现实状况下大学管理的借鉴和参照。数量居次的是关于西南联大人物和生活的回忆。这一选题的文章是所有西南联大研究文章中受众最广、影响最大的成果，对于重现历史现场，还原历史经验颇具意义，同时也成为讲述“联大传奇”的基本依据。再次，从西南联大生发出的“大学精神”类研究文章数量也非常可观，这一类研究的基本思路是将目光聚焦于中国当代教育尤其是高校教育，为如何建设

① ［美］易社强：《战争与革命中的西南联大》，九州出版社2012年版。

② ［美］易社强：《战争与革命中的西南联大》，九州出版社2012年版，第316—317页。

高质量高水平大学和学科寻求历史经验。此外，一些学者还从知识分子、学术史、政治史、文学派别等角度对西南联大展开过研究。①

由于西南联大是北大、清华和南开三所著名学府的临时集合体，所以不同学科背景的教授云集，组成了西南联大璀璨的学术星空②，西南联大继承了蔡元培所倡导的兼容并包的管理理念，教授们各有自己的研究领域和科学追求，彼此间可能志同道合，也可能论争不断，但在他们心目中有一个共识，即文化救国是知识分子对民族的最大贡献，因此他们都极尽所能地在日益艰苦的战争岁月中教书育人、刻苦钻研，期望通过自己的探索，为国家找到摆脱外患内忧，实现民族复兴的富强之路。我们不可能在此一一罗列西南联大的全部思想和文学成果，但是由于战争的迁徙与整合，西南联大可以说汇集了 1940 年代中国文坛和学术群体的半壁山河，这一群学术精英在这一时期的成果，几乎都与西南联大紧密关联。对于文学和文学史而言，西南联大几乎能够被称为 1940 年代文学的实验场。

在关于西南联大的所有研究中，西南联大文学备受瞩目。诗歌是西南联大文学最为丰收的实验田。孙玉石在《中国现代主义诗潮史论》③ 中讨论“40 年代现代派诗潮产生的艺术氛围”时，详细描述了西南联大的文化氛围对穆旦等人的影响，也清晰地展现了燕卜荪等外文系教授在引进西方现代主义诗潮方面的突出作用和意义。在孙玉石看来，“西南联大诗人群”是“中国新诗派”的起始阶段。张同道则将“西南联大诗人群”作为一个独立的文学群体来考察④，认为西南联大诗人群是中国现代主义诗

---

① 相关的研究如谢泳《西南联大与中国现代知识分子》（福建教育出版社 2009 年版）、杨绍军《战时思想与学术人物：西南联大人文学科学术史研究》（社会科学文献出版社 2012 年版）、谢慧《西南联大与抗战时期的宪政运动》（社会科学文献出版社 2010 年版）、卢洪涛《中国现代文学思潮史论》（中国社会科学出版社 2005 年版）、李雪松《战国策派思想研究》（黑龙江大学出版社 2014 年版）等。

② 打开联大教授的名录，实在称得上是群英荟萃，简单列出一些名字就可见一二。例如，梅贻琦、蒋梦麟、张伯苓、陈寅恪、钱穆、汤用彤、冯友兰、吴宓、罗常培、吴晗、闻一多、朱自清、叶公超、沈从文、刘文典、冯至、威廉·燕卜荪、雷海宗、郑天挺、金岳霖、陈省身、杨振声、李广田、吴大猷、周培源、贺麟、曾昭抡、浦薛凤、陈序经、陶云逵、潘光旦、费孝通、华罗庚等。同时西南联大也培养了许多后来做出卓越成就的学生，例如杨振宁、李政道、邓稼先、朱光亚、何泽慧、彭珮云、汪曾祺、何兆武、任继愈、赵九章、吴征镒、穆旦、郑敏、王佐良、杜运燮、王力、朱德熙、许渊冲等。

③ 孙玉石：《中国现代主义诗潮史论》，北京大学出版社 2010 年版。

④ 张同道：《探险的风旗——中国现代主义诗潮回眸》，《文学评论》1996 年第 3 期。本书中引用的张同道的观点，均来源于此文。

歌诗型转换与美学特征嬗变过程中具有决定性意义的创作群体，并且明确地提出自我审视、生命沉思和心灵探寻是西南联大诗人群区别于同时代上海诗人群的最本质的特征。张新颖则将目光集中于西南联大诗人群崛起背后的推动力量，他认为以近现代西洋文学讲授为主要内容的学院课堂文学，是推动这一时期诗歌变革甚至是新文学变化的根本。① 他以冯至和穆旦作为“西南联大诗人群”的代表，并将他们的诗歌创作界定为学院文学，突出了“西南联大诗人群”的文学特质，也显示了作者敏锐的文学洞察力。同时，作者还将“西南联大诗人群”的产生和战争联系在一起，甚至认为正是战争的残酷现实，使得联大诗人们对西方现代主义诗歌有一种切肤之感，从而实现了中国现代主义诗歌的一次真正转变与突破。《西南联大诗人群史料钩沉汇校及文学年表长编》② 更是将对西南联大诗人群的史料整理成果推向了新的高度，呈现出西南联大诗歌创作和理论探索的成就。此外，还有研究者从现代性、大学教育与创作的关系、发生学等不同角度阐释了“西南联大诗人群”和他们的创作。③

姚丹的《西南联大历史情境中的文学活动》是对西南联大在文学研究层面进行的一次深入而有创建的推进。④ 姚著最重要的特点是其对“西

---

① 张新颖：《学院空间、社会现实和自我内外——西南联大的现代主义诗群》，《当代作家评论》2001 年第 1 期。

② 邓招华：《西南联大诗人群史料钩沉汇校及文学年表长编》，人民出版社 2016 年版。

③ 程波《新诗现代性的特殊生态——西南联大诗人群研究》（《南京师范大学文学院学报》2002 年第 4 期）从中国现代诗歌内在的现代性冲动切入，力图描述出西南联大诗歌现代性特征，认为其现代性内核“源于其中国本土的原创性色彩，从本土经验、民族文化心理出发，诗人们吸收了西方现代主义的危机意识和焦虑心态”。王燕《西南联大外文系的文化精神——外文系与联大诗人群》（《廊坊师范学院学报》2004 年第 1 期）和《再论西南联大外文系的文化精神——外文系与中文系》（《廊坊师范学院学报》2005 年第 1 期）这两篇文章从西南联大外文系的文学教育，特别是中外教师对西方文学、诗歌的讲授入手，集中探讨了文学教育怎样介入了当时的文学创作，是对西南联大的教育与文学创作关系的一种深入论述。刘敏慧《试论西南联大现代主义诗群的生成》（《南京农业大学学报》2006 年第 4 期）则从历史背景、校园环境以及具体的文学活动等方面论述了“西南联大诗人群”的发生，从发生学的角度来把握整体的存在。杨绍军《西南联大诗人群体的新诗批评理论及其外来影响——以袁可嘉、王佐良为中心的探讨》（《昆明师范高等专科学校学报》2008 年第 2 期）考察了袁可嘉的“新诗现代化”“新诗戏剧化”等新诗批评理论，以及王佐良对穆旦诗歌的评价，是对“西南联大诗人群”诗歌理论的梳理与建构，显示出其作为一个诗人群体的诗学自觉。黄葵《“不是情诗”的情诗——西南联大现代主义诗人群爱情诗创作研究》（《时代文学》2008 年第 3 期）和《“两个生命在永深的意义下结合”——西南联大现代主义诗人群诗歌意象构成分析》（《时代文学》2008 年第 6 期）则从“爱情诗创作”“诗歌意象构成”等方面突出了“西南联大诗人群”的独特之处。王淑萍《西南联大诗人群的现代主义追求》（《郑州大学学报》2008 年第 4 期）则从“意象的凝定”“知性的强化”等方面描述了“西南联大诗人群”的现代主义品质。

④ 姚丹：《西南联大历史情境中的文学活动》，广西师范大学出版社 2000 年版。

南联大历史情境”的重建，并将它作为其文学活动考察的前提。这种方法将较为宽广的时间与历史“细节”相结合，形成了一种引人注目的论述策略。[①] 该书选择以“进入历史情境以获得历史感”“注重历史细节的运用”“重视日常生活的再现”“叙述中追求报告文学式的现场感”等为写作目标，大学与文学史的初步关系由此进入了研究者的视野之中。

李光荣在《季节燃起的花朵——西南联大文学社团研究》[②] 中从文学社团的角度探讨了西南联大的文学成果，对西南联大时期的主要文学社团进行了一个较为全面的梳理，使得西南联大文学社团的面貌较为完整，线索也相对清晰。李光荣指出了西南联大文学社团“山谷状”活动轨迹和两条主要的发展脉络。这样两条线索看起来清晰简单，但其实打破了很多人以为联大的文学社团是一直同时存在、百花齐放的固有印象。此后，李光荣从校园文学的角度对西南联大学生文学活动进行了研究。[③] 近年，李光荣又在《民国文学观念——西南联大文学例论》[④] 中将西南联大的文学创作放在“民国文学”的大框架下讨论，从生成环境、学生团队、教师作家和反战文学成果四个方面进行了论述，彼此之间呈现出了“并列生长”的形态。

在已有的研究中我们已经能够看见西南联大文学的诸多侧面，但是从整体视角观察大学机制对西南联大文学所产生的影响的研究尚不多见。在笔者看来，“整体性”正是大学之所以可以作为文学史的一个研究范畴的关键。这个整体性一方面体现在大学实体因其特有的教育组织结构和管理方式，而形成了集思想文化、文学教育、文学生产和文学传播于一体的特殊文学机构。另一方面，大学中有学术探索的自觉、课堂教学的模式、教材讲义的支撑、师生关系的结合和校园活动的氛围，这一切都非常有利于

---

① 赵瑀：《历史观念、文化心态与文学研究：评姚丹〈西南联大历史情境中的文学活动〉》，《中国现代文学研究丛刊》2001 年第 1 期。本书提及姚著中较为敏锐地注意到了联大师生经济生活的状况，这在同时期的联大研究中并不多见。赵瑀认为姚丹的这个发现颇具意义：“惟具有联大自身的传统和梅贻琦的办学理念、联大体制，联大作为一个教育史的奇迹才是可以想象的。而作为一个大学，导师制、精神总动员、记忆的失踪，意味着什么呢？与之相似，联大师生经济生活状况向来不被注意，所以很多人都不理解自由主义知识分子在 40 年代的左转。也因为此，我们近些年来重建联大传统的美好愿望总是落空，而对自由主义的寻根变成对民主追求的讨伐。”

② 李光荣、宣淑君：《季节燃起的花朵——西南联大文学社团研究》，中华书局 2011 年版。

③ 李光荣：《西南联大与中国校园文学》，人民出版社 2014 年版。

④ 李光荣：《民国文学观念——西南联大文学例论》，商务印书馆 2014 年版。

一些具有相似艺术倾向、相近思想观念的文学共同体的形成。因为有了这些条件，大学可以通过其在不同学科、学术领域的探索，而确保思想文化氛围的开放、交流和多样性融合，为文学实践提供营养丰富的土壤，通过师生教学科研中的互动关系，进行文学教育，实现文学观念、知识的生产、传播和吸收，依托校园相对集中的氛围而进行较为单纯的文学创作实验，组成文学网络，推动文学潮流，甚至接受文学论争，并最终形成对文学史形式丰富、品格独立的贡献。西南联大文学正是基于这样的校园机制，结合抗战时期大后方的特殊社会历史环境，而成为1940年代文学史中极为重要的组成部分。

二 研究思路

大学因其特有的教育组织结构和管理方式，而形成了集思想文化、文学教育、文学生产和文学传播于一体的特殊文学机构。大学中有学术探索的自觉、课堂教学的模式、教材讲义的支撑、师生关系的结合和校园活动的氛围，这一切都非常有利于一些具有相似艺术倾向、相近思想观念的文学共同体的形成。因为有了这些条件，大学可以通过其在不同学科、学术领域的探索，而确保思想文化氛围的开放、交流和多样性融合，为文学实践提供营养丰富的土壤。通过师生教学科研中的互动关系，进行文学教育，实现文学观念、知识的生产、传播和吸收，依托校园相对集中的氛围而进行较为单纯的文学创作实验，组成文学网络，推动文学潮流，甚至接受文学论争，并最终形成对文学史形式丰富、品格独立的贡献。西南联大文学正是基于这样的校园机制，结合抗战时期大后方的特殊社会历史环境，而成为1940年代文学史中极为重要的组成部分。

大学是一个特殊的场所，既有形态上的相对独立，又有思想上的充分开放；既有新知识的形成和生产，又有新信息的传播和实践；既有师承关系，又有同学情谊；既可以融聚志趣相投的社团，又能够接受意见相左的论争；既可以有课堂上的纯学术探讨，又可以做课外的社会调研。正是在西南联大这个既封闭又开放的环境中，这些学者在生活中聚合，在教学中交叉，在学术上共存，实现了多样性的“融合”，并且产生了深远的影响。

从根源上说，新文学自产生以来，一直保持着与现代大学的密切互动。1862年京师同文馆建立、1902年颁布《钦定学堂章程》、1904年颁布《奏定学堂章程》、1905年学部正式设立，上述时间段是中国教学体制由传统方式向现代教育转型的关键时间点，但是这些活动并没有特别为“文学”提供适当的成长环境，甚至1898年孙家鼐在筹办京师大学堂之时称“诸子、文学皆不必专立一门”[①]。后来在《奏定大学堂章程》中虽然将“中国文学门”与中国史学、万国史学、中外地理及英、法、德、俄、日文学一起被列于“文学科”下[②]，不过实际上此时的文学课程还是一锅包含传统音韵训诂、文体辞章等课业的大杂烩。陈平原就曾经从文学史编写的角度讨论过新文学和新教育的问题，梳理过此时文学课程中的纷乱状况。[③] 1912年颁布的《大学令》第一条规定：“大学以教授高深学术，培养硕学鸿才，应国家需要为宗旨”，[④] 于是北京大学做出内部调整后，真正从体制上实现了现代大学的转变。1916年蔡元培执掌北大，立即邀请陈独秀出任北京大学文科学长，此后，鲁迅、周作人、刘半农、胡适、李大钊等一大批新文化运动中的主力人物陆续走上北大讲台，为即将到来的五四新文化运动准备好了核心力量。如钱理群所言，蔡元培对北京大学的改造，是中国大学教育现代化转型道路中具有决定性的一步，而“新文化运动则直接导致了中国现代文学的诞生”。[⑤]

从1918年，“国语的文学—文学的国语”这一口号被胡适提出之后，[⑥] 国语运动与文学革命顺利会师，国语的推行与语体文的传播相辅相成，新文学在制度上得到确认，也通过中小学教育培养了一批接受者甚至是未来的创作者。也正是从此时开始，新文学在向大学课堂进发的过程中，“新”与“旧”的人事纷扰、立场争斗和观念碰撞几乎成了再也无法摆脱的同路人。在新文学发展的第一个十年中，大学校园中的师生首先贡献的是《新青年》这一对中国现代文学史具有历史性意义的刊物，其次是大批的新文学实验之作，最后是第一批发源于大学校园的文学思潮以及与之相关而产生的文学批评，甚至在此后的几十年里他们都一直是新文学发展过程中具有方向性意义的力量。

---

① （清）朱寿鹏编，张静庐等校点：《光绪朝东华录·四》，中华书局1958年版，第140页。

② 参见璩鑫圭、唐良炎编《学制演变》，上海教育出版社1991年版。

③ 参见陈平原《大学十讲》，复旦大学出版社2002年版。

④ 蔡元培：《大学令》，《蔡元培全集》（第2卷），浙江教育出版社1998年版，第212页。

⑤ 姚丹：《西南联大历史情境中的文学活动》，广西师范大学出版社2000年版，第2页。

⑥ 胡适：《建设的文学革命论》，《新青年》1918年第4期，第4页。

进入1920年代后，北京大学国文系除去中国语言与中国文学课程外，还开设有文学概论、西洋戏剧与小说、英诗译读等，但即便如此，整个课程系统仍是偏向于音韵训诂等小学和考据之学，“国故”是学问、是学术，但文学不是。与此同时，在“崇洋”之风盛行的清华大学，国文系地位较为低下，教员是晚清的老先生，甚至教师的待遇也低人一等。直至1928年罗家伦出任校长，杨振声任文学院院长兼中文系主任，计划要整顿国文系。但是杨振声提高国文系地位的计划中，并不是要去“复兴国粹”，而是与朱自清一起把“创造我们这个时代的中国新文学”① 作为办系宗旨，1929年起，朱自清在清华大学开设了“中国新文学研究”课程。不久之后，杨振声出任青岛大学校长去营建新文学的新阵地，而北大、清华的新文学仍处于国文系的选修课程之列。

1920年代学术与文学的分野已经逐渐明晰，在以研究“高深学问”为己任的大学中，新文学“知识化”的过程才刚刚起步。到了1930年代中国学术界已趋成熟，“至少从表面上来看，在越来越多的大学和科研机构里，新一代知识分子辛勤地从事教学与科研活动，并且开始探索全新的领域，中国似乎已到达腾飞的起点”②。大学的日益学术化，使系科之间的教学科研重点倾向也开始显现，国文系的“国故”之学日精，而此时一大批留学欧美并以文学为专业的留学生相继回国进入大学担任教职，这大大振兴了外文系的教学和科研，也使西洋文学知识得以系统地在大学的教学环境中得到介绍和研究。尽管在1930年代，大学的学术化与专业化转向使得杨振声、朱自清、胡适等人在大学国文系中推动新文学研究与创作的努力最终均归于失败，但是随着清华大学、中国公学、武汉大学、青岛大学、复旦大学、光华大学、上海大学等学校的推动，新文学课程终于开始在大学中“登堂入室”。

1930年代知识分子以学院这一相对自足的公共空间为中介，形成了观察社会的精英视角，同时也为新文学向外辐射提供了保障。大学师生们的创作因为具有校园属性，在一定程度上也隔绝了商业和娱乐的侵染，形成了注重文明传承使命的精神特质。同时，1930年代大学的学院化倾向，

---

① 《中国文学系的目的与课程的组织》，转引自《清华大学一览》，清华大学，1929年，第39页。

② ［美］孙任以都：《学术界的发展（1919—1949）》，费正清主编《剑桥中华民国史》（第二部），章建刚等译，上海人民出版社1992年版，第443页。

也促使推动者们从学院立场来看待新文学的历史演进、现实状况和未来发展，使得新文学研究的学科建构被有意识地放置到学术背景下考量，新文学开始逐步具备成为学术对象进入大学视野的特征。

然而，历史并没有给学院派们充分施展的机会，1937 年卢沟桥事变之后，战争阴云笼罩全国，中国最好的大学和最杰出的知识精英们被迫南迁，西南联大成为其中最具代表意义的样本。通过他们的迁徙和流动，我们可以观察到作家心态、物质生活方式和写作生活方式的诸多变化，文学史图景也因之变得多元、立体和开放。而在这种开放背后，政治与文学、激情与沉潜、城市与乡村、启蒙与革命、传统与现代、东方与西方、高雅与通俗、知识分子与民间、个人与集体等原本一系列二元对立的命题，几乎都被完全打破，并且在现实实践中出现了不可避免的融合，从而以一种更为多元和包容的精神，通过文学的形式，去尝试对民族国家的重建。

回顾新文学的第一个十年，新文学致力于争取自己的合法性地位，所以必须要与各种各样的传统、理念和形态进行斗争。第二个十年中，各种思潮都想使新文学为己所用，因此产生了左翼、自由主义和民族主义等各种不同立场之间的冲突和论争。第三个十年，战争的旷日持久，生活的断裂变化，作家和知识分子对文学开始产生新的认识，并“开始不约而同地对‘五四’新文学进行批判和反思，并期待着某种新型文学的诞生”。[①] 西南联大文学正是这样一种新型而特殊的文学形态，它通过文学教育与文学创作的结合与互动，成为从大学观察 1940 年代新文学状况的最佳范本。

大学在实体形态上是一个教学单位，课程结构、知识分化、学科形成、师生关系、课堂教学和课外实践等是大学教育中的基本要素。具体到中国现代大学与现代文学的关系而言，现代文学在中国的确立在某种意义上与现代文学作为“知识”在大学中被讲授、传播、学习和实践有着密切的关联。西南联大是战时中国高等学府的特殊组合，西南联大文学是 1940 年代富有代表意义的文学成果，这两大特征叠加正好构成了西南联大文学的两个特殊性：其一，西南联大文学是文学教育与文学生产的集合体；其二，在战争的背景下，西南联大文学充分体现了知识精英们共赴国难，力图在民族存亡之际以教育和创造并进的方式重建民族文化的努力。

① 李松睿：《书写“我乡我土”——地方性与 20 世纪 40 年代中国小说》，上海人民出版社 2016 年版，第 2 页。

三　章节安排

本书是将西南联大文学放置在全面抗日战争和1940年代文学的大背景下，将西南联大文学的内部状况作为研究个案，从课程教材、小说教学、诗歌教学和课外文学活动四个方面出发，探究西南联大的文学教育怎样对现代文学理念进行知识构建、西南联大怎样在大学课堂进行新文学的教学实践、西南联大师生教学与创作的双向互动为1940年代文学贡献了哪些新的思想和范式、校园内外的文学实践如何促进新文学在新的历史时期的变革等问题。

首先，对于1940年代文学史特征的把握和对于大学如何成为文学史研究范畴的逻辑探索，是本书需要的视野。其次，在研究中必须从文学教育的角度勾勒西南联大在学术氛围、课程、教学等方面的大学特征。最后，在呈现和探讨西南联大文学教育时，不仅仅关注创作，还应该关注创作之外的成果，即："作为知识生产的场所，大学通过学术研究和课程设置，生产着有关新文学的各种知识、观念和历史叙述；而作为由教师和学生组成的'文化共同体'，大学又为新文学再生产创造了诸如文学社团、刊物、师生关系、人际网络等制度性的条件。"① 本书在研究方法上主要倾向于对史料及文本的梳理和解读，回到历史现场，厘清西南联大文学教育中诸如课程安排、教学设置、师生互动、校园文学活动等关键问题，发现西南联大文学的特征和对中国新文学的贡献。

从以上问题意识出发，本书在结构上分为四章。

第一章从西南联大通识课程"大一国文"入手，充分梳理该课程的设置理念、教学管理和教材版本的史料线索，发现该课程中的语体文内容在大学国文课程中的突破性意义。产生于19世纪末期的中国现代大学，在很大程度上可以算作是在国家救亡努力中西学东渐的产物，经过一大批学贯中西的教育家的努力，现代大学体制逐步与中国社会调适、融合，并在一系列创新中进行着本土化、民族化的探索，朝着具有自治权和学术自由的精神的方向转变。抗日战争爆发后，北大、清华和南开三校不仅是外部形态的合并，更是教育思想的融通，通识教育成为西南联大最重要的教育目标。联大八年始终坚持的是在追求真理、尊重自由、珍惜传统、崇尚

① 季剑青：《北平的大学教育与文学生产：1928—1937》，北京大学出版社2011年版，第11页。

理性的氛围中，塑造学生的人格精神，培养基础扎实、知识广博、综合适应能力强的通识性人才。因此在通识课程中尤其是培养学生健全人格和树立完善世界观方面，人文科学就显示出了其不可替代的力量。在这一思路下，文学教育并非局限于国文系，而是应当甚至必须将所有专业的学生都纳入其影响范畴之中，作为共同必修课程的“大一国文”便显示出了其特殊的作用。

在现有的研究中，西南联大“大一国文”课程往往被置于与当今大学语文课程相比较的视野下，探讨“大一国文”课程对当代大学语文教学的启发作用。但是，仅仅把“大一国文”作为一门公共课程进行分析，以西南联大国文课为榜样，构建当代大学语文教学的新局面，就窄化了其历史意义。本书认为西南联大“大一国文”中的古典文学因素是对中国传统文化的继承，而其中现代文学的因素则呈现了五四以来“现代化”中国的文化成果，这种中西合璧的构架，标志着一种新的文学知识体系的产生，同时也是对1940年代中国现代大学体制成熟的呼应。从课程层面来看，“大一国文”的教学探索是西南联大通识教育课程设置的重要组成部分。从教材层面来看，“大一国文”教材是新文学作品“经典化”的创获途径。从历史层面来看，西南联大“大一国文”理念是五四后新文学教育的扩展阶段。西南联大的“大一国文”课程怎样承担了新文学推广的历史使命？这条由“大一国文”开辟的新文学拓展之路究竟如何延伸？是本章关注的主要内容。

第二章以西南联大国文系各体文写作教学实践为切入点，以沈从文、汪曾祺和文学社团创作实绩为研究对象，从沈从文的新文学教学经历和他在西南联大期间写作课程、作业批语及教学讲义入手，探究作为教师的沈从文及其习作课程的主要特征和教学方法；以汪曾祺在西南联大求学期间的创作经历为线索，以其联大时期的小说代表作为依托，发现作为学生的汪曾祺在西南联大进行多种小说创作实验的校园土壤；通过分析文学社团作品在《大公报》《中央日报》等报刊和自编杂志《文聚》上发表作品的状况观察西南联大文学的社会影响力。

进入1940年代，中国现代小说的范式已经基本形成，同时还有一大批颇具实验性的小说陆续出现，沈从文是其中不能绕过的重要作家。1930年代开始，沈从文进入创作的高峰期，对他的评论也意见不一，苏雪林的

《沈从文论》[①] 和刘西渭的《〈边城〉与〈八骏图〉》[②] 分别成为思想性批评模式和艺术欣赏批评模式的代表。到了1940年代，沈从文更多的是受到批判。1950年代以后除去王瑶的《中国新文学史稿》[③] 和唐弢的《中国现代文学史》[④] 中尚有一席之地外，他的名字干脆从文坛消失了近30年。但是在六七十年代沈从文引起了海外学者的关注，夏志清的《中国现代小说史》[⑤] 和司马长风的《中国新文学史》[⑥] 都给予他极高的评价，不仅将他推上“大家”的地位，而且极力将他的创作放置到世界文学的视野之中。与此同时，美国学者金介甫将沈从文作为其博士学位论文的选题，后来他撰写的《沈从文传》[⑦] 成为沈从文研究中具有里程碑意义的作品。1980年代后关于沈从文的研究以1986年为界分为两个阶段，第一阶段是集中在反思与重评之中，例如，朱光潜的《从沈从文先生的人格看他的文艺风格》[⑧]、凌宇的《沈从文小说的倾向性和艺术特色》[⑨] 和专著《从边城走向世界》[⑩]、汪曾祺的《沈从文的寂寞》[⑪]、余永祥的《一幅色彩斑驳的湘西历史画卷》[⑫] 等。1986年后，美国学者金介甫的《沈从文与中国现代文学的地域色彩》[⑬]、凌宇的《从苗汉文化与中西文化的撞击看沈从文》[⑭] 和赵园的《沈从文构筑的湘西世界》[⑮] 先后发表，从文化—心理的角度入手探讨沈从文其人其文的独特性，开启了沈从文研究的新阶段。1989年，严家炎在《中国现代小说流派史》[⑯] 中从“京派”的

① 苏雪林：《沈从文论》，《文学》1931年第3期。

② 刘西渭：《〈边城〉与〈八骏图〉》，《文学季刊》1935年第2期。

③ 王瑶：《中国新文学史稿》，上海文艺出版社1982年版。

④ 唐弢：《中国现代文学史》，人民文学出版社1979年版。

⑤ 夏志清：《中国现代小说史》，传记文学杂志社1985年版。

⑥ 司马长风：《中国新文学史》，昭明有限公司1985年版。

⑦ ［美］金介甫：《凤凰之子：沈从文传》，符家钦译，中国友谊出版公司1999年版。

⑧ 朱光潜：《从沈从文先生的人格看他的文艺风格》，《朱光潜全集》（第10卷），安徽教育出版社1993年版，第491—492页。

⑨ 凌宇：《沈从文小说的倾向性和艺术特色》，《中国现代文学研究丛刊》1980年第3期。

⑩ 凌宇：《从边城走向世界》，生活·读书·新知三联书店1985年版。

⑪ 汪曾祺：《沈从文的寂寞》，《汪曾祺全集》（第3卷），北京师范大学出版社1998年版，第263—264页。

⑫ 余永祥：《一幅色彩斑驳的湘西历史画卷》，《湘潭大学学报》1981年第1期。

⑬ 金介甫：《沈从文与中国现代文学的地域色彩》，刘洪涛、杨瑞仁编《沈从文研究资料》（上），天津人民出版社2006年版，第536—556页。

⑭ 凌宇：《从苗汉文化和中西文化的撞击看沈从文》，《文艺研究》1986年第2期。

⑮ 赵园：《沈从文构筑的“湘西世界”》，《文学评论》1986年第6期。

⑯ 严家炎：《中国现代小说流派史》，人民文学出版社1989年版。

角度切入沈从文的小说创作，并称其为“京派最杰出的小说家”。此后，赵学勇的《沈从文与东西方文化》①、吴立昌的《人性的治疗者》② 等是对沈从文的系统性研究。王晓明的《沈从文：“乡下人”的文体与“土绅士”的理想》③ 是对沈从文文体与写作心态极为独到的分析。进入 21 世纪后，沈从文研究除去在作品的思想性、艺术性、文体创建、主题探索、文化心理、比较文学等多角度继续向前推进外，沈从文的精神历程被学者们视为研究的重要出发点。

在这一研究思路的引导下，1940 年代成为沈从文生命中一段非常特别的时期，战争将他的思考从民族存亡引向人类存毁，并最终反思人性与现代文明的意义，正是在这种将“察明人类之狂妄和愚昧，与思考个人的老死痛苦当成伟大的事业”的过程中，沈从文既达到了其个人后期创作的高峰，同时也无可挽回地步入了创作生命的沉潜。范智红在讨论 1940 年代小说的“象征化”尝试时，认为沈从文“向虚空的凝眸”就是一种用形式表现意象的方法。④ 张新颖撰写了一系列讨论沈从文 1940 年代生活与创作的文章，抽象抒情、呓语狂言、变动潜渊、忧患痛苦成为理解这一时期沈从文的关键词。解志熙则通过观察沈从文的杂文创作及其与《战国策》派的关系后，发现了沈从文文学生涯中“显然偏离了自由主义而接近民族主义”“特别醉心生命—本能—意志”“不再拘守纯文学而走向杂文学”的特殊阶段，⑤ 而《爱欲抒写的“诗与真”——沈从文现代时期的文学行为叙论》⑥ 更是一次对沈从文的“苦闷”“压抑”“疯与死”的完整阐释。在绝大部分关于沈从文的研究中，他的身份始终是一个作家，然而在 1940 年代，沈从文还有一个更重要的身份——西南联大教师。作为作家的沈从文早已为人熟知，但是人们却容易忽略他 1940 年代的所有创作与西南联大的文学文化氛围间的密切关系，而更容易忽略的是作为教师的沈从文，当我们把他还原为国文系写作课程的教师后，他为推动中

① 赵学勇：《沈从文与东西方文化》，兰州大学出版社 1990 年版。

② 吴立昌：《人性的治疗者》，业强出版社 1992 年版。

③ 王晓明：《沈从文：“乡下人”的文体与“土绅士”的理想》，《潜流与漩涡：论二十世纪中国小说家的创作心理障碍》，中国社会科学出版社 1991 年版，第 108—132 页。

④ 范智红：《世变缘常——四十年代小说论》，人民文学出版社 2002 年版。

⑤ 解志熙：《感时忧国有“狂论”——〈战国策〉派时期的沈从文及其杂文》，《现代中文学刊》2014 年第 2 期。

⑥ 解志熙：《爱欲书写的“诗与真”——沈从文现代时期的文学行为叙论》，《文学史的“诗与真”：中国现代文学文献校读论集》，北京大学出版社 2013 年版。

国新文学的发展做出过怎样卓越的努力，正是本书可以展开的视角，并且以此为切入点，观察大学中写作教学如何指导学生的创作实践，并推动其溢出校园形成社会影响力的内在机制。

第三章以西南联大外文系诗歌氛围为对象，探讨以吴宓、叶公超、燕卜荪等教师为代表的英美诗学的校园教学，分析以冯至《十四行集》《伍子胥》和卞之琳《山山水水》为代表的教师创作与困境，通过穆旦的两篇诗评和袁可嘉的理论建设为抓手，把握师生影响过程中实现新生代诗人群体对中国现代主义诗歌的推动。

中国现代诗学在 1940 年代发生了深刻的变化，在负载时代的激情、动员抗战和歌颂光明之外，也开始了向新的现代主义的探寻。对“西南联大诗人群”的研究是西南联大文学研究中成果最为丰硕、挖掘最为深入的部分，研究成果主要在以下四个层面上展开。其一是西南联大校友对于诗人个人经历的纪念和创作情况的回忆；其二是将“西南联大诗人群”作为 1940 年代现代主义潮流中的重要组成部分，并深入观察他们的创作所受到的西方现代主义诗学的影响，主要的研究者有钱理群、陆耀东、张同道、姚丹、黄万生①等；其三是对西南联大诗人群的作品从艺术手法、创作特色、美学意义、诗学贡献、哲学思路、现代性、大学教育等多角度全方位进行阐释；其四是关于诗人个体的研究，其中穆旦研究的成果最为突出。对穆旦诗歌的研究从 1940 年代后期就开始了，最初的评论者是他的同学诗友。王佐良的《一个中国新诗人》② 就是发表较早的诗评，他精准地发现了穆旦诗歌中的艺术特质和痛苦的情感。周珏良的《读穆旦的诗》③ 是稍后发表的颇有深度的研究文章，偏重于对穆旦诗艺的评说。1948 年唐湜发表的《穆旦论》④ 则是更加完整的批评论文，以同为诗人的敏感体味了穆旦诗歌的韵味，并将其艺术特征概括为“文字的受难”。

① 相关研究主要有：钱理群《中国现代文学三十年》，北京大学出版社 1998 年版；张同道《探险的风旗——论 20 世纪中国现代主义诗潮》，安徽教育出版社 1998 年版；姚丹《西南联大历史情境中的文学活动》，广西师范大学出版社 2000 年版；黄万生《中国现代诗学流变史》，人民出版社 2000 年版。

② 王佐良：《一个中国新诗人》，王圣思编《“九叶诗人”评论资料选》，华东师范大学出版社 1995 年版，第 306—313 页。

③ 周珏良：《读穆旦的诗》，王圣思编《“九叶诗人”评论资料选》，华东师范大学出版社 1995 年版，第 314—324 页。

④ 唐湜：《穆旦论》，王圣思编《“九叶诗人”评论资料选》，华东师范大学出版社 1995 年版，第 337—354 页。

此后，袁可嘉《新诗的现代化》①、陈敬容《真诚的声音》②、唐湜《诗的新生代》③ 等文章中，都有对穆旦诗歌精妙的见解。但是在后来的 30 多年时间里，穆旦诗歌在评论界几乎被完全忽视，直到 1981 年《九叶集》出版后才重新浮出历史的地表，作为“九叶诗人”的代表作家，穆旦格外受到研究者的青睐。而其真正受到关注是 1987 年由杜运燮、袁可嘉、周与良合编的纪念文集《一个民族已经起来——怀念诗人、翻译家穆旦》④ 出版，以及一批穆旦的诗人同道为其作品研究贡献的出色成果，例如：袁可嘉《诗人穆旦的位置》⑤、郑敏《诗人与矛盾》⑥、唐祈《现代杰出诗人穆旦》⑦、王佐良《穆旦：由来与归宿》⑧、周珏良《穆旦的诗和译诗》⑨ 等。1990 年代是穆旦研究进入细腻深入的关键时期，研究论文井喷式出现，其中最重要的代表是为纪念穆旦逝世 20 周年而编辑的论文集《丰富与丰富的痛苦》⑩ 出版。此后，谢冕的《一颗星亮在天边——纪念穆旦》⑪、孙玉石的《解读穆旦的〈诗八首〉》⑫、姜涛的《冯至、穆旦四十年代诗歌写作的人称分析》⑬、姚丹的《“第三条抒情的路”——新发

① 袁可嘉：《新诗的现代化》，王圣思编《“九叶诗人”评论资料选》，华东师范大学出版社 1995 年版，第 13—19 页。

② 陈敬容：《真诚的声音》，王圣思编《“九叶诗人”评论资料选》，华东师范大学出版社 1995 年版，第 61—68 页。

③ 唐湜：《诗的新生代》，王圣思编《“九叶诗人”评论资料选》，华东师范大学出版社 1995 年版，第 29—32 页。

④ 杜运燮、袁可嘉、周与良编：《一个民族已经起来——怀念诗人、翻译家穆旦》，江苏人民出版社 1987 年版。

⑤ 袁可嘉：《诗人穆旦的位置》，杜运燮、袁可嘉、周与良编《一个民族已经起来——怀念诗人、翻译家穆旦》，江苏人民出版社 1987 年版，第 11—18 页。

⑥ 郑敏：《诗人与矛盾》，杜运燮、袁可嘉、周与良编《一个民族已经起来——怀念诗人、翻译家穆旦》，江苏人民出版社 1987 年版，第 30—42 页。

⑦ 唐祈：《现代杰出诗人穆旦》，杜运燮、袁可嘉、周与良编《一个民族已经起来——怀念诗人、翻译家穆旦》，江苏人民出版社 1987 年版，第 55—59 页。

⑧ 王佐良：《穆旦：由来与归宿》，杜运燮、袁可嘉、周与良编《一个民族已经起来——怀念诗人、翻译家穆旦》，江苏人民出版社 1987 年版，第 1—10 页。

⑨ 周珏良：《穆旦的诗和译诗》，杜运燮、袁可嘉、周与良编《一个民族已经起来——怀念诗人、翻译家穆旦》，江苏人民出版社 1987 年版，第 19—29 页。

⑩ 杜运燮等编：《丰富与丰富的痛苦：穆旦逝世 20 周年纪念文集》，北京师范大学出版社 1997 年版。

⑪ 谢冕：《一颗星亮在天边——纪念穆旦》，《名作欣赏》1997 年第 3 期。

⑫ 孙玉石：《解读穆旦的〈诗八首〉》，《诗探索》1996 年第 4 期。

⑬ 姜涛：《冯至、穆旦四十年代诗歌写作的人称分析》，《中国现代文学研究丛刊》1997 年第 4 期。

现的几篇穆旦诗文》[①] 以及易彬、李方、李怡等学者的工作进一步推动穆旦研究向前发展[②]，使穆旦成为 1940 年代中国现代主义诗歌史上最重要的诗人。

在现有的研究中，绝大部分的研究者们注意到了这群在动荡急峻的战争岁月中迸发出青春才情的诗人都是西南联大的学子，此时的西南联大仅仅被作为背景存在于研究之中而并未受到足够的重视。但是如果将他们的文学活动还原到历史现场就会发现，西南联大外文系的课程安排、文化氛围、教师教学与创作示范都是他们取得令人瞩目的成就的关键。探究西南联大外文系的专业课程、教学与师生互动等文学教育要素如何成就了现代主义诗歌的“新生代”，并最终形成 1940 年代现代主义诗歌的典范正是本书向前推进的方向。

第四章重点关注西南联大师生的课外文学活动。从西南联大学生刘兆吉的《西南采风录》考察其对民歌整理运动与“民间传统”的延续和创新，从以新诗社为代表的校园朗诵诗创作观察学生诗歌创作潮流的变迁。本章以闻一多为教师代表，以“战时民间”为社会背景，在 1940 年代知识分子和民间关系的变化中把握西南联大文学的特征及其历史贡献。

通识课程的建设、国文系写作课的促进与社团文学实践、外文系专业课程教学与教师创作示范都是大学院墙之中文学教育的组成部分。但是，在战争的大背景下，象牙塔被打开，校园没有围墙，教授、学生与民众高度融合。在这样的前提下，对于西南联大文学教育的理解，绝不能仅仅局限于学校课堂的知识传授和简单意义的师承关系，而必须切进师生的日常生活和校园活动之中，只有将知识分子与真实世界的关系纳入 1940 年代文学教育的范畴去考量，才能够在恰当的历史语境中评估西南联大文学文艺活动对 1940 年代文学的意义。因此，在学院教学之外的文学活动和创作成果，就成为本书考察西南联大文学特质不可或缺的组成部分。

在战争的特殊背景下，校内校外院墙瓦解，知识精英和普通民众共赴

① 姚丹：《“第三条抒情的路”——新发现的几篇穆旦诗文》，《中国现代文学研究丛刊》1999 年第 3 期。

② 李方编：《穆旦诗全集》，中国文学出版社 1996 年版；易彬：《穆旦与中国新诗的历史建构》，中国社会科学出版社 2010 年版；易彬：《穆旦年谱》，中国社会科学出版社 2010 年版；易彬：《穆旦评传》，南京大学出版社 2012 年版；李怡、易彬编：《穆旦研究资料》，知识产权出版社 2013 年版。

国难，大学才气与时代责任充分结合，这些要素的融合熔铸了西南联大文学正大从容的精神品格，促成了西南联大文学教育与文学创作的互促共进，在收获了文质兼美的丰硕成果的同时，更促进了中国新文学的真正成熟。

第一章

“大一国文”：通识课程中的现代文学知识构建

作为对抗日战争之初《国民政府的抗战建国纲领》的响应，教育部提出了“大学教育应为研究高深学术，培养能治学治事治人的创业之通才与专才之教育”① 的目标，并且于 1938 年正式颁布了《文理法三学院共同科目表》。西南联大也根据这份科目表，公布了本校一、二年级的共同必修课程。

表 1–1　　西南联大共同必修课程②

学院	共同必修课程
文、法学院	一年级：国文、英语、中国通史 二年级：西洋通史（或西洋文化史）、科学概论、自然学科（数学、物理、化学、生物中任选一门）、选学非本系的人文社会科学一门
理、工学院	一年级：国文、英语、数学 二年级：哲学概论、共同理论基础课程两门、选学社会科学一门
师范学院	国文、英语、中国通史

如表 1–1 所示，全校各系的学生，都必须修习国文和英语。共同必修课程在涵盖了语言课程之外，还根据专业大类的特征，兼顾了历史、自然科学、人文社会科学和哲学的课程，既可使文科学生兼顾自然科学知识，又能让理工学生不至偏废人文社科。这样的课程设置模式正是西南联大通识教育理念的具体体现，旨在博通知识，深厚学养。“大一国文”是西南联大的一门通识课程，在许多回忆文章和研究成果中被频频提及，不

① 方惠坚：《清华大学志》，清华大学出版社 2001 年版，第 102 页。

② 整理自北京大学、清华大学、南开大学、云南师范大学编《国立西南联合大学史料·教学、科研卷》，云南教育出版社 1998 年版。

仅成为上演西南联大大师传奇的重要舞台，甚至还被引申为西南联大通识教育的成功典范。

产生于19世纪末期的中国现代大学，在很大意义上可以算是在国家救亡努力中西学东渐的产物，它与中国社会经济发展的节奏并不匹配，也并非是中国传统高等教育自身演进的产物。但是经过以蔡元培为代表的一大批学贯中西的教育家的努力，现代大学体制逐步与中国社会调适、融合，并在一系列的创新中进行着本土化、民族化的探索，朝着具有自治权和学术自由精神的方向转变。中国现代高等教育的发展是“一部通识教育与专门教育的关系、地位和作用不断发展变化的历史”①，北京大学早在蔡元培执掌之时，就提出了以培养“四育新人”为目标、以学术自由兼容并包为理念，以学术分离文理融通为实施基础，以师资优先教授治校为制度保障的通识教育方案。清华大学在梅贻琦主政之后视通识教育为大学的理念和灵魂，在一大批怀着同样坚持的“大师级”教授的努力下，成就了清华的“黄金时期”。南开大学作为一所私立大学，早年在学制上学习日本，自张伯苓从欧美学习归国后，从1928年起就开始了将欧美教育融入南开的努力，试图建设一所以中国的社会、历史为学术背景，以解决中国问题为教育目标的现代大学。

抗日战争爆发后，三所大学不仅是外部形态的合并，更是教育思想的融通，通识教育仍然成为西南联大最重要的教育目标。如果说北京大学为中国现代大学课程设置准备了通识教育的背景的话，那么清华大学则是在课程设置中使通识教育理念化、体系化，并将这一传统贯穿了整个西南联大。西南联大八年始终坚持的是在追求真理、尊重自由、珍惜传统、崇尚理性的氛围中，塑造学生的人格精神，培养基础扎实、知识广博、综合适应能力强的通识性人才。这一目标的实现途径首先落实在了通识课程，尤其是共同必修课程的设置之中。

西南联大的教授们认为：“一国社会教育政治经济各方面苟无办法，则其自然科学亦绝难栽根立脚，有蒸蒸日上之望……试问一国之政治不上轨道，经济岂能独荣。亦未有其国人全昧于已往之历史，而政治可以有办法者。亦未有其人绝不通文学哲学，而可以通史学者”②，因此在通识课程中尤其是培养学生健全人格和树立完善世界观方面，人文科学就显示出

① 冯惠敏：《中国现代大学通识教育》，武汉大学出版社2004年版，第1页。

② 钱穆：《改革大学制度议》，《大公报·星期论文》1940年3月1日。

了其不可替代的力量。在这一思路下，文学教育并非局限于国文系，而是应当甚至必须将所有专业的学生都纳入其影响范畴之中。

在现有的研究中，西南联大“大一国文”课程往往被置于与当今大学语文课程相比较的视野下，探讨“大一国文”课程对当代大学语文教学的启发作用。但是，仅仅把“大一国文”作为一门公共课程进行分析，以西南联大国文课为榜样，构建当代大学语文教学的新局面，就窄化了其历史意义。当引入通识教育发展的背景，将“大一国文”与西南联大通识教育、文学教育甚至中国新文学发展的历史脉络联系在一起时，这门将中国古代文学和现代文学放在同等价值地位的课程就显示出了其更为全面的意义。

西南联大“大一国文”中的古典文学因素是对中国传统文化的继承，而其中现代文学的因素则呈现了五四以来“现代化”中国的文化成果，这种中西合璧的构架，标志着一种新的文学知识体系的产生，同时也是对1940年代中国现代大学体制成熟的呼应。从课程层面来看，“大一国文”的教学探索是西南联大通识教育课程设置的重要组成部分。从教材层面来看，“大一国文”教材是新文学作品“经典化”的创获途径。从历史层面来看，西南联大“大一国文”理念是五四后新文学教育的扩展阶段。西南联大“大一国文”怎样承担了文学教育的历史使命？这条由“大一国文”开辟的新文学拓展之路究竟如何延伸？本章希望将这两个问题的研究向前推进。

第一节　课程与师资：现代文学理念的铺垫

“大一国文”课程之所以受到关注，与西南联大学生后来撰写的回忆录密切相关。现在我们看到的许多关于西南联大的回忆文章都曾提及“大一国文”的授课，最为著名的当属汪曾祺的《晚翠园曲会》[①] 和《西南联大中文系》[②]。在两文中，汪老详细回忆了“大一国文”的教材内容

① 汪曾祺：《晚翠园曲会》，《汪曾祺全集》（第6卷），北京师范大学出版社1998年版，第206—214页。

② 汪曾祺：《西南联大中文系》，《汪曾祺全集》（第4卷），北京师范大学出版社1998年版，第355—359页。

和教学方法，在《西南联大国文课》[①] 一书整理出版之前，汪老的两篇文章几乎可以说是关于“大一国文”教材最权威也最详细的叙述。除此之外，杨振宁[②]、麦赐球[③]等先生的回忆，都是亲历者关于“大一国文”课程的珍贵资料。因为有了这些西南联大学生的记述，“大一国文”课程成为一段充满温情的往昔存在于西南联大的史料之中，同时也为大师们的传奇经历添上了生动的一笔。许渊冲先生曾经这样写道：

> 这一年度的“《大一国文》”真是空前绝后的精彩：中国文学系的教授，每人授课两个星期。我这一组上课的时间是每星期二、四、六上午十一时到十二时，地点在昆华农校三楼大教室。……如闻一多讲《诗经》，陈梦家讲《论语》，许骏斋讲《左传》，刘文典讲《文选》，唐兰讲《史通》，罗庸讲唐诗，浦江清讲宋词，魏建功讲《狂人日记》等等。[④]

据说许渊冲的回忆是根据自己当时的日记，因此对老师所讲的篇目记录得非常清楚。与此相对照，方龄贵也曾述及自己的“大一国文”课程经历：

> 在我所上的一九三八到一九三九年的《大一国文》课，主讲的（也就是文章的选者）主要有杨振声、朱自清、刘文典、罗常培、罗庸、闻一多、魏建功、王了一（力）、浦江清、许维遹、余冠英诸位先生。可谓极一时之选。记得当时刘文典先生讲的是《典论·论文》，罗庸先生讲的是《论语》，闻一多先生讲的是《楚辞·九歌》，朱自清先生讲的是《古诗十九首》，许维遹先生讲的是《左传·鞌之战》，余冠英先生讲的大概是《诗经》，魏建功先生讲的是鲁迅的

① 《大一国文》编撰委员会编，张耀宗整理：《西南联大国文课》，译林出版社 2015 年版。

② 张曼菱：《西南联大行思录》，生活·读书·新知三联书店 2013 年版。

③ 麦赐球：《西南联合大学教学记事——〈大一国文〉开篇〈学记〉》，《云南师范大学学报》（哲学社会科学版）2003 年第 6 期。

④ 许渊冲：《逝水年华》，外语教学与研究出版社 2011 年版，第 18 页。

《狂人日记》。①

上述两位先生记忆中的“大一国文”，充分满足了一般意义上关于“大师云集”的理想课堂的想象，因此一直被频繁引用并作为西南联大传奇的一部分被津津乐道。

通过查阅史料可以看到，许渊冲于1938年进入西南联大文学院外国语文系学习，方龄贵则是同年录取的文学院历史社会学系的学生，他们关于这门课程非常相似的记忆，可以成为了解西南联大“大一国文”授课方式的重要依据。但是如果深入对比就会看到，两位先生对魏建功、许维遹先生课程内容的回忆一致，而其他教师的授课内容却不尽相同。因此如果仅仅根据这几篇回忆文章，就将西南联大“大一国文”课程完全归类为“大师精品课”的典范，显然失之偏颇。

“大一国文”是西南联大各院系大一学生的必修课，该门课程贯穿了西南联大在昆明八年的教学历程。当我们将“大一国文”作为一个问题而非现象的时候，课程怎样安排？授课的教师有哪些？使用什么教材？版本可有变化？这些原本似乎不言自明但其实并不清晰的问题便一一浮现出来。

从西南联大现存史料中可以看到，“大一国文”课程由文学院中国文学系负责开设，供全校大一学生学习。课程授课时间为一学年，学分6分，其中包括“大一国文”读本（4学分）和作文（2学分），本章主要关注的课程是前者。那么西南联大的“大一国文”课程是不是一直都是“大师轮流”授课模式？“大一国文”课程教学在西南联大究竟如何实施？通过对西南联大八年学程表的梳理，或许可以窥见一些端倪。

由于“大一国文”课程散见于西南联大每一学年的学程表中，为方便阅读对比，笔者从浩繁的西南联大档案中将每学年“大一国文”课程及新文学课程按照年份梳理如下，在这十份表格②中我们可以清晰地看到“大一国文”课程在西南联大八年历程中的课程设置全貌。

---

① 方龄贵：《西南联大见闻琐忆》，《云南师范大学学报》（哲学社会科学版）2007年第4期。

② 十份表格分别是1937—1938学年上学期长沙临时大学时期一份，1937—1938学年下学期西南联大（昆明）一份，1938—1946学年西南联大时期八份。转引自北京大学、清华大学、南开大学、云南师范大学编《国立西南联合大学史料·教学、科研卷》，云南教育出版社1998年版。

表 1-2 1937—1938 年长沙临时大学国文及新文学课程开设情况

课程名称	学院	年级①	类型②	学期	学分	教师
国文读本（甲）	文学院			上下	4	许维遹
国文读本（乙）	文学院			上下	4	罗庸
国文读本（丙）	文学院			上下	4	李嘉言
国文读本（丁）	文学院			上下	4	许维遹
国文读本（戊）	文学院			上	4	李嘉言

表 1-3 1937—1938 年下学期西南联大国文及新文学课程开设情况

课程名称	学院	年级③	类型	学期	学分	教师
国文读本（甲）	文学院			上下	4	许维遹
国文读本（乙）	文学院			上下	4	许维遹
国文读本（丙）	文学院			上下	4	李嘉言
国文读本（丁）	文学院			上下	4	李嘉言

表 1-4 1938—1939 年西南联大国文及新文学课程开设情况

课程名称	学院	上课年级	类型	学期	学分	教师
国文读本（甲）	文学院	大一	必修	上下	4	罗庸
国文读本（乙）	文学院	大一	必修	上下	4	朱自清
国文读本（丙）	文学院	大一	必修	上下	4	浦江清
国文读本（丁）	文学院	大一	必修	上下	4	王力
国文读本（戊）	文学院	大一	必修	上下	4	许维遹
国文读本（己）	文学院	大一	必修	上下	4	余冠英
国文读本（庚）	文学院	大一	必修	上下	4	陈梦家
现代中国文学讨论及习作	文学院	文学组大四	选修	下	2	杨振声

① 原表中未标明上课年级。

② 原表中未标明课程类型。

③ 1937—1938 年下学期的西南联大办学情况较为特殊。由于战火蔓延迅速，1938 年 1 月，根据国民政府的要求，长沙临时大学迁往云南昆明，更名为国立西南联合大学，并于 1938 年 4 月开学。但是西南联大入滇后，校舍暂不敷使用，故在大部分学院留昆的同时，将文学院和法商学院暂迁云南蒙自，因此文学院的学程表分为了蒙自和昆明两地。原表中文学院在蒙自开设的课程中没有国文课程，国文读本课是列于文学院在昆明开设课程的学程表中。

表 1-5　　1939—1940 年西南联大国文及新文学课程开设情况

课程名称	学院	年级	类型	学期	学分	教师
国文读本（一）	文学院	大一	必修	上下	4	朱自清　沈从文
国文读本（二）	文学院	大一	必修	上下	4	沈从文　朱自清
国文读本（三）	文学院	大一	必修	上下	4	许维遹
国文读本（四）	文学院	大一	必修	上下	4	余冠英
国文读本（五）	文学院	大一	必修	上下	4	余冠英
国文读本（六）	文学院	大一	必修	上下	4	陈梦家
国文读本（七）	文学院	大一	必修	上下	4	李嘉言
国文读本（八）	文学院	大一	必修	上下	4	李嘉言
国文读本（九）	文学院	大一	必修	上下	4	詹锳
国文读本（十）	文学院	大一	必修	上下	4	詹锳
国文读本（十一）	文学院	大一	必修	上下	4	吴晓铃
国文读本（十二）	文学院	大一	必修	上下	4	吴晓铃
国文读本（十三）	文学院	大一	必修	上下	4	杨佩铭
国文读本（十四）	文学院	大一	必修	上下	4	杨佩铭
国文读本（十五）	文学院	大一	必修	上下	4	李覲高
国文读本（十六）	文学院	大一	必修	上下	4	李覲高
国文读本（十七）	文学院	大一	必修	上下	4	张盛祥
现代中国文学*	文学院	文学组大三	选修	上下	4	杨振声
现代中国文学	师范学院	国文系大二	必修	上下	4	杨振声
国文 甲	师范学院	先修班				郑婴
国文 乙	师范学院	先修班				郑婴
国文 丙	师范学院	先修班				
现代中国文学	师范学院	国文进修班			4	杨振声

注：*上学期讲授概论及小说部分，下学期讲授戏剧、诗及散文。部分学生得以分期选习各以 2 学分计。

表 1-6　　1940—1941 年西南联大国文及新文学课程开设情况

课程名称	学院	年级	类型	学期	学分	教师
“大一国文”（叙永 A）	文学院	大一	必修	上下	4	杨振声　彭仲铎
补“大一国文”	文学院	大一	必修	上下	4	沈从文　吴晓铃

表 1-7　　1941—1942 年西南联大国文及新文学课程开设情况

课程名称	学院	年级	类型	学期	学分	教师
国文壹 A（读本）	文学院	大一	必修	上下	4	杨振声　赵西陆
国文壹 B（读本）	文学院	大一	必修	上下	4	李觐高
国文壹 C（读本）	文学院	大一	必修	上下	4	闻一多　马芳若
国文壹 D（读本）	文学院	大一	必修	上下	4	吴晓铃
国文壹 E（读本）	文学院	大一	必修	上下	4	罗膺中　王志毅
国文壹 F（读本）	文学院	大一	必修	上下	4	李嘉言
国文壹 G（读本）	文学院	大一	必修	上下	4	沈从文　周定一
国文壹 H（读本）	文学院	大一	必修	上下	4	李觐高
国文壹 I（读本）	文学院	大一	必修	上下	4	唐兰　王志毅
国文壹 J（读本）	文学院	大一	必修	上下	4	李嘉言　何善周
国文壹 K（读本）	文学院	大一	必修	上下	4	罗常培　傅懋勉
国文壹 L（读本）	文学院	大一	必修	上下	4	朱自清　傅懋勉
国文壹 M（读本）	文学院	大一	必修	上下	4	李广田
国文壹 N（读本）	文学院	大一	必修	上下	4	李广田
国文壹 O（读本）	文学院	大一	必修	上下	4	马芳若
国文壹 P（读本）	文学院	大一	必修	上下	4	孙昌熙
国文壹 Q（读本）	文学院	大一	必修	上下	4	张盛祥
现代中国文学	文学院	文学组语文组：大三大四	选修	上下	4	杨振声
二年国文	师范学院	师范教育、公民、史地	必修	上下	6	张清常
现代中国文学	师范学院	国文系师范大三、大四	选修	上下	4	杨振声
国文	师范学院	师范专修科大一、大二	必修	上下	12	萧涤非

表 1-8　　1942—1943 年西南联大国文及新文学课程开设情况

课程名称	学院	年级	类型	学期	学分	教师
国文壹 A（读本）	文学院	大一	必修	上下	4	杨振声　赵西陆
国文壹 B（读本）	文学院	大一	必修	上下	4	李觐高

续表

课程名称	学院	年级	类型	学期	学分	教师
国文壹 C（读本）	文学院	大一	必修	上下	4	闻一多　马芳若
国文壹 D（读本）	文学院	大一	必修	上下	4	张盛祥
国文壹 E（读本）	文学院	大一	必修	上下	4	罗庸 王志毅
国文壹 F（读本）	文学院	大一	必修	上下	4	李广田
国文壹 G（读本）	文学院	大一	必修	上下	4	沈从文　周定一
国文壹 H（读本）	文学院	大一	必修	上下	4	王志毅
国文壹 I（读本）	文学院	大一	必修	上下	4	朱自清　孙昌熙
国文壹 J（读本）	文学院	师范学院大一	必修	上下	6	彭丽天
国文壹 K（读本）	文学院	补修、重修生	必修	上下	4	许维遹　孙昌熙
国文壹 L（读本）	文学院	大一	必修	上下	4	彭丽天
国文壹 M（读本）	文学院	大一	必修	上下	4	罗常培

表 1-9　　1943—1944 年西南联大国文及新文学课程开设情况

课程名称	学院	年级	类型	学期	学分	教师
国文壹 A（读本）	文学院	大一	必修	上下	4	杨振声　赵西陆
国文壹 B（读本）	文学院	大一	必修	上下	4	朱自清　孙昌熙
国文壹 C（读本）	文学院	大一	必修	上下	4	马芳若
国文壹 D（读本）	文学院	大一	必修	上下	4	周定一
国文壹 E（读本）	文学院	大一	必修	上下	4	闻一多　赵仲邑
国文壹 F（读本）	文学院	大一	必修	上下	4	周定一
国文壹 G（读本）	文学院	大一	必修	上下	4	陈士林
国文壹 H（读本）	文学院	大一	必修	上下	4	陈士林
国文壹 I（读本）	文学院	大一	必修	上下	4	孙昌熙
国文壹 K（读本）	文学院	大一	必修	上下	4	彭丽天
国文壹 L（读本）	文学院	大一	必修	上下	4	彭丽天
国文壹 M（读本）	文学院	大一	必修	上下	4	沈从文　赵仲邑
国文壹 P（读本）	文学院	师范学院大一	必修	上下	4	刘禹昌
现代中国文学	文学院	文学组大三、大四	选修	上	3	杨振声

表 1-10 1944—1945 年西南联大国文及新文学课程开设情况

课程名称	学院	年级	类型	学期	学分	教师
国文壹 A（读本）	文学院	大一	必修	上下	4	朱自清 赵西陆
国文壹 B（读本）	文学院	大一	必修	上下	4	沈从文 马芳若
国文壹 C（读本）	文学院	大一	必修	上下	4	浦江清 周定一
国文壹 D（读本）	文学院	大一	必修	上下	4	闻一多 赵仲邑
国文壹 E（读本）	文学院	大一	必修	上下	4	许维遹 彭丽天
国文壹 F（读本）	文学院	大一	必修	上下	4	彭仲铎 陈士林
国文壹 G（读本）	文学院	大一	必修	上下	4	马芳若
国文壹 H（读本）	文学院	大一	必修	上下	4	周定一
国文壹 I（读本）	文学院	大一	必修	上下	4	赵仲邑
国文壹 J（读本）	文学院	大一	必修	上下	4	彭丽天
国文壹 K（读本）	文学院	大一	必修	上下	4	陈士林
国文壹 L（读本）	文学院	大一	必修	上下	4	李松筠
国文壹 M（读本）	文学院	大一	必修	上下	4	冯钟芸
国文壹 N（读本）	文学院	大一	必修	上下	4	邢庆兰
现代中国文学	文学院	文学组 大三	选修	上下	4	沈从文
现代文选	师范学院	晋修班			4	李广田

表 1-11 1945—1946 年西南联大国文及新文学课程开设情况

课程名称	学院	年级	类型	学期	学分	教师
国文壹（读本）一	文学院	中文系大一	必修	上下	4	杨振声 赵西陆
国文壹（读本）二	文学院	大一	必修	上下	4	彭仲铎 马芳若
国文壹（读本）三	文学院	大一	必修	上下	4	闻一多 赵仲邑
国文壹（读本）四	文学院	大一	必修	上下	4	许维遹 彭丽天
国文壹（读本）五	文学院	大一	必修	上下	4	沈从文 李松筠
国文壹（读本）六	文学院	大一	必修	上下	4	浦江清 冯钟芸
国文壹（读本）七	文学院	大一	必修	上下	4	张清常 刘禹昌
国文壹（读本）八	文学院	大一	必修	上下	4	周定一
国文壹（读本）九	文学院	大一	必修	上下	4	陈士林
国文壹（读本）十	文学院	大一	必修	上下	4	彭丽天
国文壹（读本）十一	文学院	大一	必修	上下	4	彭丽天
国文壹（读本）十二	文学院	大一	必修	上下	4	赵仲邑

续表

课程名称	学院	年级	类型	学期	学分	教师
国文壹（读本）十三	文学院	大一	必修	上下	4	周定一
国文壹（读本）十四	文学院	大一	必修	上下	4	陈士林
国文壹（读本）十五	文学院	大一	必修	上下	4	刘禹昌
现代中国文学	文学院	文学组大三大四、师范学院国文系大四大五	选修	上下	4	沈从文

按照入学年级，将前文述及的许渊冲、方龄贵两位先生的描述与表1-3进行比对，相较而言，从课程内容回忆和现存课本目录、教师的名单和课程安排表两个方面来看，方龄贵先生的回忆与现有史料更为接近，而两位先生均提及的闻一多、刘文典和魏建功三位先生和他们分别提及的杨振声、唐兰和罗常培并没有出现在他们当年的“大一国文”课程表的授课教师名录中。由此，或许可以推断在西南联大初期教学中，课程表的设置与实际教学实施之间，可能存在部分弹性调整。1938—1939 学年的“大一国文”使用“大师轮流”授课模式已经有当事人回忆为证，但这种方式是否就是西南联大“大一国文”一以贯之的授课模式？笔者认为并非如此。

参照 1939 年后西南联大各院系的学程表，可以非常清晰地看到诸如英文、体育等同类型必修课程的课程代码也采用类似 1938 年的“某课+甲乙丙丁”“某课+ABCD”或“某课+一二三四”。此外，如果仔细对比表1-7 和表1-9，可以清晰地看到，表1-7 中的课程代码排序是“国文壹”的 A-Q，而表1-9 中的“国文壹”A-P 中却没有“J、N、O”，如果课程设置是“车轮式”授课的话，那么课程代码排序应该是连贯的，表1-9 的跳跃排列就会显得非常奇怪又毫无必要，而且表1-9 中的“国文壹 P”中专门标注了授课对象为师范学院大一学生，表1-8 中也有类似安排，由此更可证明这一类排序方法，它们代表的可能更多的是分班依据而非标识前后顺序。

在西南联大学生彭国涛的回忆里，分班制可以得到印证。由于空袭频仍，战况不定，西南联大常委会于 1940 年 11 月决定将部分师生搬迁至四川叙永，由杨振声任叙永分校主任，并限令联大一年级学生于 12 月 20 日前到叙永分校报到，彭国涛就是搬迁叙永的学生一员：“1940 年我考入西南联大文学院，在四川叙永读大学一年级。我的国文课有幸被编在 A 班。授课老师有三人：杨振声教授教现代文学，彭仲铎副教授教古典文学，刚进入西南联大的李广田先生教作文。他和杨振声教授都是山东人，杨振声教授身材高大，满口京腔。李广田先生与之相比，就显得比较矮小，说的是带山东口音的普通话，李广田也是由杨振声聘到西南联大的。”①

张源潜是 1942 年西南联大外文系的学生，他曾这样回忆他的“大一国文”课：“现代文学作品特别受到重视，不仅放在前面，而且当一位教授和一位助教（或教员）合开一个小班这门课程的时候，担任现代文学作品讲授人物的总是教授，助教（或教员）只教古文，并负责批改作文。别的学校恐怕不会这样做吧，那也可以说是联大的一个特色。”②

知名教授亲自为低年级本科学生授课，这一直是西南联大“大一国文”课程留给人们的笼统印象，于是在许多研究文章中都曾流露出“民国时代公共基础课遴选学界泰斗执教，学术含金量高”之类的论断，并由此反思当代大学语文课程的师资水平问题。从上述史料的印证中可知，“大师轮流”的授课方式的确在 1938—1939 学年存在于西南联大“大一国文”的课堂，但是在 1939 年之后，学校的教学和安排均完全步入正轨，学生根据学分制的要求在校内各学院选课，“大一国文”课程逐步过渡到稳定的分班教学中，“大师轮流”这种充满传奇性质又令人难以忘怀的方式被更加成熟的“新老搭档”的模式取代。

前文所引的十个课程表，尽管在教学实施过程中可能存在弹性变量，但是它们仍可作为分析“大一国文”师资力量的重要依据。西南联大文学院的教师团队一般分为教授、副教授、专任讲师、教员和助教五级，其中专任讲师、教员和助教基本都是青年教师，随着教学年限的累积，教师的职级会有一定变化，和当今高校一样，这种变化在青年教师身上尤为明显。在这十个课表中，共开设国文课程 106 班次，其中由教授和副教授单独授课的班次仅占 18%，由“教授、副教授+青年教师”授课的班次占 29.2%，青年教师独立授课的班次占 52.8%。根据这些数据统计可以看出，在“大一国文”的师资安排中，青年教师参与的课程比例占到了

① 彭国涛：《我所知道的李广田先生》，《西南联大北京校友会简讯》2002 年第 10 期。

② 张源潜：《大一（1942—1943）生活杂忆》，《云南文史资料选辑》（34），云南人民出版社 1988 年版，第 161—163 页。

82%的绝对多数，这与当代高校的大学语文课程多为青年教师授课的模式并无太大区别。不过，值得注意的是，教授、副教授等名家一直在教师名单中，并且与青年教师搭班教学，“老带新”的方式既有利于保证课程质量，又能帮助青年教师快速成长，这样的举措对于课程师资梯队建设具有极强的推动作用。殊为重要的是，在“大一国文”课程中，所有教授担任的都是语体文作品的教学工作，这样的安排一方面是因为语体文作品在当时尚无成规可循，因此在教学中的难度更大，另一方面更可充分体现出西南联大“大一国文”对语体文部分的充分重视。资深教授亲自教学，既可最大限度地帮助学生准确理解现代文学作品，更是对现代文学必然是中国文学最新方向的坚定确认。

在西南联大的会议记录档案中可以看到这样的记录：

> 第九十八次会议（1938 年 12 月 21 日）议决事项：……（二）关于本校一年级生国文教学方面请由杨振声先生负责主持；……①

这里所说的关于一年级生国文教学事务，即是大一国文委员会。1938 年西南联大在昆明办学步入正轨后，这个委员会既负责国文教材的编撰，也负责“大一国文”课程的教学实施和指导。从云南省档案馆保存的一份 1939 年的原始档案中，可以清晰地看到当年大一国文委员会的全部委员名单：

> 敬启者，兹谨将本年度大一国文委员会名单开呈，书录审核备案为荷，此上。
>
> 常务委员会：二十八年十月十二日
>
> 杨振声（召集人）、罗常培、罗庸、浦江清、朱自清、沈从文、许维遹、余冠英、陈梦家、李嘉言、陶重华、吴晓铃、杨佩铭、王守惠。②

① 北京大学、清华大学、南开大学、云南师范大学编：《国立西南联合大学史料 · 会议记录卷》，云南教育出版社 1998 年版，第 80 页。

② 云南省档案馆馆藏档案号：GC31-1939-020。

大一国文委员会的创设，是西南联大“大一国文”课程在1940年代大学国文课程中形成鲜明特色的关键。大一国文委员会常务委员按照年度聘任审核，委员会的成员不仅参与了课本内容的编订，同时还深入教学实践当中。编者与教师连续统一，对于充分贯彻选本宗旨极为有利，并且有助于在分班教学的前提下，尽量保持教学效果的均衡。可以说，大一国文委员会既是一个教材编写组织，更是一个教研活动单位①，集体讨论、共同决议、集中阅卷等教研活动常常出现在朱自清的日记中。②

其中1938年底定下的“课外指定必要的新文学读物”议题，在1939年1月即已初见成效。朱自清主要负责一年级散文读物的选目，当时“入围”的文章大致如下：《鲁迅自选集》《胡适文选》《自剖》《巴黎的鳞爪》《落叶》《甘愿做炮灰》《湘行散记》《往事》《沈从文自传》《我的自传》《画梦录》《野草》《中国史的新页》《新事论》《古史辨（第一册）自序》《中国哲学史补》《科学与人生观》《科学与哲学》（罗家伦）、《四十自述》《现代作家的创作经验》等。③ 此后不久，委员会在闻一多家开会，议定了“大一国文”课程的课外读物选目：《鲁迅选集》《从文选集》《茅盾选集》《巴金选集》《志摩选集》《日出》《塞上行》《欧游杂记》《蒋百里文》《汉代学术史略》《胡适文选》《人生五大问题》《诗与真》（一集）、《人物评述续编》。④

除去课程事务的共同决议之外，在西南联大师范学院国文系还成立了一个名为“国文学会”的社团组织，这个组织的成员多为大一国文委员会成员，同时还扩大到了文学院的其他专家学者。国文学会每个月都要举行报告会，由担任“大一国文”课程的年轻教师作为主讲人，围绕国文

---

① 据杨振声的儿子杨起回忆：“学校对《大一国文》非常重视，将其规定为全校一年级的共同必修课。《大一国文》委员会除参与课本的编选外，还负责课务的安排、决定任课教师。”上述回忆载于季培刚编著《杨振声编年事辑初稿》，黄河出版社2007年版，第227页。

② “（1938年12月15日）下午《大一国文》作文委员会开会，规定作文规则，颇为严格。”“（1938年12月28日）下午开国文系会议及大一国文会议。决议准许转学生由学二年级英文改为一年。关于后者通过议案三则，一、定背诵者为七篇；二、课外制定必要的新文学读物；三、作文考试不及格者，每年继续接受相同之考试，不必重修。”“（1938年12月30日）下午访今甫，商谈《大一国文》委员会议案公布事宜。决定送教务处请彼等公布。”“（1942年7月24日）今日集体阅《大一国文》卷，有饭。”上述均出自朱乔森编《朱自清全集》（第11、12卷），江苏教育出版社1996年版。

③ 朱乔森编：《朱自清全集》（第12卷），江苏教育出版社1996年版，第4—5页。

④ 朱乔森编：《朱自清全集》（第12卷），江苏教育出版社1996年版，第6—7页。

教学和研究，自选题目进行报告，再选一到两位教授作为导师，在报告会上进行点评。这种报告会是对“大一国文”教师进修的一种考核，明确要求青年教师注重自己的课外学习。上述这些教学教研举措，对于帮助青年教师成长，有效提升课程教学质量无疑都具有借鉴意义。

第二节 教材与选目：现代文学实绩的推广

除去教师和课程安排之外，西南联大“大一国文”课程另一个引人注目的方面莫过于教材的编订。已有的研究主要是基于国文课程和国文教材变迁的历史梳理，并将西南联大国文课作为1940年代国文教材的一部分来考察①。在这些成果中，西南联大“大一国文”的特征主要有两个，其一是名师授课，其二是有语体文出现，但这两个特征都只停留在现象描述的层面，并未对其背后的深层逻辑展开论述，同时也未对教材版本和课程细节进行考察。

随着史料的不断涌现，西南联大国文教材的版本和使用状况逐渐清晰起来。总体而言，西南联大“大一国文”教材经历了“三个阶段”：第一阶段是1937—1938学年，在短短的一年内，三校经历了京津撤退—长沙临大—西南联大的颠沛流离期，这一时期国文课程持续，但因为战争干扰，学期和课程时长不规律，教材的情况暂不明晰。第二阶段是1938—1944学年，这一阶段西南联大使用的是由本校大一国文委员会编撰的国文读本。第三阶段是1944—1946学年，这一阶段使用的是统一的部颁大学国文教材。

在这三个阶段的教材中，最有特色的就是第二阶段的西南联大自编国文读本，也是本节讨论的重点读本。

> 西南联大一年级学生，不管读的文、法学院，还是理、工学院，都要读一年语文，当时叫“《大一国文》及作文”。课本是中文系编

① 例如，何二元、付帅的系列论文，连载于2012年《语文教学通讯》；董奇峰：《从“〈大一国文〉”到“大学文学”——“大学语文”课程教学目标、学习内容的演变浅探》，《淮北煤炭师范学院学报》（哲学社会科学版）2010年第5期；王淑华、刘福森：《民国时期〈大一国文〉教材的演变》，《濮阳职业技术学院学报》2014年第5期；李瑞山、陈振、邹铁夫：《民国大学国文教育课程教材概说》，《中国大学教学》2015年第8期。

的，选文不加注释，16 开本，白纸铅印，厚薄跟现在的期刊（如《文学评论》之类）差不多。米黄色的封面，左上方用黑框围着“国立西南联合大学国文课本”一行 2 号铅字，很有点古色古香的味道。印数可能不很多，后来的学生用书只能是通过征求、出让这种方式，从上一届学生手中接过来又传下去的。①

张源潜的这段回忆是目前仅见的关于“大一国文”课本样式最为精确的描述，他在回忆中也提到在课本中的选文是文言文和白话文各占一半的比例。很长一段时间以来，关于西南联大“大一国文”教材内容最为著名的回忆是汪曾祺先生的《晚翠园曲会》②，文中这样写道：

联大的《大一国文》课有一些和别的大学不同的特点。一是课文的选择。《诗经》选了“关关雎鸠”，好像是照顾面子。《楚辞》选《九歌》，不选《离骚》，大概因为《离骚》太长了。《论语》选“冉有公西华侍坐”……魏晋不选庾信、鲍照，除了陶渊明，用相当多篇幅选了《世说新语》……唐人文选柳宗元《永州八记》而舍韩愈。宋文突出地全录了李易安的《金石录后序》。……白话文部分的特点就更鲜明了。鲁迅当然是要选的……但选的不是《阿 Q 正传》而是《示众》，可谓独具只眼。选了林徽因的《窗子以外》、丁西林的《一只马蜂》（也许是《压迫》）。

所有关于教材的回忆，都反复提到西南联大“大一国文”读本既收入了古典文学作品，也选择了现代白话文作品，毋庸置疑，这一点是西南联大“大一国文”读本最为突出的特点。但正因为如此，也令许多读者误解课程教材一直处于一个稳定不变的状况，但事实并非如此。

例如，许、方二位均回忆说“魏建功讲《狂人日记》”，而汪老则说“鲁迅当然是要选的……但选的不是《阿 Q 正传》而是《示众》，可谓独具只眼”，由此可知，西南联大国文课本必定经历过版本修订。再如，罗

① 张源潜：《大一（1942—1943）生活杂忆》，《云南文史资料选辑》（34），云南人民出版社 1988 年版，第 161—163 页。

② 汪曾祺：《晚翠园曲会》，邓九平编《汪曾祺全集》（第 6 卷），北京师范大学出版社 1998 年版，第 206—214 页。

常培的《中国文学的新陈代谢》一文中就有过明确的叙述："我们西南联合大学所用的《大一国文》读本经过三次改编。"[①] 2015 年《西南联大国文课》一书问世，该书根据国家图书馆所藏《西南联合大学国文选》予以校订整理，时隔半个多世纪后，这本教材终于又一次以完整的面貌呈现在世人面前。本书包括上、中、下三篇，上篇为 20 篇文言文，中篇为 15 篇白话文，下篇为 44 首诗歌（无宋词）。在书末的"版本说明"中，编者曾经特别指出："这个版本应该是三次修订中第二次修订后的版本。"[②]

通过对史料的梳理和对比，笔者认为西南联大自编的"大一国文"教材的第一版可以称为 1938 年版，从 1938—1939 学年开始使用，突出的特点是文言文、白话文和诗歌都在课文之列，浦江清[③]、许渊冲、方龄贵回忆所述即是此版。虽然全貌不存，篇目数量无法统计，但是可以知道文言文部分有章学诚的文章、有《牧誓》，白话文部分有《狂人日记》，诗歌部分或许包含宋词，这些篇目都是后面的版本中不曾见到的，这个版本可以视为第二阶段的"母本"，后续改编都是在此基础上进行。

第二版出现在 1939 年。1939 年 5 月，朱自清先生的日记中开始陆续记载商谈"大一国文"的选目问题[④]，尤其是 6 月 16 日那句看似简单的记录实则存有一定歧义，目前暂无法确定"决定四十五篇"的准确含义是"全书总共选定 45 篇"还是"当天选定了 45 篇"？如果是前者，就意味着 1939—1942 年期间有过"20 文+15 白+10 诗"和"20 文+15 白+44 诗"两个版本。如果是后者，那么 2015 年整理出版的很有可能就是这个版本，因为两者的文言文、白话文数量完全相同，仅在诗歌数量上存在差异。但笔者倾向于认为后者的可能性较大，即 2015 年整理出版的就是

① 罗常培：《中国文学的新陈代谢》，《国文月刊》1943 年第 19 期。

② 《大一国文》编撰委员会编，张耀宗整理：《西南联大国文课》，译林出版社 2015 年版，第 339 页。

③ 浦江清在 1940 年 10 月的《国文月刊》中发表《论中学国文》一文时曾提及："商务印书馆所出复兴高中国文教科书第一册第一篇是《典论 · 论文》，后面又有章学诚的《诗教》上和《诗教》下，《书经》的《牧誓》，李清照的《金石录后序》，那几篇文章，恰巧在前年的西南联大《大一国文》教本上也选的有。"

④ "（1939 年 5 月 19 日）商谈《大一国文》问题。""（1939 年 6 月 16 日）下午开国文选本会，决定四十五篇，其中文言文二十篇，诗十篇，白话文十五篇。""（1939 年 6 月 16 日）下午开国文选本会，决定四十五篇，其中文言文二十篇，诗十篇，白话文十五篇。""（1939 年 7 月 7 日）编排和裁剪国文读本。""（1939 年 8 月 14 日）晚杨今甫来，示以国文选的白话文，颇有新见解。""（1939 年 10 月 31 日）看了《国文选》甚满意。"上述记录均来自朱乔森编《朱自清全集》（第 12 卷），江苏教育出版社 1996 年版。

1939 年 10 月版，理由是中国作为有着悠久诗歌传统的国度，仅在国文课本中选入 10 首诗歌的可能性相对较小。

第三版是 1942 年以前版。罗常培在 1942 年 7 月发表的《中国文学的新陈代谢》一文中非常详细地指出：“我们西南联合大学所用的《大一国文》读本经过三次改编，最后一本包含 15 篇文言文、11 篇语体文、44 首诗、1 篇附录。”① 从这个数字可以看出，最后一个版本在文言文和语体文的数量上都做了删减。

1942 年起，国民政府教育部要求各大学使用统一的部颁大学国文教材，西南联大亦在其列。从西南联大的会议记录中可以看到，杨振声 1942 年 9 月和 1943 年 7 月两度请辞大一国文委员会主席职务。特别是 1943 年的会议记录尤其明确②：

> 杨振声先生为《大一国文》委员会自部定课本颁布后，已无设立之必要，函请准予辞去《大一国文》委员会委员兼主席职务，应照准。《大一国文》委员会可暂不设置。

尽管部定教材于 1942 年颁发，但真正推广使用又经历了两年左右的时间。“1942 年在重庆的教育部搞了个《大学国文选目》，‘饬公私立各大学一律遵用’。这个部颁选目，几十篇文章全是文言文，没有一篇语体文。大约到了 1944 年，部定选目正式印成读本，颁发到各大学。西南联大也不得不放弃了多年来选有语体文的自编课本，遵用部定读本。”③

西南联大“大一国文”教材之所以备受关注，是因其从同时代的众多国文教材中脱颖而出，第一次将新文学作品纳入正式的教材中，要求全体大一新生学习。在某种程度上实现了新文学作品在学院场域中的历史性亮相，被许多研究者看作是新文学作品在大学教材中确立其合法性的重要标志。

如前所述，西南联大“大一国文”教材经历了至少三次修订，目前

① 罗常培：《中国文学的新陈代谢》，《国文月刊》1943 年第 19 期。

② 北京大学、清华大学、南开大学、云南师范大学编：《国立西南联合大学史料·会议记录卷》，云南教育出版社 1998 年版，第 80 页。此外，1945 年度的《国立西南联合大学文学院中国文学系学程说明书》中对“大一国文”课程有过明确的介绍：“本学程读本教材采用部定大学国文。”

③ 季培刚：《杨振声年谱》，学苑出版社 2015 年版，第 610 页。

我们能够看到的最为完整的版本是1939年推出的第二版，目录如表1-12至表1-14所示：

表1-12　《大一国文》上篇目录（20篇）

作者或出处	篇名
《论语》	选读十章，附谢良佐《论语解·序》
《左传》	鞌之战
《战国策》	鲁仲连义不帝秦
《史记》	司马穰苴列传
《汉书》	李陵苏武传
《三国志》	诸葛亮传
《世说新语》	选录
慧立、彦悰	大唐大慈恩寺三藏法师传（起长安终伊吾）
刘知几	史通·自叙
柳宗元	封建论
《资治通鉴》	钜鹿之战，附《史记·项羽本纪》一节
沈括	梦溪笔谈选录
李清照	金石录后序
袁中道	西山十记
顾炎武	日知录·廉耻
焦循	文说（三篇）
曾国藩	圣哲画像记
王先谦	史可法传
章炳麟	国故论衡·原学
王国维	人间词话（选录）

表1-13　《大一国文》中篇目录（15篇）

作者或出处	篇名
胡适	建设的文学革命论（节录）
鲁迅	示众
周作人	希腊的小诗
徐志摩	我所知道的康桥
郁达夫	薄奠
谢冰心	往事（节录）

续表

作者或出处	篇名
陈西滢	创作的动机与态度
慧立、彦悰	管闲事
丁西林	一只马蜂
茅盾	连环图画小说
巴金	父与女
林徽因	窗子以外
朱光潜	自然美与自然丑
鲁迅	我怎么做起小说来
沈从文	我的创作与水的关系

表 1-14　　《大一国文》下篇目录（44 首）

作者或出处	篇名
《诗经》	小雅・六月
《楚辞》	九歌・国殇
《古诗十九首》	八首诗选
王粲	七哀诗（一首）
陶渊明	咏荆轲（一首）
	饮酒（五首）
王昌龄	从军行（四首）
	出塞（一首）
岑参	轮台歌奉送封大夫出师西征（一首）
	走马川行奉送出师西征（一首）
杜甫	悲陈陶（一首）
	悲青坂（一首）
	述怀（一首）
	羌村（三首）
	茅屋为秋风所破歌
	闻官军收河南河北
	登楼（一首）
	登岳阳楼（一首）

续表

作者或出处	篇名
白居易	新乐府·缚戎人
	新乐府·官牛
陆游	夜泊水村
	书愤
	纵笔（第二首）
	纵笔（第三首）
	书愤
	夜登千峰榭
	北望感怀
	示儿
附录：教育部公布新式标点符号案	

以上各表已经清晰地呈现出西南联大“大一国文”的课文全貌，中篇的内容无疑是这部教材最具特色的部分。在“大一国文”编撰委员会成员的朱自清看来，“大学国文不但是一种语文训练，而且是一种文化训练”①，相信这样的看法在一定程度上得到了课本大多数编委的认同。课本上、中、下三篇的均衡布局，在某种程度上已经把整个中国文学历程以语言形式进行了区隔。前两部分是文，最后一部分是诗。“文”的部分清晰地区分了文言文和语体文，而在现代汉语诗歌尚且不足够成熟的时候，“诗”的部分就充分选择了古诗。也许，正是基于这样的基本思路，所以在这一本国文教材中，没有出现“词”和“曲”之类的文体。当然，尽量避免和中学国文教材内容重复的思路，也必然在一定程度上对选文标准发生了作用。此外，时局因素也是编者考量选本的重要维度之一。在课文下篇所选的诗歌中，柔情浪漫的缠绵悱恻无影无踪，甚至李白的恣意挥洒也被放弃，满布案头的都是战争、国难、痛苦和离乱，沉郁顿挫的杜甫和忧愤深广的陆游，无疑是时代的最佳选择，整部课本的最后一句课文是“王师北定中原日，家祭无忘告乃翁”，其中的坚忍、悲怆和必胜的信念不言而喻。

① 朱自清：《论大学国文选目》，朱乔森编《朱自清全集》（第 9 卷），江苏教育出版社 1996 年版，第 18 页。

在现代文学作品篇目的选择上，编者们首先坚持的第一取舍标准是“篇幅短小”，所以一些较长的理论或散文，都只是选取了片段节录。这个标准也可以解释为什么鲁迅的小说会从第一版的《狂人日记》替换为《示众》①，郁达夫的小说会是《薄奠》而非给他带来巨大声名的代表作《沉沦》。第二个选文标准是西南联大本校老师的文章不选。② 这样“凡长篇与本校同仁作品皆经割爱”③ 的原则一直坚持到了后来的习作教材《语体文示范》中。最终被引入教材的15篇现代文学作品包括了散文、小说、戏剧和文学理论，在一定程度上代表了新文学最初20年的文学创作成果，但是其中并不包括白话诗歌，可见在编者们看来，白话诗虽然已经小有收获，但是对于中国这样的诗歌大国而言，其发展成熟尚需时日。

新文学作品选本的排列大致遵循中国新文学产生和发展的时间纵线，因此胡适《建设的文学革命论》毫不意外地位列榜首。课本节录的是这篇文章的前三个部分，“国语的文学—文学的国语”作为开宗明义的宣言，出现在新文学部分的首章。文章中“死文言决不能产出活文学。中国若想有活文学，必须用白话，必须用国语，必须做国语的文学”④ 的主张和“尽可努力去做白话的文学”⑤ 的号召，对于青年学生而言无疑是一种意识的强化。尽管白话文的合法地位已经得到官方的认可，但是短短二十年的推行与数千年的文言传统相比仍显得微不足道。因此，文言文作为上篇和语体文作为中篇的结构，既能够看到文化传统的承接，更带着新文学、新文化、新语言“破”和“立”的使命。相较于中学国文教材的训练功能而言，西南联大的国文课教材更为注重的是思想层面的体系建设。

---

① 张源潜回忆：“我们班的国文老师杨振声先生讲《示众》时曾说过：本来打算选鲁迅的代表作《狂人日记》的，考虑到课本的篇幅，才换了这篇短一点的。但鲁迅描写人物的功夫也完全体现出来了。”上述回忆见张源潜《大一（1942—1943）生活杂忆》，《云南文史资料选辑》(34)，云南人民出版社1988年版，第161—163页。

② 吴宏聪在文章《忆恩师杨振声先生》一文中曾经回忆：“有同学问他（杨振声），《大一国文》是先生主持编印的，选了不少语体文，为什么您和闻先生、朱先生和沈先生的作品却一篇未收，是什么原因？他说闻先生、朱先生和沈先生都有上佳作品可作教材，但这本书是中文系自己编的，系里教师的作品，最好还是回避一下，所以没有选。”该文见《现代教育报》2004年3月19日。

③ 《西南联大语体文示范》，中国国家图书馆馆藏缩微资料，索取号：MGTS/022616。

④ 《大一国文》编撰委员会编，张耀宗整理：《西南联大国文课》，译林出版社2015年版，第112页。

⑤ 《大一国文》编撰委员会编，张耀宗整理：《西南联大国文课》，译林出版社2015年版，第114页。

教材也是与学生对话的途径，大学教材所承载的绝不仅仅是技能传导的功用，还应该具备意识改造的能力。青年一代对于白话文取代文言文之必然趋势的深入理解和把握，是构建全新文化世界的基础，只有在这个层面上通过反复教育和强化，到达认知上的充分统一，才能最终形成白话文的实质性胜利。所以，胡适此文既是以新语言写新文学的漫长革命的纲领，也为国文课本中新文学世界的展开完成了理论铺垫。

在选文中颇为引人注目的是剧作家丁西林的作品，其创作的独幕剧一直受到杨振声的推崇。早在 1928 年，他就在《新文学的将来》中提到："西林的独幕剧很好，也很有名，至少他的《一只马蜂》，是很少人不知道的。但《一只马蜂》并不是他的代表作，他最好的剧是《压迫》，载在《现代评论》第一周年纪念增刊里。……西林创作的剧却不多，而独幕剧又不是戏剧的正宗；所以中国现在，还没有真正国家戏剧之出现。"① 所以《一只马蜂》和《压迫》都曾经在西南联大"大一国文"教材中出现，并且虽经多次版本调整，一直作为课本中的戏剧"独苗"存在。

尽管一再申说本校同仁的作品不进入编排的视野，但是最终还是将沈从文讨论创作的《我的创作与水的关系》一文与鲁迅《我怎么做起小说来》并置于现代文学选目的末尾，使得整部教材的现代文学部分既呈现了创作实绩，又延伸了写作技巧。这样的安排无疑是突出了"《大一国文》及作文"的课程性质，同时也能够充分说明课程对白话文写作的重视，由此就能够理解这门课程最终考试的方式是要求所有学生写一篇白话文的作文，并由课程教师们统一阅卷，给出最终成绩。

随着国民政府教育部部颁教材的强制推行，从 1944 年起，西南联大"大一国文"课程不再使用校编教材，充满实验勇气并广受后人赞誉的西南联大"大一国文"读本，从 1938 年到 1944 年，实际上使用了六年左右的时间。相对于联大八年而言，这部国文教材的影响力必然具有决定性的意义。对于当时已经存在了 30 年左右的中国大学国文课程而言，这或许只算得上是一次短暂的实验，但其可贵之处正在于编写者和使用者对于白话文学的坚定认可。部颁教材的内容是 50 篇文言文，其编写理念与西南联大国文课的理念大相径庭，于是西南联大就对自己的教材进行了改良，在原来校编教材中的现代文作品的基础上，另行编写了一本《语体文示

① 李宗刚、谢慧聪辑校：《杨振声文献史料汇编》，山东人民出版社 2016 年版，第 167—168 页。

范》，作为“大一国文”课程“习作”部分的教材，用另一种方式再次将白话文学作品纳入西南联大的教材之中。

表 1-15　　《语体文示范》目录（13 篇）①

作者或出处	篇名
胡适	建设的文学革命论（节录）
鲁迅	狂人日记
鲁迅	示众
徐志摩	我所知道的康桥
徐志摩	死城
宗白华	论世说新语和晋人的美
朱光潜	文艺与道德
朱光潜	无言之美
梁宗岱	歌德与李白
梁宗岱	诗、诗人、批评家
谢冰心	往事（节录）
林徽因	窗子以外
丁西林	压迫

在这本为“习作”而编的教材中，我们既可以看到原来课程设计中的构想，也能非常清晰地体会到西南联大文学院以杨振声为主的诸位先生对于发展新文学的坚持和苦心。这样一种“曲线救国”式的保存新文学作品教材地位的方法，一方面为新文学在全校学生中的推广起到了必然并且巨大的作用，另一方面也构成了从 1920 年代起即在清华校园中开始的“中国新文学教育”在 1940 年代延伸。更为重要的是，这次教材更迭甚至还引起了一场关于“文言文和语体文”的论争。

第三节　延续与坚持：“新文学在大学里”

通过前述可以看到，西南联大“大一国文”课程从教材编撰和课程设置上都明确贯穿着一个统一的思路，即在大学课程和教材中突出新文学

---

① 《西南联大语体文示范》，中国国家图书馆馆藏缩微资料，索取号：MGTS/022616。

的地位，并借此扩大新文学的影响。正如姚丹所论西南联大的“大一国文”课本引起的变革，第一次使语体文与古代经典平起平坐，“由此奠定了新文学在大学体制内的合法地位”①，“对普通学生而言，《大一国文》在他们心中确立了语体文正统的地位，教会他们从文学发展的角度、从语言的角度来欣赏和领会语体文，培养了他们的审美趣味和文学修养，使新文学作品获得广泛的群众基础，新文学作家深入人心”②。尽管西南联大“大一国文”课程的确有一些首创之功，但是回溯新文学发展尤其是大学校园中新文学发展的历程就能看到，西南联大“大一国文”课程事实上承续了1920年代以清华大学国文系为代表的教学思路，并在新的历史时期以更具实效的方式实现了新文学在大学课程谱系中的地位确立和发展传播。

1937年8月为应对卢沟桥事件爆发后巨变的时局，教育部紧急发布了《教育部设立临时大学计划纲要草案》。该草案指出，为在变乱之中使良师仍可教学，良才仍可受教，并在战争的非常时期为国家培养特殊需要的人才，决定在全国范围内暂时设立三所临时大学：“临时大学第一期设在长沙，临时大学第二期设在西安，临时大学第三期地址尚在选择中。”③ 其中第一期即为西南联大的前身“国立长沙临时大学”。草案中还规定，各区临时大学筹备委员会设主席一人，由教育部长兼任；设秘书主任一人，常务委员三人，上述四人合组常务委员会，分别担任秘书、总务、教务及建筑设备等四部分的事务。鉴于上述机构设置，教育部高等教育司于1937年8月28日致密谕给梅贻琦，指令长沙临时大学筹委会的组成人员：“张伯苓、梅贻琦、蒋梦麟为长沙临时大学筹备委员会常务委员，杨振声为秘书主任。”④ 此后，四人的分工为杨振声主理秘书事务，蒋梦麟负责总务，梅贻琦负责教务，张伯苓负责建设⑤。从此时起，离开青岛大学后已在教育部负责中小学国文教材编订的杨振声再次回到了大学

① 姚丹：《西南联大历史情境中的文学活动》，广西师范大学出版社2000年版，第137页。

② 姚丹：《西南联大历史情境中的文学活动》，广西师范大学出版社2000年版，第139页。

③ 《教育部设立临时大学计划纲要草案》，北京大学、清华大学、南开大学、云南师范大学编《国立西南联合大学史料·总览卷》，云南教育出版社1998年版，第53页。

④ 《教育部关于任命长沙临时大学负责人的密谕》，北京大学、清华大学、南开大学、云南师范大学编《国立西南联合大学史料·总览卷》，云南教育出版社1998年版，第54页。

⑤ 《梅贻琦手拟临时大学筹委会第一次会议报告提纲》，北京大学、清华大学、南开大学、云南师范大学编《国立西南联合大学史料·总览卷》，云南教育出版社1998年版，第57页。

教育的第一线，于国难当头之时承担起了长沙临时大学及此后西南联大的筹建重任。

1938 年 7 月 22 日在西南联大文学院院长系主任联席会上，冯友兰提出有人批评联大“大一国文”课没有新的教学方法①，这是关于西南联大“大一国文”课罕见的批评声音，正是因为有了这样的批评，此后一天，冯友兰又专门与时任中国文学系系主任、教授会主席的朱自清讨论“大一国文”问题②，可见“大一国文”课程的调整已经被列为文学院的重点工作。此后，由杨振声牵头的“大一国文”委员会成立③，专注于“大一国文”课程的管理、教材的编订和教学的实施。在教材的编订中尤其是新文学部分的选目，杨振声是核心人物；在课程的管理与实施方面，杨振声更是将自己多年关于国文课程与国文系的思考灌注其中。如果没有杨振声的坚持，没有朱自清的支持，没有梅贻琦的扶持，那么西南联大的“大一国文”从课程到教材都不会是现在的面貌，因此把杨振声称为西南联大“大一国文”课程的灵魂人物毫不为过。

杨振声从长沙临大开始即任秘书主任、常务委员会成员，是学校筹建的核心一员。1938 年 4 月西南联大成立，又担任西南联大常务委员会委员、秘书长，并兼任中文系教授，受聘北京大学。在教学之外还兼任西南联大诸多行政性职务，为西南联大校务工作贡献良多。④ 在杨振声诸多兼任的职务中，担任了五年的“大一国文”委员会主席可能是其兼任持续最长的职务，这使得“大一国文”教材，特别是其中新文学作品的选目

---

① 齐家莹编：《清华人文学科年谱》，清华大学出版社 1999 年版，第 212 页。

② 7 月 23 日，冯友兰与朱自清谈“大一国文”问题，指出三点：(一) 讲解《庄子·天下篇》一类课文，因生字多，必须设法引起学生兴趣。(二) 教授桐城派或章太炎等选派文章，须使学生从总体上加以体会。今废此二法，学生不觉新意，乃最大失败。(三) 必须充分认识朗诵之必要。朱自清认为：“诸说皆有见地。”上述内容见齐家莹编《清华人文学科年谱》，清华大学出版社 1999 年版，第 212 页。

③ 据杨振声的儿子杨起回忆：“1938 年西南联大成立了《大一国文》委员会，我父亲任主任委员。在他的主持下，开始编选《大一国文》课本的工作。”上述回忆载于季培刚编著《杨振声编年事辑初稿》，黄河出版社 2007 年版，第 227 页。

④ 杨振声在西南联大兼任他职的经历：1938 年 4 月代理西南联大总务长两月余；1940 年 11 月—1941 年 5 月任西南联大叙永分校校务主席、分校主任，因工作繁重而身患重疾，后辞分校职回昆明手术并休养。1941 年 9 月—1942 年 3 月任师范学院国文系主任职，1942 年 3 月代中国文学系系主任职，1943 年 3—8 月，因冯友兰学术休假，暂代文学院院长职。在抗日战争胜利确定北返复员之际，又先行回京筹办北京大学北返事务。

深深打上其烙印。[①] 他在1928年对中国新文学创作实绩的判断一直延续到了联大的教材编订中，他认为："新文学中，包括诗，戏曲，小说，散文四种。四者之中，最易成功，也最有成功的，为散文；次之为短篇小说，戏曲更次之，成功最难而也最少的为诗"[②]，或许杨振声的这一判断正好可以解释为什么"大一国文"教材中没有选择新诗作为课文。当然，杨振声并非对中国新诗存有偏见，而是认为新诗的创作非常不易，一方面新诗的创作想要突破中国千年的诗歌传统将面临极大的困难，而且中国传统诗歌中常常流露的柔美哀婉之风已经不适合20世纪上半叶满目疮痍的国家现实，他认为中国需要更为强劲的文学力量。另一方面，他还深入地考虑到现代诗人们面对现代的世界和生活，应该有自己的新理解和新创造。他在《诗与近代生活》一文中提出了两个问题："在现代生活中（包括自然与社会环境）是不是依然能有诗的情感与写诗的冲动？在近代生活中，诗对一般社会是否仍有其昔日光荣的价值？"[③] 在杨振声看来，因袭旧辞藻、重温旧时光的旧式诗歌已经不符合现代环境，现代的诗章应该来自从现代语言中"琢磨"出来的新词汇，应该来自由现代生活环境所引发的新情感。如果诗人只会转向往昔，或逃遁现实，那么必然会失去其现代价值，而如果踏上现代科学的新路，在宇宙与人生中探察其幽微，由智慧与深情领导现代人的情感生活，"新诗对现代人的价值必一如古诗对于古人的价值"[④]。

《新文学在大学里——〈大一国文〉习作参考文选序》是杨振声为《语体文示范》一书写的序言，既编排于教材的卷首，又以专文的形式发表在1944年11月的《国文月刊》中。如前所述，此时西南联大的"大一国文"自编教材已经在教育部的饬令之下更换为全古文的部颁统一教材，所以这篇文章的发表在某种意义上正是对新文学意义的重申。在这篇

---

① 1939年8月14日的朱自清日记中有这样的记录："晚杨今甫来，示以国文选的白话文，颇有新见解。"参见朱乔森编《朱自清全集》（第12卷），江苏教育出版社1996年版，第40页。

② 杨振声：《新文学的将来》（原载1928年12月12日清华大学校刊增刊之一《文学》第1期），转引自李宗刚、谢慧聪辑校《杨振声文献史料汇编》，山东人民出版社2016年版，第164页。

③ 杨振声：《诗与近代生活》（原载1946年10月6日《经世日报·文艺副刊》第8期），转引自李宗刚、谢慧聪辑校《杨振声文献史料汇编》，山东人民出版社2016年版，第350页。

④ 杨振声：《诗与近代生活》（原载1946年10月6日《经世日报·文艺副刊》第8期），转引自李宗刚、谢慧聪辑校《杨振声文献史料汇编》，山东人民出版社2016年版，第351页。

文章中，杨振声条理清晰地陈述了三个观点：从社会需求来看，古文学习博大精深，必须投入充足的时间和大量的精力，方能收到阅读的效果，如果要使用，还需更加精进地学习。但是现代社会对人才的多样化需求，已经不可能让所有人都花这样多的精力在古文的学习之中；从时代要求来看，用本国文字表达自己的思想情感，这既是一个国家国民的义务，也是国民的权利。“大一国文”的目的是国文训练，是培养善用文字的能力。以确切的语言接受知识，并以确切的语言进行表达，这是新时代的新要求；从国家文明的层面来看，语文一致是近代文明国家的共同特征，语言必须是活的，我们可以继承古人的精神，但不要抄袭古人的陈言，应该以“现代人的资格，用现代人的语言写现代人的生活，在世界文学共同的立场上创造现代文明”①。

杨振声此文可以算得上将自己关于“新文学在大学中的地位”这个问题的思考进行了一次系统梳理，这个思路在他担任清华大学中国文学系主任时就已经逐步形成。杨振声曾经回顾过他在清华艰难的“创业”生涯，1928 年的秋天，他刚刚走马上任，便与朱自清在古月堂的书房，商定了国文系的计划，将新旧文学“接流”与中外文学交流这两个目标作为清华国文系的新方向。围绕这个方向，清华成为第一所开设比较文学和新文学习作课程的大学，同时还明确要求中文系和外文系的学生必须交互修习几门基础课程。在杨振声和朱自清看来，这是国文系改造的新途径，更是中国新文学唯一的前途。

清华国文系在课程组织方面既注重研究传统文学，又注重参考外国的现代文学。在杨振声亲自撰写的“民国十八年清华大学中国文学系课程总说明”中，他详细地说明了新旧文学“接流”是因为语言、文字、情感、生活、思想和格调都是中国的，只有研究和接续了这些，才有可能创造中国的新文学，但是这种接续并不是为了完成对旧文学的因袭，而是要创造真正紧跟时代脉搏的中国新文学。正是因为这样的目标，外国现代文学才成为参照的镜子，中外文学的交流就是对国外进步的艺术和理论的学习，对“时代产儿”的学习，并借此来创作中国的新文学。这份课程说明尽管处理了新旧文学之间的关系，但是结合杨振声的其他论述来看，他认为

---

① 杨振声：《新文学在大学里——〈大一国文〉习作参考文选序》（原载 1944 年 11 月《国文月刊》），转引自李宗刚、谢慧聪辑校《杨振声文献史料汇编》，山东人民出版社 2016 年版，第 342 页。

旧文学是中华文化的珍贵传统和血脉，但是已经完全停留在逝去的时代中，而旧时代的认知根本不足以支撑对新时代的理解，因此他并不认为旧文学能够为新文学的发展提供真正有益的帮助，因此借镜西方或许是新文学向前发展的仅存动力。当时杨振声本人就在清华大学主讲“当代比较小说”课程，期待“以中国作品为主，取各国作品为比较之研究，目的在参考及吸收外国文学以辅助中国新文学之发展”①。

当1930年杨振声赴任国立青岛大学校长，朱自清接任清华大学国文系主任后，仍然延续了杨振声提倡新文学的思路，进一步在教学中强调新文学的重要性。到了1931年，“创造我们这个时代的新文学”已经成为清华大学中国文学系明确而首要的目标②，并号召大多数中文系的学生都加入研习新文学作品的行列之中，在课程安排上逐步强调习作课的地位，强调外国文学的意义，鼓励学生修习除英语外的第二外语，以增加对外国文学作品涉猎的可能。更为重要的是，清华国文系已经将文学教育与大学对现代社会的使命和责任相连，将创造新文学作为大学义不容辞的使命。

即便有如此理想，但就清华的实际课程而言，“也还是旧的方面占大部分；新的只有当代比较文学、中国新文学研究、新文学习作（高级作文的一部分）三种”③。对于刚刚在国文系起步的“创造新文学”而言，究竟能够有怎样的收获还是未知数，不过毕竟有了课程的倡导，新文学的实践的确踊跃了许多，甚至有部分学生以创作或新文学研究代替了毕业论文。④

与此同时的北大中文系，也在进行着类似的改革。1931年，胡适出任北京大学文学院院长之时就强调：“文学有三方面：一是历史的，二是创造的，三是鉴赏的。历史的研究固甚重要，但创造方面更是要紧，而鉴

---

① 《大学本科学程一览·国文系》，《国立清华大学一览》，1930年，第47页。

② 参见朱自清《清华大学中国文学系概况》，朱乔森编《朱自清全集》（第8卷），江苏教育出版社1996年版，第405—407页。

③ 朱自清：《清华大学中国文学系概况》，朱乔森编《朱自清全集》（第8卷），江苏教育出版社1996年版，第405页。

④ 以创作代论文的有1931年郝御风（诗集代），1933年林庚（诗集代）、吴组缃（小说代）、赖天缦（小说代），其他如1931年余冠英论文题目为“新诗至研究”，金大本论文题目为“新文学运动以来创作小说目录”。参见季剑青《北平的大学教育与文学生产：1928—1937》，北京大学出版社2011年版。

赏与批评也是不可偏废的”[①]，其中“创造的”就是胡适在北京大学国文系增设了“新文艺试作”课程：“拟请新文艺作家负责指导，凡从事于试作者，庶能引起练习之兴趣，并得有所纠正”[②]。拟定的教员有周作人、俞平伯、徐志摩、余上沅、废名等，这门课程一直延续到抗战爆发之前。

1934年，清华大学中国文学系将本系课程大略地分为中国文学和中国语言文字两类，特别是在中国文学中强调“创作”的意义，并特指设“习作”一科就是这样的用意。此时，在中国文学系的概况中，还特别说明了“大一国文”的问题：“一年级国文也是本系的责任，大学生在一年级时往往忽略国文这一科，但到毕业后，又往往觉得国文不够用。本系下年度将国文课分为读本及作文两项。读本除讲授国文选外，并制定梁任公常识文范、胡适文选、鲁迅自选集等书，有同学自行阅读。作文除课外改正外，并酌摘误句，由同学在课内自行改正。此外，尚拟由同学就国文选及课外阅读书中习见之词或语，练习应用。”[③] 而此时清华国文系的教师名录中半数以上的名字，在西南联大成立之后即出现在了联大“大一国文”的教师名单之中。[④]

无论是课程安排，还是教学理念，甚至是师资力量，西南联大“大一国文”都可以被看作是清华模板的昆明延续。这个模板得以顺利平移，除去杨振声、朱自清二位的主理之功，也得益于另一个人的“保驾护航”，这个人就是清华大学校长梅贻琦。

1931年10月，梅贻琦被任命为清华大学校长，这位工科出身的大学校长推崇教授在学校的地位，注重人才的全面教育，始终专注于学校的发展，一改此前清华行政化、官僚化的风气，上任之后迅速得到了师生的认可和支持，终止了清华大学一度走马灯式换校长的闹剧，为清华在抗日战争前赢得了一段高速而卓有成效的发展期。梅贻琦低调务实的领导作风和

---

① 胡适：《中国文学过去与来路》，欧阳哲生编《胡适文集》（12），北京大学出版社1998年版，第28页。

② 《国文系课程指导书（民国二十年九月订）》，北京大学档案，案卷号：1930014。

③ 朱自清：《中国文学系概况》，朱乔森编《朱自清全集》（第8卷），江苏教育出版社1996年版，第415—416页。

④ “教授兼主任：朱自清；教授：陈寅恪、杨树达、俞平伯、刘文典、闻一多；专任讲师浦江清、王力；讲师：赵万里、唐兰；教员：许维遹；助教：余冠英、安文倬。”参见朱自清《中国文学系概况》，朱乔森编《朱自清全集》（第8卷），江苏教育出版社1996年版，第415页。

善于处理疑难问题、应对复杂局面的协调能力，既帮助清华迅速成长，更在其主政西南联大期间起到了至关重要的作用，使得三校联合的局面得以稳固，并最终成就中国乃至世界教育史上的奇迹。西南联大一直是“三常委”的学校领导配置模式，但是因为蒋梦麟和张伯苓两位长期在重庆公干，因此西南联大的实际管理职责都由梅贻琦负责。梅贻琦卓越的领导才干首先表现在其延续清华传统，弱化大学的行政特征，加强和保证“教授治校”的权力格局，使得一大批个性突出的知识分子都能联合在一起，共同为西南联大的发展出力，同时又充分确保了西南联大的学术氛围和自由空气。其次，在主政期间非常注重对原有三校的平衡关切，甚至有时愿意牺牲部分清华的利益来维护团结统一的局面，正因如此，梅贻琦也在很大程度上得到了三校同仁的共同认可。再次，作为联大的实际管理人，梅贻琦还恰当地处理好了西南联大与云南当地各界、与云南当地政府及与重庆政府之间的复杂关系，为西南联大在昆的教学活动赢得了充分自由的空间。最后，至关重要的是，梅贻琦在其主政清华和西南联大期间，一以贯之的就是践行“通才教育”的教学及管理理念，这一理念在他著名的文章《大学一解》及各类研究成果中已有详述，此处不再赘言。其中特别要求学生不分系科专业都应具有善用中国语言能力并注重提高文学修养，因此“大一国文”课程的存在即是这种“通才教育”的重要组成部分。

1938 年，当局教育部颁布了大学共同必修科目表，要求全国大学均奉令实施。这个科目表详细规定了大学一、二年级的共同必修科目，甚至要求大学一年级不再分系，只进行统一的基础学习。这样设置的初衷是为了促进大学的“基本训练”科目，但弊端是课程内容安排过多。朱自清曾撰专文讨论过大学共同科目的设置问题，他指出在 1931 年后的清华即已实行“一年级共同必修科目”，“经过教授会的热烈辩论，决定了政策；又经过委员会的研究，教授会的审核，决定了科目，从二十一年度起施行，指导二十五年度止。二十六年抗战开始，北大清华南开三校成立长沙临时大学，还采用大一共同必修科目制度。二十七年临时大学迁昆明，改名西南联合大学，这个制度照旧”①。从朱自清的梳理中不难看出，在大一共同必修科目上，西南联大一直延续的都是清华大学的设计架构，其中

① 朱自清:《论大学共同必修科目》，朱乔森编《朱自清全集》（第 9 卷），江苏教育出版社 1996 年版，第 429 页。

首当其冲的科目便是“大一国文”。

“大一国文”这个看起来并不起眼的科目，之所以能够在西南联大成为一个备受关注的焦点问题，并进而成为中国新文学发展历程中的重要组成部分，首先是得益于校内学术权威的共识和行政力量的支持，其次是有赖于杨振声、朱自清这样一批既有学术眼光，又有实干精神，更有推动能力的新文学探索者，是他们持续不断地坚守在大学教育的第一线为新文学的发展寻找动力。

“大一国文”课程中的新文学要素，一方面来自新文学作品在教材中的引入，另一方面来自对学生白话文习作的重视和强调。这段历程几经起伏，曲折前进，说它一出现就代表了新文学合法学术地位的确立或许为时尚早，但可以肯定的是，因为有了“大一国文”课程的推动，新文学作品从选修内容跃升为必修内容，影响从国文系扩展到全校所有院系专业，依赖于共同必修科目在课程设置中的特殊地位，新文学从某种意义上获得了来自学校教学体制中最有效的权力推动，同时因为有了通识教育的背景，文学课程承担了对学生进行人文精神教育的重任。相对于古典文学而言，新文学已经是一套全新的话语系统和全新的社会视野，更是一种全新的解释和叙述中国的方式，在这套话语中所包含的关于现代中国的一切范式都与古典文学和古代中国完全不同。

课程与教材的双管齐下，必然明确了新文学作品的现代意义；课内教学与课外阅读的双面助推，必然扩大了新文学作品的读者群落；教学与考核的双向并重，必然促进了新文学作品的创作可能。对于移植自西方的大学体制加上移植自西方的通识教育理念，西南联大“大一国文”的探索甚至可以看作是双重意义上的本土化实验和民族化探索，不仅接续历史悠久的文化旧传统，还要兼顾晚近的五四新文化的新传统，这种中西合流，古今融通的思路，与 1940 年代走向融合的文学特征一脉相承。此后，围绕西南联大“大一国文”的教学科研，延伸出一系列激烈而富有意义的讨论，这些讨论和实践既在教学意义上完成了现代文学理念的知识构建，又在价值意义上推动了对古今中西文学关系的再次评估，甚至是对现代民族国家意识的重新思考。

第二章

各体文写作：国文系的新文学教学与实践

如果说西南联大“大一国文”读本是在知识层面上推动了新文学代表作品的接受广度，那么与之相配合的作文课程以及国文系开设的其他写作课程则是在实践意义上促进了新文学创作的蓬勃发展，并且在校园中培养了一批具有旺盛创作热情和积极创作动力的学生群体，同时掀起了一股持续不断的创作热潮，为新文学作者群的梯队建设和新文学创作的最终成熟发挥了不可磨灭的重要作用。

第一节　习作课程：作为教师的沈从文

> 记得是民国十七年秋天，徐志摩先生要我去一个私立大学讲中国现代小说，上堂时，但见百十个人头在下面转动，我知道许多脑子也一定在同样转动。我心想：和这些来看我讲演的人，我说些什么比较好？所以就在黑板上写了一行字：请你们让我休息十分钟吧。……实在说就是给大家欣赏我那个乱蓬蓬的头，那种狼狈神气。到末后，我开口了，一说就是两点钟。下课钟响后，走到长廊子上时，听到前面两个人说：他究竟在说些什么？①

这是 1942 年 5 月 2 日沈从文在西南联大国文学会进行题为“短篇小说”的讲演时，回忆自己第一次登上讲台的经历。回忆中所说的“私立大学”，就是位于上海的中国公学，正是在这里，沈从文不仅遇到了他的人生伴侣张兆和女士，更为重要的是，在文坛崭露头角初有声名的新文学

① 沈从文：《短篇小说》，《沈从文全集》（第 16 卷），北岳文艺出版社 2002 年版，第 501 页。

作家沈从文开始了他的教师生涯，踏上了他在大学校园内的新文学教学之路。

自1980年代沈从文重新回到读者和研究者视野中开始，这位来自湖南的“乡下人”的身份就显得非常复杂，作家、评论家、编辑、教师、文物学家等一系列的头衔背后，沈从文丰富的人生被徐徐展开。作为作家的沈从文最为大众所熟知，一系列饱含鲜明个人特色的作品，不仅让读者沉醉于文字与故事，更为文坛贡献了一片充满传奇的湘西山水。对于沈从文个人来说，1948年是他人生的重大转折时刻，在这个转折时刻来临前的十年，在沈从文身上最为重要的身份，除了作家，便是教师，特别是西南联大的新文学课程教师。

沈从文的教师之路正式开始于1929年8月，因为徐志摩的推荐，沈从文在胡适任校长的上海中国公学担任讲师，开设“新文学研究”和“小说习作”两门课程。此时，在北京大学、清华大学、燕京大学等北京的高校中，已经开始陆陆续续出现新文学课程安排，尽管数量很少，也暂无声望可言，但终究是新文学在大学校园中播下的种子。作为新文学发声者的胡适，当然不会让他执掌的中国公学置身事外①。如前所述，此时在大学校园中开设新文学课程的主要是杨振声、朱自清、徐志摩等一批既有传统学术背景，又有留学深造经历的学者，他们登上大学讲坛是顺理成章的事情。但是相比他们而言，既无学历又不曾留洋的沈从文要厕身此列，就显得十分吃力②。在中国公学授课期间，沈从文还在暨南大学做兼职讲

① 胡适的“破格”，并不仅仅是因为他和徐志摩、沈从文的私人情谊，也不只是因为他对沈从文个人创作的欣赏，胡适有他自己办学的思路。后来，时过境迁，偶然触发忆及当年在中公聘请作家之举，胡适在1934年2月14日日记中不无自得地写道：“偶捡北归路上所记纸片，有中公学生丘良任谈的中公学生近年常作文艺的人……此风气皆是陆侃如、冯沅君、沈从文、白薇诸人所开。北大国文系偏重考古，我在南方见侃如夫妇皆不看重。学生试作文艺，始觉此风气之偏。从文在中公最受学生爱戴，久而不衰。大学之中国文学系当兼顾到三方面：历史的；欣赏与批评的；创作的。”胡适：《胡适全集》（第32卷），安徽教育出版社2003年版，第304页。

② 此时的沈从文虽然有大量作品发表和出版，但是稿酬和版税并不高还常常拖欠，甚至还有分文拿不到的情况发生，加之出版社倒闭而背着一身债务，又带着生病的母亲和年轻的妹妹一起生活，沈从文的压力日胜一日，难以为继。在这样困难的情境下，徐志摩向胡适推荐了沈从文。一年后沈从文为中国公学教职一事致信胡适：“昨为从文谋教书事，思之数日，果于学校方面不至于弄笑话，从文可试一学期。从文其所以不敢作此事，亦只为空虚无物，恐学生失望，先生亦难为情耳。从文意，在功课方面恐将来或只能给学生以趣味，不能给学生以多少知识，故范围较窄钱也不妨少点，且任何时学校方面感到从文无用时，不要从文也不甚要紧。可教的大致为改卷子与新兴文学各方面之考察，及个人对各作家之感想，关于各教学方法，若能得（转下页）

师，教授“中国小说史”课程。1930 年 9 月，陈源代理武汉大学文学院院长一职，因《现代评论》的同人之谊和胡适的大力推荐，沈从文受聘武汉大学国文系，但由于他寒酸的学历背景，虽有多方努力，也仅仅被聘为国文系助教，教授“新文学”和“习作”两门选修课。武汉大学的教学时光压抑而痛苦，所以沈从文仅仅坚持了 3 个半月便辞职离开。好在此时，一直都对他颇为赏识的京派老将杨振声已出任国立青岛大学校长，他立志要把青岛大学建设成为中国新文学的另一校园重镇，因此非常积极地延揽了一大批新文学家汇聚青岛①。

1931 年 8 月沈从文受聘国立青岛大学中文系讲师，开设“中国小说史”和“高级作文”，度过了他相对愉快的两年教学时光，直至 1933 年 9 月，返回北京。此后的几年，他一直和杨振声一起编辑《大公报》文艺副刊和中小学国文教科书，也因为这些工作和战争的时局，沈从文于 1938 年迁居昆明。在结束了教科书编辑工作之后，由于有杨振声的力荐，1939 年 6 月，沈从文再执教鞭，走上了西南联大的讲台，先后受聘师范学院国文系副教授、教授。直至西南联大结束，三校复员北返各归各位时，又受聘北京大学国文系教授。

作为小说家的沈从文下笔有神，妙语连珠，但是站在讲台上的沈从文却并没有这样游刃有余。在张兆和、臧克家、汪曾祺、杜运燮等学生的回忆中，“声音小”“方音重”“听不清”“拘谨”一直都是沈从文老

（接上页）先生为示一二，实为幸事。事情在学校方面无问题以后，从文想即过吴淞租屋，因此间住于家母病人极不宜，且贵，眼前两月即感束手也。”［沈从文：《致胡适》，《沈从文全集》（第 18 卷），北岳文艺出版社 2002 年版，第 16 页。］从信中恳切甚至卑微的言辞汇总，可以看到沈从文对于自己登上讲台并没有十分充足的自信。后来在武汉大学也曾遭遇“他们总以为他是个创作家，看的书太少，恐怕教书教不好”的质疑［陈西滢致胡适信，此信见耿云志主编《胡适遗稿及秘藏书信》（第 35 册），黄山书社 1994 年版，第 85—87 页］。后来在西南联大任教被刘文典嘲讽没有资格当大学老师，只应该领四块钱薪水的故事更是流传甚广。穆旦就曾经抱怨“沈从文这样的人到联大来教书，就是杨振声这样没有眼光的人引荐来的”，可见当时阻力之大（季培刚编著：《杨振声编年事辑初稿》，黄河出版社 2007 年版，第 236 页）。

① 1930 年 8 月国立青岛大学正式成立，文学院设中文系、外文系、教育学系。校长杨振声聘请闻一多为文学院院长兼中文系主任，梁实秋为外文系主任兼图书馆馆长。文学院教授中还有专攻戏剧的赵太侔，一年后，赵出任国立青岛大学教务长。与沈从文同期受聘的中文系讲师还有赵少侯、游国恩、杨筠如、梁启勋、费鉴照，一年后诗人陈梦家也应闻一多之邀来担任助教。

师的讲台标签。① 尽管这些标签不大合乎现在对教师素养的基本要求，但是作为教师的沈从文仍然受到学生的喜爱。胡适说他在中国公学“最受学生爱戴，久而不衰”，而到了西南联大，来听他各体文习作课的同学很多，三间大的教室总是座无虚席，不仅中文系的同学来上他的课，还有很多其他系的同学也来旁听，以致教室容纳不下，不少同学不得不搬了椅子坐到门外窗外听讲。②

沈从文的从教之路，始于中国公学，盛于西南联大。从表 2-1 就能看出，西南联大是他连续教学时间最长、开设课程最多、听课学生数量最大的一段教学经历：

表 2-1　　沈从文任教西南联大开设课程③

时间	学院及职称	开设课程
1939—1940 学年	师范学院 国文系副教授	一、文学院中文系 1. 与朱自清合上：国文一（读本，一年级必修）、国文二（读本，一年级必修） 2. 独自上：国文二（作文，一年级必修） 二、师范学院国文系 各体文习作（白话文）（二年级必修）

① 初登讲台的沈从文在当时的学生、后来的夫人张兆和眼中看来“这位老师上课堂讲不出话来挺有趣。……可我们并不觉得他是可尊敬的老师，不过是会写写白话文小说的青年人而已。”（张允和：《从第一封信到第一封信》，张新颖编《生命流转，长河不尽》，北岳文艺出版社 2015 年版，第 263 页）到了武汉大学，他留给学生的印象仍然是：“沈从文先生，教我们小说史，他住在学校通往公园的林园右边的小楼的‘窄而霉斋’里，写作很勤，经常出入图书馆，查教学材料。他上课，声语低，说得快，似略有怯意。”（臧克家：《悲愤满怀苦吟诗》，《新文学史料》1980 年第 3 期）汪曾祺回忆：“他的湘西口音很重，声音又低，有些学生听了一堂课，往往觉得不知道听了一些什么。沈先生的讲课是非常谦抑，非常自制的。他不用手势，没有任何舞台道白式的腔调，没有一点哗众取宠的江湖气。他讲得很诚恳，甚至很天真。”［汪曾祺：《沈从文先生在西南联大》，邓九平编《汪曾祺全集》（第 3 卷），北京师范大学出版社 1998 年版，第 464 页］“沈先生实在不大会讲课。讲话声音小，湘西口音很重，很不好懂。”［汪曾祺：《自报家门》，《汪曾祺全集》（第 4 卷），北京师范大学出版社 1998 年版，第 287 页］杜运燮回忆：“我是在 1939 年进西南联大后才认识沈先生的。没有选他的课。虽然也曾慕名去旁听过，但讲课的口才不是他的特长，声音很低，湘西乡音又重，有的话听不见，有的听不懂，因此听过几次后，就不想去了。……到教室听他的课，甚感吃力。似乎学生听得吃力，他也讲得吃力。”（杜运燮：《可亲可敬的“乡下人”》，巴金、黄永玉等《长河不尽流——怀念从文》，湖南文艺出版社 2018 年版，第 238—239 页）

② 刘北汜：《执拗的拓荒者》，巴金、黄永玉等《长河不尽流——怀念从文》，湖南文艺出版社 2018 年版，第 195 页。

③ 全表整理自北京大学、清华大学、南开大学、云南师范大学编《国立西南联合大学史料·教学、科研卷》，云南教育出版社 1998 年版。

续表

时间	学院及职称	开设课程
1940—1941学年	师范学院 国文系副教授	一、文学院中文系 1. 与吴晓铃合上：国文一（读本、作文，一年级必修） 2. 独自上：各体文习作（一）（二年级必修）、中国小说（文学专业三年级必修） 二、师范学院国文系 各体文习作（一）（二年级必修）、中国小说（选修）
1941—1942学年	师范学院 国文系副教授	一、文学院中文系 1. 与周定一合上：国文壹 G（读本，一年级必修） 2. 独自上：各体文习作（一）（二年级必修）、中国小说（文学专业三、四年级选修）、创作实习（文学专业三、四年级选修） 二、师范学院国文系 各体文习作（一）（二年级必修）、中国小说（师范教育系三、四年级选修）
1942—1943学年	师范学院 国文系副教授	一、文学院中文系 1. 与周定一合上：国文壹 G（读本，一年级必修） 2. 独自上：各体文习作（一）（二年级必修）、中国小说（文学专业三、四年级选修） 二、师范学院国文系 各体文习作（一）（初级部国文科二年级必修）、各体文习作（三）（师范部二年级必修）、中国小说（师范教育系三、四年级选修）
1943—1944学年	师范学院 国文系教授	一、文学院中文系 1. 与赵仲邑合上：国文壹 M（读本，一年级必修） 2. 独自上：各体文习作（一）（语言、文学专业二年级必修）、中国小说（文学专业三、四年级选修）、各体文习作（三）（文学专业三、四年级选修） 二、师范学院国文系 各体文习作（一）（师范部二年级必修）、各体文习作（三）（师范部四年级必修、初级部国文科三年级必修）
1944—1945学年	师范学院 国文系教授	一、文学院中文系 1. 与马芳若合上：国文壹 B（读本，一年级必修） 2. 独自上：中国小说（文学专业三年级选修）、现代中国文学（文学专业三年级选修）
1945—1946学年	师范学院 国文系教授	一、文学院中文系 1. 与李松筠合上：国文壹五（读本，一年级必修） 2. 独自上：各体文习作（二）乙（语体）（文学专业三年级必修）、中国小说史（语言、文学专业三、四年级选修）、现代中国文学（文学专业三、四年级选修） 二、师范学院国文系 中国小说史（三、四年级选修）、现代中国文学（四、五年级选修）

沈从文在西南联大所开设的全部课程中，除去中国小说和中国小说史属于古代文学范畴之外，其他都是新文学。1938—1939 学年，西南联大

的新文学课程只有杨振声一人开设现代中国文学讨论与习作，这样孤寂的状况到沈从文入校之时即得到改观，杨振声将这门“习作”课程单独列出，交给沈从文主讲。

沈从文在名流荟萃的大学校园中存在，似乎一直是个“异类”，嘲笑他的人鄙视的都是他的学历和背景，肯定他的人都是因为他出色的创作才能。观察作为教师的沈从文，他的存在正好回答了一直困扰中文系的一个问题：“创作到底能不能教”？如果能，如何教？自沈从文从教以来，“习作”一直是他的主攻课程，他对这个词情有独钟，甚至将自己的一本近乎阶段性精选版的小说集命名为《从文小说习作选》。从他的大学任教第一课“小说习作”一直到他在西南联大开设的课程“各体文习作”，可以说他是用十几年的时间在“磨一课”，也磨出了自己的创作课教学方法——习作实践。写作课的“实习”主要是作文，“讲一种文体，沈从文首先讲一讲该文体的要求，即让学生写一篇作文，然后根据作文中存在的问题，再如上文介绍的那样讲解，之后又让学生写，看掌握和运用的情况如何。至于写什么，他一般不作要求，只规定文体界限”①。

沈从文正是因为自己的创作才能，才走上了大学讲台，“创作实践”必然首先是他对自己的要求。从在中国公学任教开始，沈从文就有意识地为自己的课程创作小说。例如，为了教学生写对话的技巧，他就创作了《若墨医生》这样通篇都用对话组成的小说；1931年完成的著名小说《三三》，沈从文后来在自存样书的这一篇文后，记下这样的话：“在青岛山东大学时为学生示范叙平凡事而写，与《八骏图》相对照，见两种格式。”②《八骏图》亦是在青岛教书时给学生举例：“文章系为示范而作的，正讨论设计，一个短篇宜于如何来设计，将眼下事真真假假综合，即可以保留一印象动人而又真且美，重要点在设计。这作品由之产生。”③《腐烂》这篇小说，是1929年为习作课准备的，意在以此举例：“说明不必要故事，不必用对白，不必有首尾和什么高潮，还是可以完成

① 李光荣：《沈从文在西南联大》，《新文学史料》2013年第2期。

② 沈从文：《题〈虎雏〉自存本》，《沈从文全集》（第14卷），北岳文艺出版社2002年版，第452页。

③ 沈从文：《题〈八骏图〉自存本》，《沈从文全集》（第14卷），北岳文艺出版社2002年版，第462—463页。

一个短篇。”① 而且这篇小说一直都作为他的教学资料库存在。直到汪曾祺在他的课上写出小说《灯下》之后，沈从文还推荐他去读《腐烂》。

对于自己的讲课，沈从文一向不大自信，因此他的课堂讲授内容不多，更倾向于将更多的时间交给学生去写，写后再讲，有的放矢。他深知只有在实践中发现问题，那么创作教学才具有明确的问题目标，只有以学生创作实践中的短板为靶心，教师才能找到直接有效帮助学生的办法。因此，对于学生作业的认真批改，就是沈从文找到的课外“一对一”教学法。

刘北汜是西南联大学生作家中的代表，他就曾回忆说沈先生写作也好，授课也好，都非常认真，把全部的精力都放在了上面。当他为了躲避日渐频繁的空袭迁居呈贡龙街②的时候，仍然不顾路途遥远，将学生的作业带回家中批改。甚至到了暑假，“我们几个同学去呈贡看他，以为他可以在滇池边上的乡间好好休息一下，谁知他桌子上堆了高高一堆同学们的习作，他正用毛笔一篇篇写下他的读后意见”③。

吴小如回忆说：“我第一次把文章交给从文老师，心中惴惴不安。再接到原稿，上面布满先生亲自用红笔增删涂改的墨迹，并有剪贴拼合处。同时附来先生的亲笔信，说明为什么要这样改，末尾还有‘改动处如有不妥，由弟负责’的话。过去我曾有意摹拟先生的笔调写文章，总感到貌既不合，神更不似。自从看了这份改稿，顿使我明白了许多写作文的窍门。”④ 汪曾祺曾说：“沈先生教写作，写的比说的多，他常常在学生的作业后面写很长的读后感，有时会比原作还长。这些读后感有时评析本文得失，也有时从这篇习作说开去，谈及有关创作的问题，见解精到，文笔讲

---

① 沈从文：《题〈八骏图〉自存本》，《沈从文全集》（第14卷），北岳文艺出版社2002年版，第464页。

② 呈贡龙街是位于昆明东南的郊县，距联大校址约30—40公里，战时交通不便，需搭乘滇越铁路的小火车方能往返。当时一起避居于此的南迁教师很多，例如吴文藻、冰心、费孝通等，著名的“魁阁”即位于此地。西南联大复员北返后，师范学院继续在原址留昆，后更名为昆明师范学院，1989年更名云南师范大学。随着社会经济的发展和城市规模的扩大，昆明开始营建新的行政中心和大学城，选址呈贡。现在的云南师范大学新校区距离魁阁和当年的联大教师呈贡聚居地非常近，不能不说是历史有趣的巧合。

③ 刘北汜：《执拗的拓荒者》，巴金、黄永玉等《长河不尽流——怀念从文》，湖南文艺出版社2018年版，第195页。

④ 吴小如：《师恩没齿寸心知——悼念沈从文师逝世两周年》，王珞编《沈从文评说八十年》，中国华侨出版社2004年版，第83页。

究。——一个作家应该不论写什么都写得讲究。这些读后感也都没有保存下来，否则是会比《废邮存底》还有看头的。可惜！”[①]

如汪曾祺所说，沈从文精心写下的评语绝大多数都已经消失于历史的烟尘之中，所幸的是经过仔细寻找，还是找到了极少的踪迹。经济系学生陈家煜在大四时选修了沈从文的“各体文习作”课，根据课堂要求，他写了一篇名为《避静》的小说，小说中表现的是天主教的方修士在修道过程中的思想活动。沈从文在这篇小说的后面写下了327个字的评语[②]：

> 你文章好，惟论事叙事混来一气，写事写人分配上有点乱，所以不大像散文，也不能给人一个“小说”印象。这是有生活经验，少写故事训练必然的情形。换言之，即不知如何运用材料。场面写得相当多，实不必要，要写的是方修士行为动作，以及那颗不安定的心，如何反映到行为中，小动作上，矛盾上，以及相反表现上。你试去看看契诃夫短篇集，会明白写人的各种方法，对你运用目前这种题材必有极多帮助。他也常写教会中人事，却常常知道将属于宗教仪式条规用简单经济方式说明，而侧重在写人，且居多还从人的行为中表现那个心，正仿佛给人画像，画像时于神情间让观众明白这人是在作什么，并打算作什么。他不另外为画中人作任何解释，这才是小说！你文笔够用了，对教会知识够用了，只是对如何写这件事的经验不够用。

陈家煜还写过一篇叫作《弥撒礼》的小说，沈从文也曾作了简略的点评：[③]

> 这很好。能在小节目上略加装饰，把场面中可能的、应有的、必

① 汪曾祺：《沈从文先生在西南联大》，邓九平编《汪曾祺全集》（第3卷），北京师范大学出版社1998年版，第466页。

② 这篇评语来自西南联大学生张源潜1943年的日记。那是从同乡陈家煜处抄来的。陈家煜虽然是经济系的学生，但是爱好文学，因此在沈从文的课上写过几篇小说请沈从文指点。因为他对天主教会的内部情况比较熟悉，所以小说都是这个方面的题材。张源潜：《沈从文先生对学生习作的批语举例》，《云南文史资料选辑》（第34辑），云南人民出版社1988年版，第200—201页。

③ 张源潜：《沈从文先生对学生习作的批语举例》，《云南文史资料选辑》（第34辑），云南人民出版社1988年版，第200—201页。

然的、属于人的种种加以补充，在景物中静的一方面也添加一些，就成一篇很好的文章了。

这极有可能是目前仅见的两份沈从文在西南联大期间给出的完整的习作评语。在这两份评语中可以看到，沈从文首先肯定了学生的优点：文章好、有文笔、有教会知识、有生活经验，换言之就是已经做好了写作的准备。接下来指出了学生的问题：叙论混杂、人事分配不均、文体意识不强。紧接着指出了这些问题形成的原因和修改的方法。更重要的是，最后还指给了学生相似小说的阅读资料和学习榜样。不仅评文，还要荐书；不仅查漏，还帮补缺。

沈从文的这两篇评语只是他众多学生习作评语中被偶然保存下来，但是从中却可以看到一个认真、诚恳的创作课教师的形象。帮助学生在实践中发现问题，再针对具体的问题探讨改进的方向，进而为学生指出延伸阅读的资料和在阅读中对照学习的要点。这种作业评阅方法，是沈从文一以贯之的方式，汪曾祺的回忆里也提到沈从文曾经给他这样的帮助。甚至有很多时候，从文老师会自己找到书带给学生看，“因此，他每次上课，走进教室里时总要夹着一大摞书”①，也因此，很多西南联大的学生毕业后，手里都曾有扉页上写着“上官碧”三字的赠书。

除去对学生习作的精心批改，沈从文还会将他认为优秀的学生习作推荐到报纸和刊物发表。“他这辈子为学生寄稿的邮费加起来是一个相当可观的数字。抗战时期，通货膨胀，邮费也不断涨，往往寄一封信，信封正面反面都得贴满邮票。为了省一点邮费，沈先生总是把稿纸的天头地脚页边都裁去，只留一个稿芯，这样分量轻一点。稿子发表了，稿费寄来，他必为亲自送去。”②

虽然在课程中沈从文特别不赞成命题作文，更希望学生能够想写什么就写什么。但是，在必修的专项训练中，沈从文也会给出一两个题目，这些题目通常都非常具体，例如《我们的小庭院有什么》或者《记一间屋子里的空气》。显然，这些题目并不是一定要学生写出一篇完整的文章，

---

① 汪曾祺：《沈从文先生在西南联大》，邓九平编《汪曾祺全集》（第3卷），北京师范大学出版社1998年版，第466页。

② 汪曾祺：《星斗其文，赤子其人》，邓九平编《汪曾祺全集》（第4卷），北京师范大学出版社1998年版，第256页。

它也可以是一个又一个的段落。在沈从文看来，这种言之有物的段落对学生的写作训练更有意义。因为他认为："先得学会车零件，然后才能学组装。我觉得先做一些这样的片段的习作，是有好处的，这可以锻炼基本功。现在有些青年文学爱好者，往往一上来就写大作品，篇幅很长，而功力不够，原因就在零件车得少了。"① 沈从文的这种"零件说"，决定了他创作的整体思路框架。他在给学生讲创作思路的时候，经常用的词不是"结构"，而是"组织"。这两个词的区别在于"结构"更为强硬，充满了设计感和前因后果的必须和必然，几乎可以被看成是一个充分理性展现作家主体预期的产物。"组织"这个词则不然，它更带感情，更有弹性，更尊重"零件"自身的完备，更关注"零件"之间的关系，"组织"让小说的可能性得到了拓展。沈从文自己就曾经把一篇小说一条一条裁开，用不同的方法去"组织"，看看究竟哪一种形式更为合适。在这种思路的背后，可以透露出一个作家的谦逊和节制，也可以看到对世界的充分体悟，因为他深知"这个世界有它的悲哀"。

既然要"车零件"，那么构成一篇文章最小的零件，莫过于细节，而细节正是沈从文写作中最为重视的方面。

> 薄暮的空气极其温柔，微风摇荡大气中，有稻草香味，有烂熟了山果香味，有甲虫类气味，有泥土气味。一切在成熟，在开始结束一个夏天阳光雨露所及长养生成的。……

这是沈从文小说《月下小景》中的一段，汪曾祺就曾回忆他和沈从文讨论这段写作时特别关注到其中"甲虫类气味"这个词，这时沈从文笑眯眯地解释说是"甲虫的分泌物"，并且说，"天牛是香的，金龟子也有气味"②。有了"甲虫的味道"这样细之又细的体会与观察，也许我们再回头看前面说过的"小庭院"和"屋子里的空气"，那已经可以算是"大题目"了。

细节把握最重要的来源是对日常生活的敏锐，一个作家、一个诗人甚

---

① 汪曾祺：《沈从文先生在西南联大》，邓九平编《汪曾祺全集》（第 3 卷），北京师范大学出版社 1998 年版，第 464 页。

② 参见汪曾祺《与友人谈沈从文》，邓九平编《汪曾祺全集》（第 6 卷），北京师范大学出版社 1998 年版，第 353 页。

至一个画家都需要对颜色、声音、气味足够敏感，才有充分的素材支持自己的创作。沈从文在自己的小说《丈夫》中这样写道：

> 到午时，各处船上都已经有人在烧饭了。湿柴烧不燃，烟子各处窜，使人流泪打嚏。柴烟平铺到水面如薄绸。听到河街馆子里大师傅用铲子敲打锅边的声音，听到邻船上白菜落锅的声音，老七还不见回来。

心情本来就是极难描写的微乎其微的瞬间感受，这时如果揉进了声音、气味和颜色的细节，便正好与人的心情相衬托，胜过一切最为直接的白描。正如他自己在《从文自传》中说到的："我的心总得为一种新鲜声音，新鲜气味而跳。"在这些声音和气味的背后，与之深深关联的就是一个又一个鲜活的人。这种训练并不是让学生为了观察而观察，为了描写而描写，这种训练最终指向的都是真实的人和现实的人生。

人物是小说中极其重要的组成部分，沈从文关于人物描写的至高"秘笈"就是他在课堂上反复跟学生强调的"要贴着人物来写"。这句话显然影响了汪曾祺一生的创作和人物塑造，因此也在他关于沈从文的教学回忆中被一再提起。汪曾祺对这句话作出三点阐发：第一，小说是写人物的；第二，作者要和人物站在一起，对人物采取一个平等的态度；第三，人物以外的其他东西都是附属于人物的。①

从上面的例子就可以看出，在沈从文的习作课上，他很少使用理论，甚至可以说讲课毫无系统，虽然他读书很多，但是极少引经据典，也很少亚里士多德、福楼拜、托尔斯泰云云，他更为注重的是凭自己的直觉说话②，因此创作课的课堂更像是一个随感录课堂，沈从文将自己的创作经验分享给学生，用于帮助他们勇敢地开始自己的实践。

从一定意义上说，对世界的感受力、对文学的感受力和对创作的感受力，决定了一个作家的生命状态和作品状态。因此沈从文对主观感受非常在意，他认为"一切作品都需要个性，都必须浸透作者的人格和情感，

---

① 参见汪曾祺《两栖杂述》，邓九平编《汪曾祺全集》（第 3 卷），北京师范大学出版社 1998 年版，第 199 页。

② 参见汪曾祺《沈从文先生在西南联大》，邓九平编《汪曾祺全集》（第 3 卷），北京师范大学出版社 1998 年版，第 464 页。

想达到这个目的，写作时要独断，彻底的独断！”[①] 正因如此，“训练自己的感受”是沈从文写作课上对学生提出的重点要求，并且一直在自己的教学活动中践行。

1941—1942 学年在西南联大与沈从文一起担任“大一国文”教学工作的周定一就曾回忆，当时他与沈从文的分工是周教文言文和改作文，沈教白话部分。学期末他问沈从文白话部分都讲完了吗？他笑了笑：“都提到了。”周定一知道，沈从文是把新文学运动以来的重要作家和作品都做了广泛的评介，讲到某个地方就会把课本中的某一篇带进去提一提。周定一把这种作品与文学史相结合的方法称作“撒大网”[②]，而这种“撒大网”的能力正是基于沈从文一直以来所遵循的印象式批评方法。

对于沈从文而言，口头表达完全不足以充分描述自己的“感受”，文字才是他最好的工具。因此除去为课程创作小说之外，他从在中国公学开设“新文学研究”课程开始，就一直精心准备讲义。因为教学工作的需要，一个专事创作的人，逐渐扩展为一个批评家和研究者。正如他自己所说：“新的功课是使我最头痛不过的，因为得耐耐烦烦去看中国的新兴文学的全部，作一总检察，且得提出许多熟人。”[③] 一般认为，新文学作为具有独立学科意义的课程标识是 1929 年春季朱自清在清华开课，并编有讲义《中国新文学研究纲要》。而很少有人注意到，半年之后，沈从文即在中国公学开设新文学研究课，并逐步撰写专文，这一时期的研究和批评成果，最终结集为《新文学研究》，成为他 1930 年在武汉大学期间的课程讲义，这未尝不是沈从文为新文学课程独立性做出的贡献。后来的一批作家论，也都是为了课程服务而写。1930 年，暨南大学出版室以“国立暨南大学讲义”名义印行了沈从文与孙俍工合著的《中国小说史》，其中绪论和第一讲神话传说，为沈从文所写。[④]

这样的工作风格一直延续到西南联大。在《国文月刊》的前三期上，发表了一组叫“习作举例”的系列，是三篇沈从文撰写的文章，分别是

---

① 沈从文：《从文小说习作选·代序》，《沈从文全集》（第 9 卷），北岳文艺出版社 2002 年版，第 2 页。

② 参见周定一《沈从文先生琐记》，巴金、黄永玉等《长河不尽流——怀念从文》，湖南文艺出版社 2018 年版，第 240—250 页。

③ 沈从文：《致王际真》，《沈从文全集》（第 18 卷），北岳文艺出版社 2002 年版，第 48 页。

④ 参见张新颖《沈从文的前半生（1902—1948）》，上海三联书店 2018 年版，第 87 页。

《从徐志摩作品学习“抒情”》《从周作人鲁迅作品学习抒情》和《由冰心到废名》。在创刊号的“编辑后记”中有这样的记录：“沈先生的一篇是他担任的‘各体文习作’的语体班班上所有的讲义，沈先生说同样性质的讲稿有十篇，将陆续在本刊上发表。”①

《从徐志摩学习“抒情”》主要讨论的是徐志摩的散文创作特点，沈从文在开篇就说：“在写作上想到下笔的便利，是以‘我’为主，就官能感觉和印象温习来写随笔。或向内写心，或向外写物，或内外兼写，由心及物由物及心混成一片。方法上富于变化，包含多，体裁上更不拘文格文式，可以取例作参考的，现代作家中，徐志摩作品似乎最相宜。”② 于是将散文《我所知道的康桥》《巴黎的鳞爪》与《云游》等诗歌作品进行对比，指出徐志摩在散文方面给读者的印象是华丽与奢侈的眩目，在诗歌方面则加上了韵的和谐与完整。在这篇文章中，沈从文采用导读的方法，列举了大量的徐志摩原文给读者体会，尤其是《我所知道的康桥》，毕竟这篇散文对于西南联大的学生而言非常熟悉，因为它的主要片段已经收在了“大一国文”读本之中。以徐志摩为例，沈从文为学生列出了学习的建议：“一切优秀作品的制作，离不了手与心。更重要的，也许还是培养手与心那个‘境’，一个比较清虚寥廓，具有反照反省能够消化现象与意象的境。单独把自己从课堂或寝室、朋友或同学拉开，静静的与自然对面，即可慢慢得到。……作者的散文，以富于热情见长，风格独具。可是这热情的培养与表现，却从一个单独的境中得来的。”③“抒情”之前必须先有情，而“情”的产生多半来源于一个单独的“境”，只有面对一个从人群中抽离出来的、独处的“境”，人才有机会与自己的心对话，才有真情可抒发。之所以选择徐志摩作为教授学生抒情的第一对象，是因为沈从文认为他是一个对于“现世光色”和“文字性能”都足够敏感的人，徐志摩笔下是一种浓烈的、相对易于感知的抒情方式，便于学生入门。

系列的第二篇是《从周作人鲁迅作品学习抒情》。由于是连载式的文章，所以这一篇和上文的连接非常紧密。沈从文之所以将徐志摩和周氏兄弟的抒情放在一起来讨论，是因为他们虽然同是中年人，但对于人生的观

---

① 参见 1940 年 8 月 16 日《国文月刊》创刊号。但事实上，这个系列在发表了这三篇之后就没有再继续下去，具体原因不详。

② 沈从文：《从徐志摩学习“抒情”》，《国文月刊》1940 年第 1 期。

③ 沈从文：《从徐志摩学习“抒情”》，《国文月刊》1940 年第 1 期。

照和表现感慨的方式却截然不同，相比而言，徐志摩要年轻得多。在沈从文看来，周氏兄弟表现思想的方式是“周作人的小品文，鲁迅的杂感文，在二十年来中国新文学活动中，正说明两种倾向：前者代表田园诗人的抒情，后者代表艰苦斗士的作战。同样是看明白了‘人生’，同源而异流：一取退隐态度，只在消极态度上追究人生，大有自得其乐意味；一取迎战态度，冷嘲热讽，短兵相接，在积极态度上正视人生，也俨然自得其乐。”① 但同时，沈从文也不忘指出周氏兄弟的共同点，就是“文字从朴素见亲切处尤其相近”。在沈从文这里，徐志摩和周氏兄弟为散文的“抒情”贡献了诸多的可能性，既可以是独处时的深情，也可以是慧眼所见的明艳；既可以是安静的独白，也可以是恨恨的诅咒；既可以温情而理性，也可以愤激而恼怒；既可以退居自得，也可以迎面而战。而这所有的一切，都是来源于作者真实的主观感受，遵循并重视主观感受，是一切抒情的来源。此外，很多人认为完全不同的徐志摩和鲁迅之间，沈从文也发现了他们的情感相似点。在他看来，徐、鲁二人的共性在于都将深挚的情感黏附于人生现象之上，对人间万事都有一种“莫可奈何”之感，似乎“求孤独”即可得到对“现象执缚的解放”，其实都不过是一种“现实退避”的姿态。沈从文此文刊出后，被聂绀弩和夏衍、秦似、宋云彬、孟超在桂林创办的杂文月刊《野草》上联合发表《从沈从文笔下看鲁迅》进行激烈反驳②，并挖苦沈从文对于鲁迅理解的“天真”。从文艺思想上对作家的不同评价可以理解，但是如果从教学的角度来看沈从文此文，无疑对于学生厘清“抒情”的不同方式大有助益。

系列的第三篇是《由冰心到废名》。在这篇文章中，沈从文主要分析的对象是冰心、朱自清和废名。他认为三位作家虽然在散文风格上各具特色，但是他们清丽朴素的文字背后，都对于“人间”有一个“柔和的笑影”，他们不夸张，少激愤，既不像徐志摩那样充满对“生命与热情的讴歌”，也不像鲁迅那样对“社会人生的诅咒”。沈从文详细分析了三位作家的语言特点：冰心的语言“文白杂糅”，朱自清的“文字的基础完全建筑在活用的语言上”，同时又颇具诗意和诗境，而“记言记行，用俭朴文字，如白描法绘画人生，一点一角的人生，笔下明丽而不纤细，温暖而不粗俗，风格独具，应推废名”。

① 沈从文：《从周作人鲁迅作品学习抒情》，《国文月刊》1940 年第 2 期。

② 参见张新颖《沈从文的前半生（1902—1948）》，上海三联书店 2018 年版，第 247 页。

虽然“习作举例”这个原定要刊发十篇的教学系列到此戛然而止，但是仔细分析这三篇的相互关联，亦可管窥沈从文“各体文写作”课程的一些基本思路。首先发出的这三篇讲义所围绕的文体都是散文，由此可以看出，这门课的写作学习是从散文开始的。在这三篇文章中，沈从文有意识地解决了两个问题，其一是“散文的抒情”，其二是“散文的语言”，而且在各有侧重的对象选择的同时，又注意勾勒出新文学发展历程中最为重要的几位散文作家，在他们的身上，既可以呈现散文的炽情，又可以反映散文的思想，既能够表达作家的意趣，又能够传递人间的温情。综观三文，就能够看得出，作为教师的沈从文对于课程的结构与边界、框架与重点的思路非常清晰。

虽然上述讲义中只谈及了散文，没有其他文体，但是小说创作是沈从文的“本业”，当然会在许多的地方被提及。1939 年 5 月 7 日，西南联大高原文艺社请沈从文去作了一次演讲，所讲的内容是“文学与时代及人生”。沈从文在演讲中说，战争是民族的灾难，同时也是锻炼和检验民族的机遇。所以在战争的局面下，文艺家应当恪尽职守，写出不愧于时代的作品来，而“文学青年要把人生当小说看，又要把小说当人生看。不要觉得别人平庸，其实，自己就该平庸一点。伟大的人并不脱离人生，而是贴近人生的。文学青年从书本中得到的经验太多，从实际生活中得到的经验却太少了”①。虽然这段至情至理的讲演在当时并没有取得预期中的轰动效果，但是其中却透露出了沈从文对于小说立意的基本期待。1940 年 5 月 2 日，沈从文在西南联大国文学会又进行了一次题为“短篇小说”的演讲，他再次重申了自己对小说的定位就是“用文字很恰当记录下来的人事”②。而且他在这个演讲中说：“因为既然是人事，就容许包含了两个部分：一是社会现象，便是说人与人相互之间的种种关系；二是梦的现象，便是说人的心或意识的单独种种活动。单是第一部分容易成为日常报纸记事，单是第二部分又容易成为诗歌。必须把人事和梦两种成分相混合，用语言文字来好好装饰剪裁，处理得极其恰当，才可望成为一个小说。”③ 在这两

① 许渊冲：《追忆逝水年华》，生活·读书·新知三联书店 1996 年版，第 61 页。

② 沈从文：《短篇小说》，《沈从文全集》（第 16 卷），北岳文艺出版社 2002 年版，第 493 页。

③ 沈从文：《短篇小说》，《沈从文全集》（第 16 卷），北岳文艺出版社 2002 年版，第 493 页。

次演讲中，沈从文关于小说的立意、虚实、语言等基本要点的阐述，或许也可稍稍印证出他在课堂中的教学思路。

回顾“从文习作课”，注重创作实践是核心理念，注重细节把握是实现路径，注重主观感受是关键要素。汪曾祺一直坚定地认为这是教创作很好的方法，甚至“也许是唯一可行的办法，我们当过沈先生的学生的人，都觉得这是有效果的，实惠的”①。所以汪曾祺非常认同沈从文的“习作”提法，他认为“总得有那样的生活，并从生活中提出思想，又用这样的思想去透视生活，才能完成这样的‘习作’”②。沈从文既清楚创作基本要素，又明晰文学史特征，既对生活具有慧眼，又对人生饱含真情，既积累了充足的创作经验，又具有独立完整的思想世界，可以说，此时作为教师的沈从文在西南联大的校园中已经完全成熟，作为课程的“各体文写作”语体文部分也完全成熟，它们的存在或许证明了新文学创作可以“教”，但是也不得不承认，这样的创作课教师，可遇而不可求。

第二节 小说实验：汪曾祺的创作起点

“高中三年级的时候，我为避战乱，住在乡下的一个小庵里，身边所带的书，除了为考大学用的物理化学教科书外，只有一本《沈从文选集》和一本屠格涅夫的《猎人日记》。可以说，是这两本书引我走上文学道路的。”③ 1939 年秋天，背包里装着两本小说的汪曾祺到达昆明，在高烧中参加考试，并如愿考入了西南联大中文系，在这里读书写作，交友成长，一生笔耕不辍，终成一代名家。

1980 年代，伴随着寻根文学的潮流，汪曾祺声名鹊起，甚至被誉为“最后一个士大夫”，但是只要回溯汪曾祺的作品就会知道，这个说法显然包含着对他创作经历的极大误读。阅读汪曾祺的早期作品，可以明显地发现它们与“寻根”之后人们熟悉的“老头儿”汪曾祺非常不同。在很长一段时间里，学界将《复仇——给一个孩子讲的故事》（以下简称《复

① 汪曾祺：《与友人谈沈从文》，邓九平编《汪曾祺全集》（第 6 卷），北京师范大学出版社 1998 年版，第 346 页。

② 汪曾祺：《与友人谈沈从文》，邓九平编《汪曾祺全集》（第 6 卷），北京师范大学出版社 1998 年版，第 347 页。

③ 汪曾祺：《西窗雨》，邓九平编《汪曾祺全集》（第 5 卷），北京师范大学出版社 1998 年版，第 286 页。

仇》）视为汪曾祺的小说处女作，现在关于这篇经过了多次重写的小说也已经有了丰硕的研究成果，而较早注意到《复仇》价值的唐湜则在评价汪曾祺的小说时谈道："从我所能看到的《复仇》起，汪曾祺开始渐渐由较显明的自觉的把握与沉思，一种心理意态的细致的'捕捉'，走向了更深沉更贴切的'化入'。"[①] 唐湜此言意在指出以《复仇》为界，汪曾祺的早期小说创作已经经历了一次形态鲜明的变化过程。那么，最初的汪曾祺创作具有怎样的特征？西南联大的校园生活对他的创作产生了怎样的影响？这些影响又如何浸润了他终生的写作生涯？本节将着重关注汪曾祺联大时期的作品，或许在他那些最不成熟的"实验"中，可以略窥端倪。

如果从汪曾祺的个人经历来对其创作进行划分，至少可以分成三个阶段：早期（1939—1946 年）[②]、中期（1946—1949 年）和后期（1961—1998 年）。在 1998 年版的《汪曾祺全集》[③] 中所收入的 1946 年以前的小说作品仅有五篇[④]，而大部分关于汪曾祺"早期"小说创作的研究，都是基于上述篇目的讨论。此后，解志熙、裴春芳、李光荣等学者对汪曾祺小说佚作进行了深入挖掘，成果丰硕。2008 年，《十月》杂志第 1 期以《汪曾祺早期作品拾遗》为题，发表了十篇他写于 1940 年代的短篇小说和散文，这些篇目都不曾出现在 1998 年版的《汪曾祺全集》之中。解志熙撰文分析了其中的一些小说，并且指出发表于 1941 年 1 月的《悒郁》极有可能是汪曾祺在沈从文"各体文写作"的课上作业，是他的处女作，并把它看作"沈从文乡土小说的汪曾祺版"[⑤]。2009 年，李光荣又发现了两篇汪曾祺更早的佚作，分别是发表于 1940 年和 1941 年昆明《中央日报》副刊《平明》的《钓》[⑥] 和《翠子》[⑦]，将他的处女作问世时间提前到了 1940 年 6 月 22 日，与汪曾祺的个人记忆时间完全吻合。这个时间在同为

① 唐湜：《虔诚的纳蕤思——谈汪曾祺的小说》，《新意度集》，生活·读书·新知三联书店 1989 年版，第 128 页。

② 这一时期起于西南联大，止于携妻返回上海。这七年他一直居住在昆明，是其小说创作的起步阶段。此阶段仍可再细化为联大时期（1939—1944 年）和毕业后（1945—1946 年）。

③ 邓九平编：《汪曾祺全集》，北京师范大学出版社 1998 年版。

④ 这五篇分别是：《复仇——给一个孩子讲的故事》（1941）、《待车》（1942）、《小学校的钟声》（1944）、《复仇》（1944）和《老鲁》（1945）。

⑤ 解志熙：《出色的起点——汪曾祺早期作品校读札记》，《十月》2008 年第 1 期。

⑥ 李光荣：《〈钓〉：汪曾祺的文学开端》，《新文学史料》2009 年第 1 期。

⑦ 李光荣：《冬青社的小说创作》，毛迅、李怡主编《现代中国文化与文学》（第五辑），巴蜀书社 2008 年版，第 128—137 页。

西南联大学生的程应镠的回忆中也得到了印证①，或许经程应镠之手发出的作品，正是这篇《钓》。2016 年，《汪曾祺小说全编》② 出版，特别对 1946 年以前的作品进行了增补。从目前掌握的材料来看，在西南联大就读的四年里③汪曾祺发表小说近 20 篇④，外加散文和诗歌若干，其中尤以 1941 年最为高产。佚作的逐步发现，将一个初进大学校园就开始积极创作的勤奋的汪曾祺推到了人们面前，一位青年小说家雏形渐成。

与任何一个小说家的起步一样，此时的汪曾祺还不知道自己创作的特长和优势，也还没有形成自己稳定的风格，这个时期汪曾祺创作最大的特点就是“杂”，但这个杂并不是乱，而是透露着一个青年作家探索的勇气，在各种各样的尝试中，寻找自我所长。当回顾起对自己产生过影响的作家，汪曾祺坦率地开列了一串名单，古人是归有光，中国现代作家是鲁迅、沈从文和废名，外国作家是契诃夫和阿左林⑤。后来，当汪曾祺回忆起西南联大的求学岁月时，这个名单还补充进了纪德、萨特和伍尔芙。沈从文和汪曾祺的师承关系是西南联大师生故事中最为人称道的文坛佳话，汪曾祺本人也自认是沈从文的得意高足⑥，并且写下了大量的文章回顾自己的恩师。但是必须指出的是，汪曾祺联大时期的创作并不是对某个人的单纯模仿，而是其个人成长和阅读经历在西南联大文学氛围中的第一次孵化。这一时期汪曾祺的所有作品都打上了强烈的实验性烙印，现代主义是最突出的特征，而这其中散文化、意识流和象征的面向又最为清晰。

汪曾祺师从沈从文，在西南联大读书期间，他把沈从文开的所有课都上了一遍。如前文所说，沈从文非常推崇小说创作时不用“结构”而用“组织”，这种方式是汪曾祺非常认同的，并且他还在自己的小说创作中

① “昆明的日子，记忆中是十分迷人的。由于（沈从文）先生的推荐，三九年至四〇年，我负责昆明中央日报副刊《平明》的编辑工作。西南联大的学生，有不少在这里发表处女作，汪曾祺大概也是的吧。”程应镠：《永恒的怀念》，巴金、黄永玉等《长河不尽流——怀念从文》，湖南文艺出版社 2018 年版，第 138 页。

② 汪曾祺：《汪曾祺小说全编（全三册）》，人民文学出版社 2016 年版。

③ 年份统计不含汪曾祺因英语和体育成绩不合格而延期毕业的一年。

④ 分别是：1940 年《钓》《翠子》《悒郁》；1941 年《寒夜》《春天》《复仇——给一个孩子讲的故事》《灯下》《猎猎——寄珠湖》《河上》《匹夫》《疗养院》《待车》；1942 年《谁是错的》《结婚》《唤车》；1943 年《除岁》；1944 年《葡萄上的轻粉》《序雨》。

⑤ 参见汪曾祺《谈风格》，邓九平编《汪曾祺全集》（第 3 卷），北京师范大学出版社 1998 年版，第 337 页。

⑥ “沈先生很欣赏我。我不但是他的入室弟子，可以说是得意高足。”汪曾祺：《自报家门》，邓九平编《汪曾祺全集》（第 4 卷），北京师范大学出版社 1998 年版，第 287 页。

进行了非常充分的实践，最显著的成果就是他小说的“散文化”特征。当然，散文化的风格并不是沈从文一人独创，汪曾祺最喜欢的西班牙作家阿左林[①]，也是个中的突出代表。

阿左林是1930年代开始对中国文坛产生影响的西班牙作家，最早将他译介到中国的是戴望舒和徐霞村。汪曾祺曾说阿左林是他终生膜拜的作家。在西南联大期间，汪曾祺读了大量阿左林的作品，在他看来，很多被阿左林自认为小说的作品，其实称为散文也未尝不可。徐霞村曾指出，“他[②]在最近西班牙文学史上的最大贡献就是他的文体。他的文体是短简而明洁，完全找不到那传统的……散文的陈套的构造，修辞的句子，以及骈偶和对比。”[③]汪曾祺说：“我喜欢阿索林，他的小说像是覆盖着阴影的小溪，安安静静的，同时又是活泼的、流动的。”[④] 他评价阿左林是“一个沉思的、回忆的、静观的作家。他特别擅长描写安静，描写在安静中回忆的人物的心理的潜微的变化。他的小说的戏剧性是觉察不出来的戏剧性”[⑤]。汪曾祺曾经撰写了一篇《阿索林是古怪的》专文，其中谈到阿左林的名篇《塞万提斯的未婚妻》时感叹：“阿索林笔下的塞万提斯才是真正的塞万提斯，一个和他的未婚妻说着简单、平凡、比他的书中一切话更伟大的话的温柔的诗人。”[⑥]

阿左林不仅作品如此，人生观也如此，他认为人生也是没有结构的、流动变化的。他说：“生命是短促而脆弱的。这里的一切东西都表示坚固，耐久：宏大的建筑，坚强而朦胧的群山，结实而浓密的树木。对于任何默想的人，世界上一切东西都带了生命的转瞬即逝之思来。”[⑦] 他说：

---

① 阿左林（Jose Martine Ruis，1874—1967）是20世纪初西班牙著名的散文家小说家，是西班牙“1898年一代”的主要代表作家之一。汪曾祺文中将其名字写为“阿索林”，本书统一使用“阿左林”指称其人。

② 阿左林。——引者注

③ 徐霞村：《现代南欧文学概观》，转引自刘进才《阿左林作品在现代中国的传播与接受》，《中国现代文学研究丛刊》2004年第4期。

④ 汪曾祺：《自报家门》，邓九平编《汪曾祺全集》（第4卷），北京师范大学出版社1998年版，第288页。

⑤ 汪曾祺：《谈风格》，邓九平编《汪曾祺全集》（第3卷），北京师范大学出版社1998年版，第340页。

⑥ 汪曾祺：《阿索林是古怪的》，邓九平编《汪曾祺全集》（第6卷），北京师范大学出版社1998年版，第15页。

⑦ ［西班牙］阿左林：《虔信》，戴望舒译，《戴望舒全集》（散文卷），中国青年出版社1999年版，第470页。

"跟着时间，无量的时间的消逝，世界上一切的国家将被倾覆了，扫荡了，像在黄昏中环着高塔急绕着的那些燕子一样轻，一样快。"① 在阿左林笔下，西班牙的小城是他特别善于描写的对象，他认真描绘一座建筑在山腰上的小城，山脚有小溪流过，他甚至不厌其烦地记下其中各条小巷的名字②。除去对景物的细节描写，阿左林尤为倾心的是小城中传统匠人的生活和命运，这些卑微的劳动者、行将消失的古典工艺常常令阿左林发出了生命慨叹："在西班牙的诸小镇上，我曾经时常看着那些在自己的作坊里的铁、木和羊毛的工匠。在近代世界中，细巧而有耐心的手工艺是在很快地消灭下去了。但是在那些小镇的作坊中，我却赏识着那些匠人的爱，小心和感人的忍耐。那劳动者的全家分担着他的操作是常有的事。而那作坊的这样亲切的氛围气，是和全镇的传统的氛围气合而为一的。"③ 金匠店、熟铁的露台、雕花的木檐、锤子的敲打、锉刀的摩擦、小石屋、老金匠、小学徒，这一切几乎要和《从文自传》中的街市合而为一，这些丰富的日常经验恐怕是沈从文和阿左林这两位作家共同吸引汪曾祺的地方，凡俗世界从创作生涯的一开始就令汪曾祺醉心不已。

《灯下》是汪曾祺 1941 年 9 月 16 日发表在《国文月刊》第 1 卷第 10 期上的作品。在该期的编辑后记中提到，这篇小说由沈从文提供，是西南联大语体文写作班的"佳卷"。汪曾祺自己也曾经对这篇文章有过回忆：

> 记得我写过一篇不成熟的小说《灯下》，记一个店铺里上灯以后各色人的活动，无主要人物、主要情节，散散漫漫。沈先生就介绍我看了几篇这样的作品，包括他自己写的《腐烂》。学生看看别人是怎样写的，自己是怎样写的，对比借鉴，是会有长进的。④

---

① ［西班牙］阿左林：《虔信》，戴望舒译，《戴望舒全集》（散文卷），中国青年出版社 1999 年版，第 471 页。

② "保姆胡同，忧愁胡同，皮袋匠胡同，硝皮胡同，老学院胡同，举荐胡同，败门胡同，面包和炭胡同，面包店胡同，胭脂胡同，修士胡同，童农胡同……" 参见阿左林小说《一个西班牙的城》。

③ ［西班牙］阿左林：《西班牙的一小时》，戴望舒译，《戴望舒全集》（散文卷），中国青年出版社 1999 年版，第 464 页。

④ 汪曾祺：《沈从文先生在西南联大》，邓九平编《汪曾祺全集》（第 3 卷），北京师范大学出版社 1998 年版，第 466 页。

确如汪曾祺自述，《灯下》这篇小说是一篇散漫的故事，讲的是天黑后的一个小饭馆里的掌柜学徒、吃饭客人、卖卤味的摊主、买糖的顾客、算账的先生们毫无主题的闲谈，人物来来去去，说的都是家长里短的闲言碎语，整个故事像一本流水账一样，记录了傍晚到天黑的一段时光。卖东西的人有自己的忙碌：

> 苏先生把肘部支在柜台上，两手捧着个肥大下巴，用收藏家欣赏书画的神情悠然的看着滴水檐下王二手里起落的刀光。王二摆一个熏烧卤味摊子，这时正忙得紧，一面把切好的牛肉香肠用荷叶包给人，一面用油腻腻的手接钱，只一瞥，即知道数目，随便又准确的往“钱笼”里一扔，嘴里还向另外一个主顾打招呼：“二百文，肘子?”又一瞥，哪样东西快完了，便叫儿子扣子去拿。扣子在写着账（熟人可以暂赊），很用心的画着码子，要是甚么人的姓写得不大像，便歪着头，咬咬笔杆，很像一些文雅人作诗的样子。①

聊闲天的人有自己的优哉：

> “烟啊，一共有几种？有五种：水，旱，鼻，雅，潮。这内中，唯有潮烟这一样，我们这带没有。我见过，香。”张汉把自己丢在回忆里，一面把自己的“超等”打开，装上一袋，闭上眼睛细细品味。
>
> “唉，虾二爷，大太爷的田，买成了没有？听说水口庄屋全不坏，是旱潦不怕的，你不是已经下去看过了么？要不是死了老子，等着葬，肯卖，人家？这么块好田，哼！”
>
> “没有！那方面非草字头（萬）不卖，我们大太爷也忒辣点，晓得人家急等钱用，更有意‘拿桥’，别人家想这块田的多着哩，像孙家就等着买了好‘成方’，可是因为大太爷谈了，也不便再问津。”虾二爷言下殊不平，倒不是别的，成了，他少不了有点好处。别人也觉得大太爷太精明了。心想“难怪，越是有

① 汪曾祺：《灯下》，《汪曾祺小说全编》（上），人民文学出版社 2014 年版，第 33 页。

钱啊——”①

整个故事在一片哈欠连天中结尾，平静无波。

汪曾祺的名作都有过重写的经历，《复仇》如此，《灯下》亦然。1948年的第一次重写就成为令人瞩目的《异秉》，而1980年的《异秉》更是成为汪曾祺小说创作炉火纯青的标志。“比较三个文本即可发现，从《灯下》到《异秉》又《异秉》，乃是一个从有意把小说写得不像小说到注意把小说写得很像小说的过程，这个过程也如汪曾祺所说，是一个回归现实主义的过程。”② 尽管三篇小说之间的承继关系非常强烈，但是并不意味着《灯下》必须被作为《异秉》的前史被看待。

《灯下》是被沈从文以“佳卷”的形式推荐而出的作品，一个大二学生的习作登上《国文月刊》，这本身就是一种巨大的肯定，这个肯定是来自《灯下》自身所呈现的意义。从题材来看，这篇“故意不像小说的小说”，是汪曾祺开始小说创作以来，市井意味最浓的一篇。对于小人物的关切、对于民间社会的热爱，是阿左林、沈从文给汪曾祺的影响。汪曾祺对沈从文的《从文自传》推崇备至，他将这部自传视为生活培养作家的教科书，并进行了非常动情的分析，从某种意义上说，《从文自传》所呈现的世界成了汪曾祺写作世界的范本，也成了他描写世界的动力。③ 对市

① 汪曾祺：《灯下》，《汪曾祺小说全编》（上），人民文学出版社2014年版，第36—37页。

② 解志熙：《出色的起点——汪曾祺早期作品校读札记》，《十月》2008年第1期。

③ “《从文自传》是一本奇特的书。这本书可以从各种角度去看。你可以看到从辛亥革命到‘五四’湘西一隅的怕人生活，了解一点中国历史；可以看到一个人‘生活陷于完全绝望中，还能充满勇气与信心始终坚持工作，他的动力来源何在’，从而增加一点自己对生活的勇气与信心。沈先生自己说这是一本‘顽童自传’。我对这本书特别感兴趣，是因为这是一本培养作家的教科书，它告诉我人是怎样成为诗人的。一个人能不能成为一个作家，童年生活是起决定作用的。首先要对生活充满兴趣，充满好奇心，什么都想看看。要到处看，到处听，到处闻嗅，一颗心‘永远为一种新鲜颜色，新鲜声音，新鲜气味而跳’，要用感官去‘吃’各种印象。要会看，看得仔细，看得清楚，抓得住生活中‘最美的风度’；看了，还得温习，记着，回想起来还异常明朗，要用时即可方便地移到纸上。什么都去看看，要在平平常常的生活里看到它的美，它的诗意，它的亚细亚式残酷和愚昧。比如，熔铁，这有什么看头呢？然而沈先生却把这过程写了好长一段，写得那样生动！一个打豆腐的，因为一件荒唐的爱情要被杀头，临刑前柔弱的笑笑，‘我记得这个微笑，十余年来在我印象中还异常明朗’（《清乡所见》）。沈先生的这本《自传》中记录了很多他从生活中得到的美的深刻印象和经验。一个人的艺术感觉就是这样从小锻炼出来的。有一本书叫做《爱的教育》，沈先生这本书实可称为一本‘美的教育’。我就是从这本薄薄的小书里学到很多东西，比读了几十本文艺理论书还有用。”汪曾祺：《沈从文的寂寞》，邓九平编《汪曾祺全集》（第3卷），北京师范大学出版社1998年版，第263—264页。

井风貌醉心，对平凡世界热爱，对底层人物关切却不打扰，对生活小事深情但不沉溺，成了汪曾祺终身成就的基石。

从形式来看，《灯下》也将散文化的追求运用纯熟，“从重情节、编故事发展为写生活，按照生活的样子写生活。从戏剧化的结构发展为散文化的结构”[①]。“散文化小说”这个由西南联大期间的创作实践中逐渐形成的创作意识，最终成为汪曾祺小说的重要标签。在汪曾祺看来，真正意义上的“散文化小说”应该具有这样一些标志：第一，无重大题材。生活小事、片段角落皆可成篇，不需要严肃的面孔，只需要温和的情绪；第二，相当于一首抒情诗，是滋润，不是治疗；第三，不需要过分刻画人物；第四，松散是最明显的外部特征；第五，没有情节；第六，极其重视语言，让生活态度于字里行间自然流出。[②] 如果用这六条标准去重读《灯下》，这篇课堂作文的确在每一个侧面都实践着这些要点，尽管还非常青涩刻意，但是已经粗具形态。早年的汪曾祺，已经形成了自己对短篇小说的基本态度：一个短篇小说，是一种思索方式、一种情感态度，是人类智慧的一种模样。[③]

意识流（stream of consciousness），顾名思义，是指意识的自由流动。罗伯特·汉弗莱这样概括意识流的特点：“它不受传统的时间和空间概念的约束，借助内心独白、自由联想等各种方法，运用异地同台、时空交错的更迭变换形式，去描写不受理性控制的意识流动状态，试图真实地表现人的意识活动而不是客观外部世界。”[④] 意识流是一种带给中国新文学作家们巨大惊喜的表现方式，很多作家在自己的创作中都有过实践，例如鲁迅、废名、徐志摩、李健吾、施蛰存等。在西南联大，师生们对意识流都不陌生，甚至“大一国文”读本中入选的林徽因作品《窗子以外》，就是一篇明显具有意识流实践意义的作品，更不用说西南联大图书馆里被学生们如饥似渴阅读的普鲁斯特。汪曾祺在回归自己的创作经历时，多次明确

① 汪曾祺：《谈风格》，邓九平编《汪曾祺全集》（第3卷），北京师范大学出版社1998年版，第340页。

② 参见汪曾祺《小说的散文化》，邓九平编《汪曾祺全集》（第4卷），北京师范大学出版社1998年版，第78—82页。

③ 解志熙：《出色的起点——汪曾祺早期作品校读札记》，《十月》2008年第1期。

④ ［美］罗伯特·汉弗莱：《现代小说中的意识流》，程爱民、王正文译，湖南人民出版社1987年版，第7页。

地指出自己初期作品对意识流手法有意识的学习和运用①，严家炎甚至认为“到了汪曾祺手里中国才真正有了成熟的意识流小说”②。

意识流是伍尔芙小说的一大特征。1930—1940 年代是伍尔芙汉译与研究的第一个集中阶段，叶公超因在《新月》第 4 卷第 1 期上发表了译作《墙上一点痕迹》而成为中国翻译伍尔芙意识流小说名作《墙上的斑点》的第一人。1934 年，《文艺月刊》第 6 卷第 3 期刊登了由范存忠译述的伍尔芙标举现代小说美学的最重要的论文《研乃脱先生与白朗夫人》③。1934 年，卞之琳在杨振声、沈从文主编的天津《大公报》文艺版发表了伍尔芙论文《论俄国小说》的中译本，后来收入《西窗集》（1936 年初版）的伍尔芙短篇小说《在果园里》也是这段时间的译作。抗战爆发后，叶公超和卞之琳都曾任教西南联大外文系，汪曾祺的同舍好友巫宁坤就是外文系的学生，因此汪曾祺在进入大学后即接触到伍尔芙的作品，毫不奇怪。汪曾祺曾坦陈“喜欢在气质上比较接近我的作家”④，尤其喜爱英国作家的作品，其中最喜欢的作家是弗吉尼亚·伍尔芙，“她的《到灯塔去》《浪》写得很美”⑤。

伍尔芙主张仔细观察一个普通人在寻常的一天中某一瞬间的内心活动。“心灵接纳了成千上万个印象——琐碎的奇异的，有些稍纵即逝，有些如钢铁般锋利，在心底深深刻下印记。……而小说家的任务难道不就是要将这种变幻莫测、不为所知却毫无拘束的心灵表达出来吗？……真正恰当的小说题材，并非是习惯教与我们信服的东西。”⑥ 也许正是循着这样

① “我年轻时写小说，除了师承沈从文，常读契诃夫，还看了一些西方现代派的作品，如阿索林、弗伍尔芙，受了一些影响。我是较早的，也是有意识的动用意识流方法写作的中国作家之一。”汪曾祺：《却顾所来径，苍苍横翠微》，邓九平编《汪曾祺全集》（第 6 卷），北京师范大学出版社 1998 年版，第 60 页。“意识流是可以表现社会主义内容的，意识流和社会主义内容不是不相容，而是可以给社会主义文学带来一股清新的气息的。”汪曾祺：《我是一个中国人——散步随想》，《晚翠文谈新编》，生活·读书·新知三联出版社 2002 年版，第 256—257 页。

② 严家炎：《小说艺术的多样开拓与探索——1937—1949 年中短篇小说阅读琐记》，严家炎《严家炎论小说》，江西高校出版社 2002 年版，第 254 页。

③ 今译《贝内特先生与布朗夫人》。

④ 汪曾祺：《西窗雨》，邓九平编《汪曾祺全集》（第 5 卷），北京师范大学出版社 1998 年版，第 286 页。

⑤ 汪曾祺：《西窗雨》，邓九平编《汪曾祺全集》（第 5 卷），北京师范大学出版社 1998 年版，第 287 页。

⑥ ［英］弗吉尼亚·伍尔芙：《一间自己的房间》，吴晓雷译，陕西师范大学出版社 2014 年版，第 11 页。

的思路，刚刚学习“用笔”的汪曾祺才在处女作《钓》中让在春日午后百无聊赖枯坐房中的“我”，因为回忆起小时候找母亲要绣花针做吊钩的情景而决定去河边钓鱼，钓鱼的同时思绪信马由缰，想到一个“晓月津”的凄美传说，想到清亮的山歌、梦中的笑脸，最后给了一个两手空空却自觉内心满满的生涩结局。

在伍尔芙看来，“小说的恰当素材”是不存在的，“一切事物、一切感情、一切思想都是小说的恰当素材，头脑和心灵的一切特点都值得吸取，一切知觉印象都有用处”①。因此，在1940年发表的《悒郁》中，汪曾祺让一位名叫银子的情窦初开的乡村女孩沉浸在说不清也道不明的小情绪中，“心里藏着一点秘密的喜悦，不愿意给人知道。并且像连她自己都不知道似的，一涡浅笑镶上她的脸”②。还有前面讨论过的《灯下》那种无主题思索社会普遍方式和生存状态的作品，同样也有伍尔芙思想的影子。

在1930—1940年代的西南联大校园中，“法国文学里，最使当时的大学生着迷的是A. 纪德。在茶馆里，随时可以看到一个大学生捧着一本纪德的书在读，从优雅的、抒情诗一样的情节里思索其中哲学的底蕴。影响最大的是《纳蕤思解说》《田园交响乐》”③。安德烈·纪德（Andre Gide，1869—1951），是20世纪法国文学中首屈一指的人物，1947年诺贝尔文学奖得主，也是法国现代作家中最充满矛盾而又最富于变化的人物。纪德最突出之处用两个词来概括：多变、矛盾。纪德对现实生活中的潮流、趋势、变迁均感兴趣，宗教、性、政治等问题在他的作品中都有反映。他不但是时代的见证人，也是时代的创造者，因而被人称为“20世纪的歌德”。纪德关于象征的运用、关于诗与哲学的主张在西南联大的文学青年中产生了巨大的影响，此时的汪曾祺正沉醉于阅读纪德的译介作品，而这些作品正是出自西南联大外文系教师卞之琳之手。

1943年卞之琳在西南联大讲授过关于亨利·詹姆士（Henry James）的小说课程，1944年又开设了“小说艺术”选修课专门讲授福斯

① ［英］弗吉尼亚·伍尔芙：《伍尔夫读书笔记》，黄梅、刘炳善译，译林出版社2015年版，第164页。

② 汪曾祺：《悒郁》，《汪曾祺小说全编》（上），人民文学出版社2016年版。

③ 汪曾祺：《西窗雨》，邓九平编《汪曾祺全集》（第5卷），北京师范大学出版社1998年版，第287页。

特（E. M. Forster）、缪尔（Edwin Muir）和卢伯克（Percy Lubbock）的小说理论。在西南联大的校园中，作为教师的卞之琳积极倡导小说的多样性，特别强调在小说的创作中，一是要真实，二是节制，这同时也是他译介纪德的目的，即如何克服文学表现上的浪漫意识，既写出某种“真实”，又能对小说形式本身的“完成”有所追求。

卞之琳的这两个小说主张对于汪曾祺的创作而言，都有着深远的影响。“真实”是汪曾祺小说的追求，他的小说常常与生活直接对应，小说的人是生活中真实存在的普通人，小说的情是人世间真实存在的真感情。他反复强调：“我要对‘小说’这个概念进行一次冲决：小说是谈生活，不是编故事；小说要真诚，不能耍花招。小说当然要讲技巧，但是：修辞立其诚。”① 而这一主张与他从沈从文、阿左林那里学到的对日常生活的敬意和人道主义的悲悯再次不谋而合。至于“节制”，更是汪曾祺小说的一大特色。从他的处女作开始，他的小说中从来不曾出现情感的巨大波澜和剧烈冲突，即使在《谁是错的》这样一篇充满主人公深刻悔恨情绪的作品里，都仍然存在一个宽和谅解的路先生。这种节制在沈从文那里叫“温爱”②，在汪曾祺这里凝成了“春秋笔法”③。

西南联大时期的汪曾祺，绝对称得上“茁壮成长”。在这个校园里，他得沈从文言传身教和鼎力提携，短短几年便已从一个文学爱好者成长为小有名气的“青年作家”，开启了自己创作生涯中的“早慧”时代；卞之琳的指点帮助他拓展西洋文学的视野④，逐步完成了对短篇小说的意识建

① 汪曾祺：《〈桥边小说三篇〉后记》，邓九平编《汪曾祺全集》（第3卷），北京师范大学出版社1998年版，第461页。

② 汪曾祺：《两栖杂述》，邓九平编《汪曾祺全集》（第3卷），北京师范大学出版社1998年版，第199页。

③ “作者对所写的人、事，总是有个态度，有感情的。在外国叫做‘倾向性’，在中国叫做‘褒贬’。但是作者的态度、感情不能跳出故事去单独表现，只能融化在叙述和描写之中，流露于字里行间，这叫做‘春秋笔法’。”汪曾祺：《“揉面”——谈语言》，邓九平编《汪曾祺全集》（第3卷），北京师范大学出版社1998年版，第195页。

④ 卞之琳1932年翻译阿左林的《传教士》，以季陵的笔名发表于《牧野》杂志第6期（1932年2月21日）。卞之琳翻译的《西窗集》于1936年3月由上海商务印书馆出版，该集收入波特莱（波德莱尔）、马拉美、梵乐希（瓦雷里）、哈代、纪德等西方现代主义作家作品，阿左林的作品收入篇目最多，所译的有阿左林散文小品《阿左林是古怪的》《晚了》《早催人》《奥蕾丽亚》等共11篇。1943年5月，卞之琳翻译的《阿左林小集》由重庆国民图书出版社出版，这个集子是在原有的《西窗集》中阿左林部分的基础上扩充而成（刘进才：《阿左林作品在现代中国的传播与接受》，《中国现代文学研究丛刊》2004年第4期）。

设；读伍尔芙、契诃夫把握住了人生与小说的根本关系；读阿左林收获了小说散文化的终身追求；读纪德深邃了小说的象征与哲思；在冬青社的文学活动中形成了自己的风格和影响力。学习和阅读西洋文学，并没有对汪曾祺的思想形成替换性的影响，相反，使他得以在幼年家学所浸濡的传统文化根底之外，找到了一方圆融贯通的天地。

在汪曾祺看来，沈从文作品中文白杂糅的风格与他读的古代作品有关，而相同的情况也同样发生在汪曾祺身上。西南联大时期的汪曾祺，初登文坛就已经在作品中有意识地用传统文化中的从容平淡，中和了西方现代主义激烈的冲突；用传统文化中的哲学和美学观照，修正了西方现代派文学对形式的过度追求。他既继承了废名、沈从文等作家抒情、诗意的人道主义传统，又深得西洋文学的滋养，以独树一帜的方式拓展了中国现代小说的可能。"实验时期的汪曾祺作品总特征是：现代主义意识贯穿始终，只是经过了外在和内在的同化后，现代人难以名状的人生体验往往隐藏在传统味道的牧歌背后，或隐或现地，形成东西方二元维度的双重奏。"①

汪曾祺曾在回复解志熙的信件中坦陈废名对自己的影响，"在创作方法上，与其说我受沈从文的影响较大，不如说受废名的影响更深"②，因此有研究者认为"废、沈二人，提供的都是人生形式上的返归自然。然而，汪曾祺对自然的崇尚，则师承废、沈而又超越了二者，由人生形式的返归自然，转换成为人生本质（即人性）的返璞归真。这使汪曾祺的不少小说，少了题材上的乡土传奇性，多了一种生活现象的寻常性、平淡性"③。

今天，当研究者们重新观察汪曾祺和沈从文等前辈作家的联系时发现，他们之间"并不仅仅是师承意义上的相互关联性，更重要的是一种'文学史'的叙述策略，一种将'断裂'的'历史'重新'接续'上去的努力"④。因为1940年代是新文学全面走向成熟的时期，"成熟的标志

① 吴迎君：《汪曾祺的现代主义面孔》，《当代文坛》2006年第6期。

② 汪曾祺1989年8月17日回复解志熙的函，苏北选编《汪曾祺早期逸文》，安徽文艺出版社2016年版，第303页。

③ 杨联芬：《归隐派与名士风度——废名、沈从文、汪曾祺论》，《北京师范大学学报》（社会科学版）2005年第2期。

④ 罗岗：《"1940"是如何通向"1980"的？——再论汪曾祺的意义》，《文学评论》2011年第3期。

是：五四以来激烈对立冲突的那些文化因子，外来的与民族的，现代的与传统的，社会的与个人的，似乎都找到了走向‘化’或‘通’的途径”①，而汪曾祺的创作之所以能够成为1940年代文学的注脚，并且承担起“接续”的重担，正是因为他在西南联大的文学成长期所形成的个人创作特质，一种民间与世界、传统与现代双向兼容的小说特征。

第三节　社团与报刊：文学习作的成长园地

如前所述，“大一国文”课程的全校必修助推了新文学作品在年轻读者群体中的影响力，为西南联大的校园营造了一股繁盛的新文学空气。青春勃发又富有创造力的青年学子当然不可能仅仅满足于阅读，于是他们将自己的所思所想都倾注到个人的创作实践之中。除去最具代表性的汪曾祺，还有非常多的学生在西南联大的文学教育氛围中开始了自己的新文学创作之路。西南联大历时八年，桃李芬芳，英才数千，穷尽全部学生的文学创作实绩显然是不可能完成的任务，本节也无意对作品文本进行解读，但是借助文学社团形态和刊物发文状况这两条线索的交汇，却可以把握西南联大文学创作实践的影响与张力。

五四以后，新文学作家队伍迅速壮大，《小说月报》等刊物影响日甚，文学研究会等社团组织应运而生。茅盾曾初步统计过1922—1925年之间的新文学队伍状况，“全国先后成立的文学社团及刊物，不下一百余”②。从此开始，中国新文学的创作与文学社团的关系密不可分，并且迅速席卷了高校阵地。大学成立文学社团的风气一路传承，曾经在新文学社团组建和清华大学新文学建设中积累下丰富经验的闻一多、朱自清等教授成了西南联大文学社团的第一批指导教师，为西南联大文学社团的勃兴提供了强大助力和真传血脉。在西南联大历史上文艺社团如雨后春笋般崛起，极大地丰富了学生们的课余文化生活，同时也孕育了一大批校园文学青年，为中国新文学的发展储备了一大批具有接受过良好文学教育，具备敏锐文学感受力，充满文学热情又钟爱文学创作的青年梯队。李光荣先生曾经从史料整理的角度对西南联大文学社团的基本要素进行过详细的梳

① 黄子平：《汪曾祺的意义》，《幸存者的文学》，远流出版有限公司1991年版，第98页。

② 茅盾：《小说一集·导言》，赵家璧主编《中国新文学大系》（第三集），良友图书印刷公司1935年版，第5页。

理，并将它们概括地视为三个“团组”[①]：南湖·高原·南荒社、冬青·文聚社和文艺·新诗社。在李先生卓有建树的工作的基础上，我们更进一步考察就能看到这三个社团分别与《大公报》文艺副刊、《中央日报·平明副刊》、《贵州日报·革命军》、《文聚》、《文艺新报》等社会刊物有着千丝万缕的联系，这种联系尤以前两个团组最为突出。校园文学社团与社会刊物的交汇，在某种意义上正是大学文学教育成果向校外溢出的有效途径，那么，西南联大的校园文学实践怎样与大众传媒衔接？学院派文学理念怎样向社会传播？这是本节主要关注的问题。

西南联大学生刘兆吉曾回忆“在南岳时，曾多次出壁报，对于爱好写诗的人，已经心中有数”[②]，因此由于昆明校舍不敷使用，1938 年 4 月文学院暂居云南边陲小城蒙自之时，西南联大的第一个文学社团就在刘兆吉的发起下成立，并以宿舍楼外风光秀丽的南湖命名。南湖诗社的指导老师是闻一多和朱自清，主要成员有刘兆吉、向长清、穆旦、林蒲、赵瑞蕻、刘绶松、周定一、陈士林、刘重德等。在南湖诗社的活动中，创作的主流是新诗，穆旦的诗才开始崭露头角，成为南湖诗社最著名的诗人，《我看》和《园》二诗是他这一时期留存下来并可确认的诗作。而赵瑞蕻的《永嘉籀园之梦》、林蒲的《怀远（二章）》、周定一的《南湖短歌》《雨》、刘重德的《理想》《家乡的怀念》等诗歌创作也帮助这些社员逐渐成长为西南联大校园诗坛的重要人物。可以说，南湖诗社为西南联大文学积累下了第一批新诗创作成果。随着学校回迁昆明，1938 年 8 月南湖诗社迁移昆明后，更名为“高原文艺社”，并将创作的视野从诗歌扩大到了小说、散文等诸种文体。特别值得注意的是，此时的高原文艺社已经将新文学创作作为社团的创作宗旨，明确提出服务抗战的同时，兼顾崇高的艺术品位。在高原文艺社时期，穆旦创作了《合唱二章》《防空洞里的抒情诗》《一九三九火炬行列在昆明》《劝友人》等诗作，林蒲创作了《湘江上》《下益阳》《桃源行》等纪实散文。除此之外，社员们开始进行小说创作的探索，向意的《许婆》、刘兆吉的《木乃伊》《古董》《何懋勋之死》等作品都是社员们的成长之作。向意

① 参见李光荣、宣淑君《季节燃起的花朵——西南联大文学社团研究》，中华书局 2011 年版。

② 刘兆吉：《南湖诗社始末》，蒙自师范高等专科学校等编《西南联大在蒙自》，云南民族出版社 1994 年版，第 125 页。

的《许婆》讲述的是一个普通的昆明市民所经历的日军飞机轰炸城市家破人亡的故事，从目前掌握的史料来看，这篇习作或许是西南联大学生发表的第一篇小说。

由于处在抗日战争烽火与颠沛流离之中，西南联大文学社团的作品首要的发表地是校园壁报，学生在壁报墙围观阅读同学的文学作品已然成为西南联大的校园一景。文学壁报的出现既丰富了西南联大的校园生活，也催生了学生群体中的文学氛围，但同时因为其形式特殊，作品的传播范围有限，也不利于保存，再加上经费和人力物力的限制，战时的校园文学社团想要拥有自己的刊物阵地非常困难。而此时对中国新文学发展做出重要贡献的"新记"《大公报》也处于国难辗转之中。天津版《大公报》先迁汉口再至重庆，上海版《大公报》停刊转赴香港重启。此时的萧乾蛰居昆明，"遥编"汉口版的《文艺》副刊，与杨振声、沈从文过从甚密。1938 年 8 月香港版筹办之时即邀请原本任职上海版《大公报》的萧乾担任文艺副刊的编辑。1930 年代共同编辑《大公报》文艺副刊的团队再次集结之时，他们的身后已经有了刚刚成立的西南联大。1939 年 5 月 7 日，即将到西南联大任教的沈从文应高原文艺社之邀为社员们做了"文艺创作问题"的讲演，在这次讲演中沈从文鼓励学生们"要把人生当作小说看，又要把小说当作人生看"①，他认为伟大的作品并不脱离人生，而是与人生非常贴近。5 月 28 日高原社又邀请了因采访滇缅公路而暂时在昆明短暂停留的萧乾举办了"关于文学创作"的座谈会。这次座谈会后，萧乾发现半年来为香港《大公报》文艺副刊供稿的联大学生作品主力正是来源于高原社，因此萌发了以高原社为基础，并广为吸纳昆明地区其他学生作者的想法，最终这个想法落地实施，高原社变更为南荒社活动，并成为西南联大第一个吸收校外学生作家的文学社团。南荒社的成员中以西南联大国文系、外文系和历史系的学生为主，其中林蒲、穆旦、向长清、周定一、祖文、龚书炽、何燕晖、王佐良、方龄贵等是骨干成员。从此，西南联大的师生作品就成为香港《大公报》文艺副刊最重要的稿件来源，萧乾和沈从文分别作为报方和校方的联系人，为西南联大学生的文学实践找到了通向更广阔天地的崭新桥梁。

在西南联大的教师中，朱自清、孙毓棠、卞之琳、李广田等都是萧乾

① 许渊冲：《追忆逝水年华》，生活・读书・新知三联书店 1996 年版，第 61 页。

的故交，在稿件上当然给了萧乾充分的支持，不过其中厥功至伟的还是沈从文。陈纪滢就曾说：“自1939年起，至1944年止，在我编《大公报》副刊时期，我的最大稿源是他——沈从文：他每次寄来的稿件都成束，一卷一卷的。至少有十篇八篇，长稿也有，短稿也有，小说、散文、诗歌、杂文等文体无不具备，包括几十个作家。我不完全记得这些人的名字，至今记得的有方龄贵、刘北汜、庄瑞源、刘以鬯及流金等人。”① 陈纪滢提到的这些作家，几乎是西南联大的学生，他们或听过沈从文的课，或者是文学社团中的骨干力量。沈从文一直致力于收集学生的文稿，并且指导学生写作甚至亲自修改之后，再将稿件寄送给萧乾，因此后来在汪曾祺、林蒲、李灿霖、杜运燮等人的回忆录中都不约而同地提到过沈从文帮他们改稿和荐稿的往事。西南联大的学生赵捷民回忆说自己曾经写过一篇小说，尝试着交给杨振声，杨先生看了告诉他说写得不错，已经帮他交给沈从文先生，请他向《大公报·文艺》推荐。一个月之后还没有见到发表的赵捷民，觉得自己的小说写得不好，去找沈从文把小说要了回来修改。但这时外文系同学陈祖文是杨振声先生班里写小说写得最好的同学，杨先生常常把他的小说拿去给沈从文先生修改，然后推荐到《大公报·文艺》②。因为有了老师们的指点和推荐，学生们开始积极踊跃地进行文学创作，并且在发表方面跃跃欲试：“有一天B君兴奋地对我说，要请我到文林街吃牛肉米线，他说没想到收到了当地一家报社寄来的稿费和印件，这是交给沈先生的一份作业，应该是他拿出去发表的……我不禁暗暗羡慕起来，想着自己今天晚上也写一篇，过几天交给沈先生，看能否登出来。”③

1939年9月，萧乾赴英国讲学，杨刚继任编辑，继续与西南联大师生保持密切的合作，直到1941年香港被战火波及以致《大公报》停刊。由于战时资料保存困难，目前能够看到的香港版《大公报》多集中在1938—1940年，据不完全统计，这期间大约有24位西南联大的作者在文艺副刊发表了99题作品，被分为208次刊出，其中教师7位，学生13位，借由表2-2可以看到发表的部分简略情况：

---

① 陈纪滢：《记沈从文》，《陈纪滢文存》，华龄出版社2011年版，第138页。

② 赵捷民：《忆西南联大的几位文史教授》，《云南师范大学学报》（哲学社会科学版）1986年第1期。

③ 郑以纯：《联大风光》，《宇宙风·乙刊》1940年版，第28页。

表 2-2　西南联大师生香港《大公报》文艺副刊发表稿件略表（1938—1940 年）①

作者	篇名	发表时间
沈从文	湘西	1938. 8—11
	昆明冬景	1939. 2
	谈人	1940. 1
	“五四”二十年	1940. 5
	王嫂	1940. 5
	烛虚	1940. 8
孙毓棠	荒村	1938. 9
	谈抗战诗	1939. 6
卞之琳	“日华亲善”	1939. 6
	渔猎	1939. 6
	给抬钢条的群众	1940. 1
	慰劳信集	1940. 2
李广田	阴森森的	1939. 5
	消息	1939. 12
朱自清	论“以文为诗”	1939. 6
	诗与公众世界	1940. 8
马文珍	平儿这孩子	1939. 8
冯至	今年的诺贝尔文学奖	1939. 12
穆旦	CHORUS 二章	1939. 10
	防空洞里的抒情诗	1939. 12
	他死在第二次	1940. 3
	从空虚到充实	1940. 3
	《慰劳信集》——从《鱼目集》说起	1940. 4
	蛇的诱惑（小资产阶级的手势）	1940. 5
	漫漫长夜	1940. 7

① 参见李光荣《西南联大文学与〈大公报·文艺〉》，《抗战文化研究》2008 年第 10 期。

续表

作者	篇名	发表时间
流金	从×营夺得的同志	1939. 2
	乡思	1939. 3
	新别离	1939. 4
	江轮上	1939. 8
	母亲	1939. 12
	枣	1939. 12
向意	许婆	1939. 3
	小客店	1939. 6
	日阵里	1939. 11
	在南岳	1940. 2
林蒲	湘江上	1939. 3
	下益阳	1939. 4
	桃源行	1939. 6
	某城小记	1939. 6
	儿童团——五台山下的小豪杰们	1939. 8
	兄弟间谍	1939. 9
	人	1939. 10
	羽之歌	1939. 12
	山居	1940. 2
	湘西行	1940. 4—6
辛代	旅伴——湘西道上所见	1939. 3
	野店	1939. 6
	家长	1939. 6
	酒仙	1939. 6
	弟弟	1939. 8
	九月的风	1939. 9
	八年	1939. 9
	高原散记	1940. 2
	野老	1940. 7
	孩子的悲哀	1940. 8
祖文	端午节——沦陷区里的“笼中鸟”	1939. 6
	老癞子	1939. 8

续表

作者	篇名	发表时间
祖文	荒村里的小店——“山国”杂记之一	1939.9
	寄给——	1940.1
刘雷	长途	1939.11
	流浪	1940.4
	昆明城中的那个湖	1940.7
姜桂侬	歌声	1939.9
	飞	1940.8
杜运燮	诗二首	1940.7
	诗二首	1940.8
周定一	菩提纱与古城梦——西行杂记之一	1939.7
方敬	棉花机	1939.12
董庶	守望者	1940.6
王佐良	老	1940.6

除去《大公报》外，昆明的《中央日报》副刊《平明》和《今日评论》都是高原社、南荒社以及其他联大学生作品发表的密集地。据西南联大学生孙昌熙回忆：“我无意中写出了先生（杨振声）认为较好的作业，我自己对它没有认识，如果不是受到先生的启蒙，我根本不知道这就是一篇讽刺小说……我这篇作业得到先生的好评，发了第二卷。回到座位上，仔细研究先生的精心批改：先生不仅告诉我应该怎样写，而且把我的作业点石成金。我越揣摩越感动，决定在先生的指导下，走创作的路。先生把这篇《小队长的故事》交由沈从文先生，推荐给凤子先生主编的昆明《中央日报》副刊《平明》发表了……他叫我继续向《平明》投稿。从此我在《平明》上连续发表了《河边》《长江上》《某夜》等，算是敲开了昆明文艺界的大门。”① 方龄贵也曾回忆说当年只要南荒社不向《平明》投稿，《平明》就要闹稿荒。

上文中提到的流金是燕京大学历史系学生程应镠的笔名，由于爱好文学，在北京起就与沈从文编辑的《大公报》结缘，后辗转借读西南联大

① 孙昌熙：《把中国新文学抬上大学讲坛的人——追忆在抗日战争期间接受恩师杨振声（今甫）教授教诲的日子》，《泰安师专学报》1989 年第 2 期。

历史系，到昆明后，也常去听沈从文的课。“由于先生（沈从文）的推荐，三九年至四〇年，我负责昆明《中央日报》副刊《平明》的编辑工作，西南联大的学生，有不少在这里发表处女作，汪曾祺大概也是的吧。我还记得的有袁可嘉等。有的后来专治历史，如现在昆明师院历史系主任方龄贵。”① 程应镠接替凤子成为《中央日报》副刊《平明》的编辑之后，《平明》副刊更是成了西南联大文学青年们施展自己才华的园地，据程夫人李宗蕖说：“应镠那时兼了昆明《中央日报》副刊《平明》的编辑，时间更多花在集稿、看稿和编辑上。作家沈从文先生时常来他的住处，从手中的蓝花布包袱中，取出一叠稿子交给应镠，并在留下自己对这些文稿的看法后就匆匆离去了。虽然来去匆匆，也不会忘记把作者向应镠一一介绍清楚，很多联大、中山大学的文学青年，就是他热心地推荐给报刊的，应镠也是当初在北京时由沈先生推荐给报刊、杂志社的。”② 沈从文向报刊推荐的编辑不止程应镠一位，杜运燮和刘北汜毕业后也是沈从文推荐到《大公报》任职，从此走上新闻人之路。

如果对西南联大社团的历史线索进行简略分期的话，南湖·高原·南荒社属于西南联大的前期社团，而冬青文艺社和文聚社属于西南联大中期的文学社团。“冬青文艺社是西南联大文艺社团中历史最久、影响最大的一个”③，其活动轨迹几乎贯穿了西南联大的整个历史，尤其是西南联大的政治生活。冬青文艺社分为前中后三期，1940 年成立之初成员有林元、杜运燮、汪曾祺、刘北汜、萧荻、马健武、巫宁坤、穆旦等，最初的刊物是《冬青》壁报，冬青文艺社的社团活动很多，诗歌朗诵会、演讲会、纪念会层出不穷。到了冬青文艺社的中期，大约 1941 年 6 月起，冬青文艺社与《贵州日报》的《革命军》副刊联系，开始为其集稿，并发刊为《革命军诗刊》，冯至的《十四行集》，卞之琳的《译奥登诗一首》，闻家驷的《错误的印象》（译魏伦诗一首）、《祭女诗》（译雨果诗一首），李广田的《光尘》，杜运燮的《风景》《我们打赢仗回来》《天空的说教》，穆旦的《在寒冷的腊月里》《我向自己说》《潮汐——给运燮》《伤害》《春》《五月》，刘北汜的《消息》《幸福》，辛代的《夜行的歌者》，罗寄

① 虞云国编著：《程应镠先生编年事辑》，上海人民出版社 2016 年版，第 59 页。

② 虞云国编著：《程应镠先生编年事辑》，上海人民出版社 2016 年版，第 60 页。

③ 西南联大北京校友会编：《国立西南联合大学校史》，北京大学出版社 2006 年版，第 334—335 页。

一的《犯罪》《角度之一》《黄昏》等诗歌作品陆续在《革命军诗刊》上发表。冬青文艺社主持的《革命军诗刊》共出刊十期，是西南联大文学社团中不多见的产生社会影响力的诗歌刊物。此后冬青文艺社又主办了《中南文艺》和后来的《文聚》杂志。

在诗歌创作之外，冬青文艺社最具代表性的小说家是汪曾祺，前文所述的汪曾祺的早期小说，几乎都与冬青社密切相关。此外，林元、刘北汜、卢静、马尔俄、李金锡等同学都进行过大量的小说和散文创作。

从1941年秋，受“皖南事变”的影响，西南联大的自由氛围变得异常压抑。此时，林元召集了冬青文艺社中的马尔俄、李典、穆旦、杜运燮、汪曾祺、刘北汜、辛代、罗寄一等一批同学组成了文聚社。与西南联大其他文学社团不同的是，文聚社的机关刊物是一本名为《文聚》的杂志，《文聚》杂志在主办之初就宣布是一个“纯文学”的刊物，只欢迎纯文艺的稿件，不刊发社会性和政治性的文章。《文聚》杂志的创作队伍主要是沈从文、李广田、冯至、卞之琳、朱自清、孙毓棠等老师和西南联大文聚社的学生。这是西南联大历史上唯一一个以杂志刊物形式存在的文学社团。穆旦的诗歌《赞美》、杜运燮的《滇缅公路》、沈从文的《新废邮存底》、朱自清的《新诗杂话》等一批在中国新文学发展史上具有标志性意义的作品都是从《文聚》发出的。从1942年创刊起，《文聚》共有6卷存世，为直观起见，现将此六卷《文聚》的发文状况归纳如下：

表2-3　　西南联大《文聚》杂志师生发文略表①

作者	篇名	类型	发表时间
沈从文	新废邮存底	散文	1942.2创刊号
	王嫂	小说	1942.4（1卷2期）
	秋	小说	1942.6（1卷3期）
	动静	小说	1943.12（2卷1期）
	芸庐纪事	小说	1945.1（2卷2期）
朱自清	新诗杂话	评论	1942.2创刊号
	常识的诗	诗歌	1945.6（2卷3期）

① 整理自《文聚》杂志，文聚社，1942—1945年。

续表

作者	篇名	类型	发表时间
冯至	十四行六首	诗歌	1942.6（1卷3期）
	译里尔克诗十二首	诗歌	1943.12（2卷1期）
	译尼采诗七首	诗歌	1945.1（2卷2期）
	爱与死	小说	1945.6（2卷3期）
李广田	青城枝叶	散文	1942.2创刊号
	雾季	小说	1943.12（2卷1期）
	日边随笔	散文	1945.1（2卷2期）
卞之琳	里尔克少作四章	诗歌	1942.4（1卷2期）
罗常培	苍洱琐记	散文	1942.6（1卷3期）
赵萝蕤	书呆子的自白	散文	1942.6（1卷3期）
闻家驷	译魏伦诗三首	诗歌	1942.6（1卷3期）
姚可崑	忆里尔克（卡罗萨）	散文	1943.12（2卷1期）
	自然（歌德）	散文	1945.1（2卷2期）
穆旦	赞美	诗歌	1942.2创刊号
	春的降临	诗歌	1942.4（1卷2期）
	诗八首	诗歌	1942.6（1卷3期）
	合唱二章	诗歌	1945.1（2卷2期）
	线上	诗歌	1945.6（2卷3期）
杜运燮	滇缅公路	诗歌	1942.2创刊号
	马来亚	诗歌	1942.4（1卷2期）
	恒河·欢迎雨季	诗歌	1945.6（2卷3期）
罗寄一	一月一日·角度	诗歌	1942.2创刊号
	诗六首	诗歌	1945.1（2卷2期）
汪曾祺	待车	小说	1942.2创刊号
	花园	散文	1945.6（2卷3期）
林元	王孙	小说	1942.2创刊号
	哥弟	小说	1942.6（1卷3期）
马尔俄	怀远三章	散文	1942.2创刊号
	桥	散文	1942.6（1卷3期）
	飓风	小说	1943.12（2卷1期）
	林中的脚步	散文	1945.6（2卷3期）
杨周翰	拜占庭（叶慈）	诗歌	1942.4（1卷2期）

续表

作者	篇名	类型	发表时间
赵令仪	马上吟——去国草之二	诗歌	1942.4（1卷2期）
刘北汜	青色的雾	小说	1942.4（1卷2期）
田堃	雨中	小说	1942.4（1卷2期）
祖文	媳妇迷	小说	1942.4（1卷2期）
方敬	司钟老人	散文	1942.4（1卷2期）
	经纪	小说	1943.12（2卷1期）
辛代	红豆	散文	1942.4（1卷2期）
曹卣	欺凌	散文	1942.6（1卷3期）
江篱	病院偶体	散文	1942.6（1卷3期）
陈时	悲剧的金座（外一章《地球仪》）	散文诗	1942.2 创刊号
姚奔	我写春天	诗歌	1942.6（1卷3期）
许若摩	商籁	诗歌	1942.6（1卷3期）
何其芳	为孩子们	散文	1943.12（2卷1期）
李金锡	角度	散文	1943.12（2卷1期）
	“还是一个人”？	小说	1945.1（2卷2期）
李慧中	野马川（外二则）	诗歌	1943.12（2卷1期）
蘼芜	某太太	小说	1945.1（2卷2期）
靳以	短简	散文	1945.1（2卷2期）
黄丽生	沉思者	散文	1945.1（2卷2期）
流金	新生三续	散文	1945.6（2卷3期）
魏荒弩	略莲与民卡的故事（左琴科）	小说	1945.6（2卷3期）
袁水拍	译几首英国歌谣	诗歌	1945.6（2卷3期）

从上述梳理就能发现，与南荒社吸纳中山大学、同济大学和同济附中的校园作家一样，在《文聚》开始逐步产生社会影响力之后，赵萝蕤、魏荒弩、袁水拍等校外作家也为刊物撰稿，使得《文聚》的刊物价值得到了明显提升。

文聚社除了出版《文聚》杂志之外，还出版《文聚丛书》，原本的计划是出版十部，但最终完成的只有沈从文的小说集《长河》、穆旦诗集《探险队》和卞之琳的译作《〈亨利第三〉与〈旗手〉》。

从《大公报》文艺副刊、《中央日报》副刊《平明》到《革命军诗刊》和《文聚》杂志，共同呈现出了这样三个特征：其一，所有的刊物都是师生作品共同发表的园地，教师将自己的文学理念体现在自己创作的作品中，与学生的作品在同一份刊物上发表，相较于课堂教学的知识传授而言，是另一种付诸行动的文学教育，既起到了示范的作用，同时也是对学生创作实践的鼓励。其二，在公开出版的报纸和刊物上成为主要的稿件来源，也是西南联大文学教育成果向社会输出并得到肯定的明证。这种积极而卓有成效的新文学实践，在一定程度上决定了西南联大文学在公共空间中的话语权，是西南联大文学教育为中国新文学向前发展注入的强大动力。其三，处在战时的联大师生作家们，即使宣称自己的创作是“纯文学”的探索，但是事实上也无可回避他们作品中对现实世界的反映和思考。相比于常见的广场式、口号式的抗战文学而言，西南联大的文学创作呈现出了含蓄深沉的风格。国土沦丧山河破碎的痛苦，并不流于表象化的宣泄，而是在师生们的笔下自觉转化为家国一体的情怀，同时在沉痛国殇之外，既不忘提升自己的艺术追求，又渴望通过艺术与现实的理想结合，激起沉郁深广的爱国之情和愤然而起的救国之意。

现代报刊是一种充满了魔力并且与传统话语方式完全不同的社会产物，对于现代知识分子而言，报刊的出现和繁荣，深刻地影响和重塑了他们对于公共空间的理解和共同体的想象，它为新兴的知识分子阶层提供了表达自我的平台和机会，甚至是他们“以言报国”的重要实现途径。正是基于这种“以言报国”的士大夫意识，借助报纸杂志完成的现代公共舆论才得以建立。更为重要的是，借助新型的媒体形态，来自高等学府中知识和思想的传播实现了突破性的巨变，特别是很多新文学作品背后，往往包含着一些与传统思维迥异的分析和理解世界的新观念和表现世界的新形式。这些原本只限于高校文学课堂中讨论的带有某种形而上意味的思想，因为有了学生的模仿和实践，而逐步传播到院墙之外，同时借助报纸杂志的媒介，传输进社会大众的领域之中，进而将新文学作为一种新知识推动大众层面的接受。

哈贝马斯在《公共领域的结构转型》一书中指出：“一种意见在何种程度上可以说是公众舆论，取决于如下的标准：该意见是否从公众组织内部的公共领域中产生；以及组织内部的公共领域与组织外部的公共领域的交往程度，而组织外部的公共领域是在传播过程中，通往大众传媒在社会组织和国家机构之间形成的。"① 借用这一观点来观察西南联大的社团文学就能发现，西南联大师生的文学创作实践与报纸杂志这类大众传媒形式之间稳定的、有组织的、有意识的关联，事实上是对 1930 年代社会文学社团与媒体关系的进一步延伸，这种延伸一方面是知识阶层的集结从社会社团延伸向了学生社团，随着组织内部公共领域的扩大，使得文学生产的原动力更为纯粹、更富活力也更具学养。另一方面是学院派文学力量向大众传媒的延伸，社团的力量强化了新文学个体面对大众的能力，同时也使新文学的校园变革受到更多的瞩目，甚至逐步强化整个社会读者群落对新文学的认知和评估。

师生在相同的刊物上发表作品，一定程度上消弭了教学者与学习者之间的明确界限，但是却在文学观念的层面形成了更多的共同体意识。同时，西南联大师生作品的报刊发表，也使原本个人化的创作打上了一定的集体标签，使得西南联大文学始终呈现出文学教育与文学创作共存共生相互促进的特质，从而进一步强化了西南联大文学的整体性意义。再加上南荒社和文聚社对校外作家的延揽，以及西南联大诸多文学社团的各类外向型活动，让西南联大的文学创作群体具有了社会影响力，师生作家团队的结盟互动，浓厚的文学氛围和旺盛的文学创作，推动西南联大仰赖于校园的特殊凝聚力而成为大后方新文学一个不可忽视的重镇。

① ［德］哈贝马斯：《公共领域的结构转型》，曹卫东等译，学林出版社 1999 年版，第 295 页。

第三章

新诗现代化：外文系的诗歌氛围与师生创作

中国现代诗歌从诞生之日起，就一直处在多股诗歌潮流相互影响、相互渗透、相互排斥又分化组合的复杂变动之中。1940 年代①以前的中国新诗，主要的目标是在语言、感情和意识上摆脱古典诗词的影响，因此创新、反叛和争取现代化是五四新文学运动后诗歌创新的总方向，直到 1940 年代，中国新诗才全方位走向成熟。然而由于复杂的历史原因，这一时期的新诗面貌始终未能被完整勾勒出来。1970 年代末 1980 年代初，在探究历史本来面目的呼吁中，中国现代文学史上诸多思潮、流派得以被挖掘和重评。

1981 年 7 月，江苏人民出版社推出诗集《九叶集》，并为它加了一个解释性的副标题："四十年代九人诗选"。在这本诗集中选编了穆旦、袁可嘉、郑敏、杜运燮、杭约赫、陈敬容、辛笛、唐祁和唐湜九位诗人在 1940 年代创作的共计 144 首诗作。从诗集推出后，新书推介和作品评论都有意无意地把《九叶集》视为一部诗歌流派选集，把上述九位诗人看成是一个形成于 1940 年代并具有现代主义性质的新诗派别。"现代主义"在 1980 年代是一个充满吸引力和争议的话题，在这其中，"现代主义"和新诗的关系尤为引人注目。随着《九叶集》的问世，1920 年代"初期象征主义"、1930 年代"现代派"、1940 年代"九叶诗人"等一系列具有

① 1940 年代在自然年的意义上本来应该是指 1940 年 1 月至 1949 年 12 月。但是对于中国现代文学而言，抗日战争的全面爆发和中华人民共和国的成立这两个重要的历史事件，对其发展和走向产生了至关重要的影响。因此为了更为准确地表述研究对象的特征，中国现代文学研究界所使用的"1940 年代"或"第三个十年"，通常都是指 1937 年"七七事变"后到新中国成立的这一段历史时期。本书也同样采用这种方式使用"1940 年代"这一时间界定，尤其关注的是西南联大存续的八年，即 1938—1946 年。

现代主义色彩又长期被视为文学史“支流”甚至“逆流”的诗歌群体重新回到研究者的视野之中。1983 年，骆寒超在《论晋察冀、七月、九叶三诗派及其交错关系》一文中以极长的篇幅详尽地论述了三个诗歌流派的基本状况、创作特征和相互关系，他认为“晋察冀诗人质实而明朗的写实风格，七月诗人郁勃而奔放的主情风格，九叶诗人婉约而朦胧的沉思风格。正是这三种风格，交错地共存在 1940 年代的诗坛上，使一代诗艺风貌终于能完整地、平衡地、因而是和谐地呈示出来”①。这篇长文为全景勾画 1940 年代中国新诗的整体面貌做出了极具意义的贡献，后来解志熙、吴晓东等学者更将此类研究推向深入②。孙玉石的《中国初期象征派诗歌研究》③ 或许可以被看成是 1980 年代“现代主义诗潮”研究的起点。1986 年，孙玉石又撰写长文《中国现代主义诗歌潮流的回顾与评析》④，从流派更替的角度对“中国现代主义诗潮”进行了整体性的把握。在这股研究的热潮中，一大批成果逐步问世⑤。与此同时，“九叶诗派”“九叶诗人”的说法也慢慢在新诗和文学史研究界流传开来，而对于“九叶是否是派”这个问题的争论也在学界展开。尽管有一部分研究者认为九位诗人的流派特质非常明显⑥，但是作为亲历者的郑敏在 2004 年的一次访谈中就曾明确否认“九叶诗派”的存在⑦，因此，在后来的研究中，更多的研究者

① 骆寒超：《论晋察冀、七月、九叶三诗派及其交错关系》，《中国现代诗歌论》，江苏人民出版社 1984 年版，第 343 页。

② 例如解志熙《暴风雨中的行吟》，《摩登与现代——中国现代文学的实存分析》，清华大学出版社 2006 年版，第 63—64 页；吴晓东《植入战争背景之中的中国新诗》，《梦中的彩笔：中国现代文学漫读》，北京大学出版社 2018 年版，第 113—141 页。

③ 孙玉石：《中国初期象征派诗歌研究》，北京大学出版社 1983 年版。

④ 孙玉石：《中国现代主义诗歌潮流的回顾与评析》，《中国现代诗歌艺术》，人民文学出版社 1992 年版，第 122 页。

⑤ 例如，王泽龙《中国现代诗潮论》，华中师范大学出版社 1995 年版；张同道《探险的风旗——论 20 世纪中国现代主义诗潮》，安徽教育出版社 1998 年版；孙玉石《中国现代主义诗潮史论》，北京大学出版社 1999 年版；陈旭光《中西诗学的会通——20 世纪中国现代主义诗学研究》，北京大学出版社 2002 年版；罗振亚《中国现代主义诗歌史论》，社会科学文献出版社 2002 年版。

⑥ 相关研究参见张岩泉《20 世纪 40 年代中国现代主义诗歌研究》，华中师范大学出版社 2012 年版；马永波《九叶诗派与西方现代主义》，东方出版中心 2010 年版；蒋登科《九叶诗派的合璧艺术》，西南师范大学出版社 2002 年版；王圣思《九叶之树常青——“九叶诗人”作品选・前言》，华东师范大学出版社 1994 年版等专著及其他相关论文。

⑦ 郑敏说：“没有什么‘九叶派’，就是因为出了一本《九叶集》，就叫我们‘九叶派’了。当时我们互相几乎都不认识。我们都不同系，不同年级。当时有的倒通过信，但是没有见过面。”参见郑敏、李润霞《诗与哲学的起点——郑敏访谈》，《新诗评论》2005 年第 1 辑。

倾向于将上述九位诗人中最为引人注目的穆旦、杜运燮、郑敏、袁可嘉四位和他们的朋友们一起，用他们的母校命名为“西南联大诗人群”①。

对“西南联大诗人群”的研究是西南联大文学研究中成果最为丰硕、挖掘最为深入的部分，研究成果主要在以下四个层面上展开。其一是西南联大校友对于诗人个人经历的纪念和创作情况的回忆；其二是将“西南联大诗人群”作为1940年代现代主义潮流中的重要组成部分，并深入观察他们的创作所受到的西方现代主义诗学的影响，主要的研究者有钱理群、陆耀东、张同道、姚丹、黄万生②等；其三是对西南联大诗人群的作品从艺术手法、创作特色、美学意义、诗学贡献、哲学思路、现代性、大学教育等多角度全方位进行阐释；③ 其四是关于诗人个体的研究，其中穆旦研究的成果最为突出。④

这群在动荡、急峻的战争岁月中迸发出青春才情的诗人，之所以能够取得这样令人瞩目的成就，甚至被看作1940年代“中国式现代主义诗歌”的典范，主要得益于他们在西南联大所受到的教育。张新颖就直接将这群探索者的创作界定为学院文学⑤。课堂教授的文学知识，特别是近

① 为了兼顾史实与行文的方便，本书的讨论中也将使用“西南联大诗人群”的提法，但是这个名称不仅包括上述四人，还包括杨周翰、王佐良、刘广京等一批联大学生。

② 相关研究主要有：钱理群等《中国现代文学三十年》，北京大学出版社1998年版；张同道《探险的风旗——论20世纪中国现代主义诗潮》，安徽教育出版社1998年版；姚丹《西南联大历史情境中的文学活动》，广西师范大学出版社2000年版；黄万生《中国现代诗学流变史》，人民出版社2000年版；等等。

③ 相关研究例如，程波《新诗现代性的特殊生态——西南联大诗人群研究》（《南京师范大学文学院学报》2000年第4期）、王燕《西南联大外文系的文化精神——外文系与联大诗人群》（《廊坊师范学院学报》2004年第1期）和《再论西南联大外文系的文化精神——外文系与中文系》（《廊坊师范学院学报》2005年第1期）、刘敏慧《试论西南联大现代主义诗群的生成》（《南京农业大学学报》2006年第4期）、杨绍军《西南联大诗人群体的新诗批评理论及其外来影响——以袁可嘉、王佐良为中心的探讨》（《昆明师范高等专科学校学报》2008年第2期）、黄葵《“不是情诗”的情诗——西南联大现代主义诗人群爱情诗创作研究》（《时代文学（上半月）》2008年第3期）和《“两个生命在永深的意义下结合”——西南联大现代主义诗人群诗歌意象构成分析》（《时代文学（下半月）》2008年第6期）、王淑萍《西南联大诗人群的现代主义追求》（《郑州大学学报》2008第4期）等。

④ 例如，易彬《穆旦与中国新诗的历史建构》，中国社会科学出版社2010年版；易彬《穆旦年谱》，中国社会科学出版社2010年版；易彬《穆旦评传》，南京大学出版社2012年版；李怡、易彬编《穆旦研究资料》，知识产权出版社2013年版；吴思敬《郑敏诗歌研究论集》，学苑出版社2011年版；周礼红《郑敏创作思想研究》，中央编译出版社2014年版；廖四平《袁可嘉研究》，中国社会科学出版社2015年版；等等。

⑤ 张新颖：《学院空间、社会现实和自我内外——西南联大的现代主义诗群》，《当代作家评论》2001年第1期。

现代的西洋文学拓展了学生的创作视野，推动新文学发生了深刻的变化，同时战争的残酷现实，又使得联大诗人们对西方现代主义诗歌有一种切肤之感，从而实现了中国现代主义诗歌的一次真正转变与突破。西南联大的文学教育究竟以怎样的课程、怎样的氛围、怎样的师生创作，为新诗的现代化提供了怎样的土壤？这是本章关注的重点。

第一节　英美诗学的校园展开

诗人唐湜曾形容在1940年代新诗坛上“一个光辉的诗的新生代在涌现着”，并指出这新生代有两个浪峰：“其中一个浪峰该是由穆旦、杜运燮们的辛勤工作组成的，一群自觉的现代主义者，T. S. 艾略特与奥登、史班德们该是他们的私淑者。”[①] 而关于中国新诗与西方诗学的互借关系，郑敏也曾经有过一段简洁清晰的描述，她认为五四后的第一代中国新诗人，在美学上还延续着中国古典诗词注重意象的特点和感性的传统，这一点与同时期的意象派现代主义初期创作很相似，并且庞德的主张也正是向中国古典诗歌的借鉴。此后，中国新诗很快地吸收了英美浪漫主义、法国象征主义的手法。1940年代，成熟的西方现代主义，如艾略特、奥登和里尔克开始通过翻译和交流访问的形式与中国诗人展开互动，这时的中国现代主义诗歌进入迅速发展时期，并且朝着形成中国自己的现代派新诗的方向走去，“这时中国现代主义诗歌的发展比英美现代主义高峰只差一个十年左右”[②]。因此，当这一批具有创建性的诗人重新回到研究者的视野后，关于他们与西方诗学的相互关系便被进行了非常深入的挖掘。尽管通过近年来的研究，西南联大诗人群及其创作在中国现代主义诗歌潮流中的地位和意义已经得到充分确认，但是还原到历史语境后，必须清醒定位的是“现代主义并不风靡联大，但它有一种新锐的势头”[③]，这个极具意义并在几十年以后才产生重要影响的势头，起源就在西南联大外文系的师生之中。

---

① 唐湜：《诗的新生代》，《诗创造》1948年第8辑。

② 郑敏：《回顾中国现代主义新诗的发展，并谈当前先锋派新诗创作》，《诗歌与哲学是近邻——结构—解构诗论》，北京大学出版社1999年版，第223页。

③ 王佐良：《中国新诗中的现代主义——一个回顾》，《王佐良全集》（第10卷），外语教学与研究出版社2016年版。

西南联大文学院包括中国文学系、外国语文学系、历史社会学系和哲学心理学系四个部分。西南联大外文系在中国新诗现代化的进程中功不可没，最负盛名的穆旦、袁可嘉、杜运燮、王佐良都是外语系的学生，郑敏是哲学系学生。一般而言，每个学年西南联大文学院各系的教授人数大约在12—14人，而外语系则是其中的例外，最多的时候教授人数达到20人之多。由于学科特点的原因，外文系几乎所有的中国籍教授都有留学的背景①，这为西方诗学及理论的中国传输提供了极其便捷的通道。

在新文学的发生和确立的过程中，教育因素的介入至关重要，而现代大学的空间，不仅完成了对知识的分类和筛选，同时也具备知识传播和再生产的功能。因此，从整体上勾勒西南联大外文系的文学课程状况，可以帮助我们更清楚地看到文学教育在西南联大诗人群成长过程中所产生的重大影响。

表3-1 1937—1946学年西南联大外文系文学类课程总览②

课程名称	授课教师及时间
西洋文学概要	吴宓（1937—1938）
欧洲名著选读	吴宓（1937—1938）、九教授（1938—1939）、杨闻温吴叶③（1939—1940），袁叶吴莫④（1940—1941）、吴杨陈闻⑤（1941—1942）、莫吴⑥（1942—1943）、冯闻温⑦（1943—1944）、温德⑧（1944—1946）
欧洲古代文学	吴宓（1937—1938、1939—1940）
文学批评	叶公超（1937—1939）、陈铨（1940—1942）、钱学熙（1944—1945）、杨业治（1945—1946）
短篇小说	罗皑岚（1937—1938上）、莫泮芹（1937—1938下）
英国文学史	柳无忌（1937—1938、1940—1941）、李赋宁（1945—1946）

① 西南联大外语系登记在册的教授：叶公超、柳无忌、莫泮芹、陈福田、黄国聪、潘家洵、吴宓、陈铨、吴达元、钱锺书、杨业治、傅恩龄、刘泽荣、朱光潜、陈嘉、冯至、谢文通、李宝堂、林文铮、洪谦、赵诏熊、闻家驷、陈定民、燕卜荪（英，William Empson）、温德（美，Robert Winter）、白英（美，Robert Payne）、吴可读（名誉职，英，A. L. Polland-Urquhart）等。

② 整理自北京大学、清华大学、南开大学、云南师范大学编《国立西南联合大学史料·教学、科研卷》，云南教育出版社1998年版。课程顺序按照初次开课时间排列。

③ 杨业治、闻家驷、温德（兼职）、吴宓、叶公超。

④ 袁家骅、叶公超、吴宓、莫泮芹。

⑤ 吴宓、杨业治、陈福田、闻家驷。

⑥ 莫泮芹（上，古代）、吴宓（下，《圣经》）。

⑦ 冯至（上，莫里哀、歌德），闻家驷、温德（下，卢梭、但丁）。

⑧ 温德（Robert Winter，1886—1986，美国人）。

续表

课程名称	授课教师及时间
英国十八世纪文学	翟孟生（1937—1938）、凌达扬（1942—1943）
英国十九世纪文学	叶公超（1937—1938 上）、莫泮芹（1937—1938 下、1938—1939）
现代英国文学	柳无忌（1937—1938）
莎士比亚研究	燕卜荪①（1937—1939）、陈嘉（1939—1940、1941—1942、1943—1946）、陈福田（1940—1941）、温德（1942—1943）
英诗选读	燕卜荪（1937—1939）、谢文通（1939—1942）、莫泮芹（1943—1944）、温德（1942—1943、1944—1946）
英国戏剧	柳无忌（1937—1938）
英国小说	陈福田（1937—1938 下）
浮士德研究	杨业治（1937—1938）、冯至（1945—1946）
人文主义研究	吴宓（1938—1940）
欧洲文学史	吴宓（1938—1944）
中世纪文学	杨业治（1938—1939、1941—1942）
文艺复兴时代文学	钱锺书（1938—1939）
英国文学选读	柳无忌（1938—1939）
现代诗	燕卜荪（1938—1939）、谢文通（1940—1941）、白英（1943—1944）、温德（1945—1946）
英国散文	莫泮芹（1938—1939、1941—1942）、陈福田（1941—1942）
西洋戏剧	柳无忌（1938—1940）、赵诏熊（1940—1943、1944—1946）
现代戏剧	陈铨（1938—1940）、潘家洵（1941—1942）、陈嘉（1943—1944、1945—1946）
西洋小说	陈福田（1938—1943、1944—1945）、白英（1943—1944）、王佐良（1945—1946）
现代小说	钱锺书（1938—1939）、陈福田（1942—1943）、白英（1945—1946）
英文散文	莫泮芹（1939—1941），徐锡良（1939—1940），陈、赵、莫、袁②（1942—1943），陈、莫、赵、胡、徐③（1943—1944），陈、赵、陈、徐、胡、袁、白④（1944—1946）
十八世纪文学	叶公超（1939—1940）、谢文通（1941—1942）
德国抒情诗	冯至（1939—1940）

① 威廉·燕卜荪（William Empson，1906—1984），英国人。

② 陈福田、赵诏熊、莫泮芹、袁家骅。

③ 陈福田、赵诏熊、莫泮芹、胡毅、徐锡良。

④ 陈嘉、赵诏熊、陈福田、徐锡良、胡毅、袁家骅、白英（Robert Payne，1911—1983，美国人）。

续表

课程名称	授课教师及时间
文学与人生	吴宓（1940—1941、1942—1943）
德国文学史	冯至（1940—1941）
翻译	卞之琳（1940—1946）
法国文学史	吴达元（1940—1941、1941—1942）、李赋宁（1944—1945）
中西诗之比较	吴宓（1941—1942、1943—1944）
浪漫诗人	莫泮芹（1941—1943）
维多利亚诗	温德（1941—1942）
弥尔顿	陈福田（1941—1942、1945—1946）
查叟①	袁家骅（1941—1942）、赵诏熊（1942—1943、1944—1945）、陈嘉（1943—1944）
浮士德与苏黎支	冯至（1941—1942）
尼采	洪谦（1941—1942）、冯至（1944—1945）
法国近代文艺思潮史	林文铮（1941—1942、1942—1943）
法国诗	闻家驷（1941—1942）
印欧语系语文学	袁家骅（1941—1942）
歌德	冯至（1942—1943）
拉辛	吴达元（1942—1943、1943—1944、1944—1945）
十九世纪法国诗	闻家驷（1942—1943、1944—1945）
维多利亚散文	刘世沐（1943—1944）
法国戏剧史	林文铮（1943—1944、1944—1945）
亨利·詹姆士	卞之琳（1943—1944、1945—1946）
十九世纪英国诗人	陈嘉（1944—1945）
小说艺术	卞之琳（1944—1945）
文学理论	钱学熙（1945—1946）
伊丽莎白时期文学	白英（1945—1946）
法国诗史	林文铮（1945—1946）
班琼生	赵诏熊（1945—1946）
English philology	袁家骅（1945—1946）
雨果	闻家驷（1945—1946）

① 即乔叟。

通过这份按照初次开课的时间为序排列的外文系文学类课程总览，可以清楚地看到，英美文学课程在联大外文系呈现出了起步早、时间长、比例大、类型广的特点。这或许可以成为英美现代主义诗学主张为何对西南联大诗人产生重要影响的一个佐证，同时也可以粗略地把握西方诗学在西南联大校园以英美—德国—法国相对顺序展开的基本学术脉络。必须指出的是，这种展开虽然稍有时间上的先后，但并不是一种非此即彼的替代式演进，而是同生共存、不断丰富的融会贯通。

说到西南联大外文系的元老，吴宓必然当仁不让。姚丹将他与英国诗人燕卜荪并称为西南联大外文系的“双驾马车”。当他站上西南联大的讲台之时，就对外文系的学生提出了这样的要求：一要成为博雅之士，二要了解西洋文明的精神，三要熟读西方文学的名著，四要创作今日的中国文学，五要交流东西方的思想。[①] 这五大要素正是他在战前为清华外文系撰写课程说明时列出的要求，吴宓将它们作为自己终身的教育理想，在他严谨的教学中贯彻始终。吴宓是西南联大外文系教师中开课时间最长、课程内容最多的教授，而且他所开设的课程多为基础必修，因此几乎所有外文系的学生都曾听过吴宓的课，他在为学生搭建欧洲文学视野的过程中可谓厥功至伟。许渊冲回忆吴宓说：“吴先生讲课则有条有理。我还记得他讲到英国五大浪漫主义诗人时说华兹华斯是自然中见新奇，柯勒律治是新奇中见自然，拜伦是表现自我的诗魔，雪莱是追求理想的诗神，济慈是沉醉于美的诗人。真是要言不烦，一语中的。”[②] 而在温源宁看来，“作为老师，除了缺乏感染力之外，吴先生可说是十全十美。他严守时刻，像一座钟，讲课勤勤恳恳，像个苦力。别人有所引证，总是打开书本念原文，他呢，不管引文多么长，老是背诵。无论讲解什么问题，他跟练兵中士一样，讲得有条有理，第一点这样，第二点那样。枯燥，容或有之，但绝非不得要领”[③]。背诵是他在教学中对学生提出的具体而严格的要求，不仅

---

① 参见许渊冲《联大教授的雅与俗》，《逝水年华》，外语教学与研究出版社 2011 年版，第 119 页。

② 许渊冲：《吴宓讲欧洲文学史》，《逝水年华》，外语教学与研究出版社 2011 年版，第 110 页。

③ 许渊冲：《吴宓讲欧洲文学史》，《逝水年华》，外语教学与研究出版社 2011 年版，第 110 页。

他自己背，要求学生也要背；不仅背诗歌，还要背文章①，从背诵到模仿，再从模仿到创作，这样的方法为当时很多学生的外语写作能力打下了坚实的基础。

在外文系的文学课程中有一门叫作“欧洲名著选读”的课程非常引人注目，这门课程一直以教授轮流的方式存在于外语系，最多的时候是九位教授为学生进行专书导读：

> 这门功课是从全部西方文学史上，上起希腊，下迄近代，选出十一部名著，每个外国文学的学生一定要读的，西方二千年留下来辉煌的文艺经典，由九位教授分担讲解，再由学生自己在课外精读这十部名著，或作读书报告，或写论文。这十一部名著的分担教授和先后排列，我记得是这样的：钱锺书先生的《荷马史诗》和《奥德赛》、吴宓先生的《柏拉图》、莫泮芹先生的《圣经》、吴可读先生（Pollard Urquhart）的《但丁》、陈福田先生的薄伽丘《十日谈》、燕卜荪先生的塞万提斯《唐·吉诃德》、陈铨先生的歌德《浮士德》、闻家驷先生的卢梭《忏悔录》以及叶公超先生的托尔斯泰《战争与和平》和陀思妥耶夫斯基《卡拉马佐夫兄弟》。②

虽然九教授课程的盛况仅仅出现了一次，但也足够在中国高等教育史上留下光辉的一笔。有意思的是，同一学年的“大一国文”课程中，国文系也排出了类似的顶尖级大师阵容轮番授课，算得上是西南联大群英荟萃的一段佳话。

西南联大的英诗教授，除了下文要讨论的燕卜荪之外，还有两位影响深远的人物，他们是来自美国的罗伯特·温德和罗伯特·白英。

---

① “吴先生不但自己背诵，也要求我们多背诗。考清华研究院外国文学研究所有一个必考的题目，就是默写一首你最喜欢的英文诗。我考试时，曾把雪莱的《云》的84行122韵，从头到尾默写出来。这不但使我考入了清华研究院，更重要的是，为我后来把中国古典诗词译成英文打下了一个良好的基础。如果不背英文诗，翻译诗词是难以想象的。……他讲英文作文，还是强调背诵、模仿；也就是说，要我们背熟一篇名作，然后模仿写篇作文。在他的教导下，我模仿莎士比亚的《哈孟莱特》和塞万提斯的《堂·吉诃德》，写了一篇叫做《吉诃莱特》的故事。”参见许渊冲《吴宓讲欧洲文学史》，《逝水年华》，外语教学与研究出版社2011年版，第110页。

② 赵瑞蕻：《怀念英国现代派诗人燕卜荪先生》，《离乱弦歌忆旧游》，湖北人民出版社2008年版，第53页。

温德（Robert Winter，1886—1986），美国人，曾就读于沃巴什学院获得文学硕士学位，他与当时美国诗人庞德有过短暂的共事，他们曾在一起谈论文学分期的观念，并保持一年多的通信①。1923年，经闻一多推荐温德来到中国任教于东南大学。1925年由吴宓推荐来到清华大学。因为与瑞恰兹私交甚笃，并且共同致力于基本语的推广，即便到了抗日战争爆发，温德仍滞留北京三年。从1940年开始，温德在昆明为西南联大的学生讲授英诗。

> 温德教授博学多才，为我们所敬仰。他给我们上英诗课，还上戏剧课，语音课。在讲课中，他从诗的内容出发，时而眉飞色舞，时而咬牙切齿地去体现诗的奔放和抑郁的思想感情，使我们得到美的享受。他对莎士比亚的那些歌颂爱情、赞美青春和追求美好理想的十四行诗，能在课堂上示范性地给我们背诵。他讲到英国十九世纪初年杰出的浪漫主义诗人济慈（John Keats）时，可以谈到中国的徐志摩，从讲密尔顿（John Milton）由于积劳过度致使双目失明，讲到中国的左邱明。有次，他给我们讲密尔顿《失乐园》长诗，他用假声装作魔鬼撒旦反对上帝的权威，发出要求自由的呼喊。我们都被他那惟妙惟肖的表情和清脆悦耳的嗓音所感动。这首长约一万行的长诗，有些段落，他不是照本朗读而是在背诵，在歌唱，在疾呼。②

这是西南联大学生郭冠球关于温德授课情况的生动回忆，正是因为这样的教学激情，温德的英诗课在西南联大广受欢迎，许多学生都会自发来旁听他的课程，以致听课人数总是远超计划人数，“课堂一而再搬到更大的讲堂”③。

温德的朗读特征抑扬顿挫，音调铿锵，这是他在诗歌追求中注重音美的一种表现。而且他考试的方法也非常独特，通常他会给学生一首他们已经学习过的诗人但却没有学习过的诗歌，要求学生根据诗歌的内部特征来判断诗歌作者，并且用作者的其他诗句来作为旁证支撑。这样的试题除非

---

① 陈雪芬：《西南联大外文系教授群体研究》，《黑龙江高教研究》2017年第10期。

② 郭冠球：《忆温德教授》，《云南师范大学学报》（哲学社会科学版）1990年第3期。

③ ［美］伯特·斯特恩：《温德先生：亲历中国六十年的传奇教授》，马小悟、余婉卉译，北京大学出版社2016年版，第178页。

对诗人有了充分的了解，并且熟练掌握了其诗学风格，否则很难答好。[①]

在课程和教学的意义上，温德的工作是对此前燕卜荪教学的延续，两位教授都与瑞恰兹是至交，他们对于诗歌的基本理念和看法非常相似，这样的教学连续性为西南联大学生的英美诗歌学习打下了至关重要的基础。在西南联大的教学结束后，温德一直留在北京大学任教和生活，成为在中国任教时间最长、对沟通东西方文化影响深远的外籍专家之一。温德教授一生对中国充满深情，直至百岁在北大校园中仙逝之后，依然选择埋骨华夏大地。

美国作家、汉学家罗伯特·白英（Robert Payne）1941 年年底以诗人、战地记者和报告文学作家的身份来到中国，1946 年离开。在大约五年的时间里，他游历过中国的很多地方，曾经逗留于战时政治中心重庆，采访过中国各界的名流，例如时任国民政府教育部长陈立夫、工业部长王文浩，甚至参加过立法院的会议。曾经访问过延安，采访了毛泽东并写下传记，成为较早接触毛泽东和掌握中国国情的研究者。曾经任教于战时文化中心昆明，对中国战争中的教育状况感慨良多。在白英看来："中国教授们比世界上任何地方的学者都令人钦佩！在艰难岁月里，他们坚守着传统文化，保持自己的操守和信仰！他们处于饥饿的边缘，却为了理想和培养人才，在这样荒漠般的境况中，支撑着中国思想和学术的发展。"[②] 白英的观点与他的好友、美国历史学家费正清非常相似，这两位教授都曾经将自己在战时中国的见闻记录出版，真正引起了西方世界对战时中国的关注。

对于西南联大而言，白英的意义较为特别。虽然他在联大开设"英国散文""现代小说""西洋文学"和"伊丽莎白时期文学"等课程，但是与燕卜荪和温德的学院派风格不同，白英的个人文学成就和批评视野绝非一流，但他与社会现实的紧密结合、灵活变通的能力以及注重沟通交流的思维方式，却令他的西南联大生涯结出了异乎寻常的硕果。

白英在西南联大交往的挚友是闻一多，《当代中国诗选》就是他与闻一多紧密合作的最佳例证。同时，两位教授中西合力，汇聚了一大批西南联大的学者，完成了大量的中国古典诗歌的英译工作，为西方世界了解中

① 参见许渊冲《联大教授的雅与俗》，《逝水年华》，外语教学与研究出版社 2011 年版。

② Robert Payne, *Forever China*, New York: Dodd, Mead and Company, 1945, p. 530.

国传统诗歌做出了卓越的贡献。1946 年，他与西南联大教授袁家骅一同编选翻译了《中国当代短篇小说选》[①]，1947 年他出版了与闻一多合作的《当代中国诗选》，他自己的中国诗歌译本《小白驹：从古至今中国诗选》[②]，以及与西南联大学生金隄合作翻译的沈从文小说集，命名为《中国土地》[③]。这次译介使沈从文小说真正走向世界，甚至有研究者认为“现代西方对于中国的浪漫想象很大部分来源于沈从文”[④]，这或许是此后沈从文被提名诺贝尔文学奖的遥远渊源。除了编译中国文学作品之外，白英还写下了大量有关中国的游记和报告文学，记述他在中国的经历，介绍中国的社会、政治、文化等方面的情况，以专著形式出版的有：《永远的中国》[⑤]《觉醒的中国》[⑥]《红色中国之旅》[⑦] 和《毛泽东：红色中国的统治者》[⑧] 等，其中在《永远的中国》和《觉醒的中国》二书中，他记述了不少他的西南联大同事和往事。此外，还有一大批未经整理的中国日记和报告在他过世之前即交托给费正清保管，费正清的学生易社强在这批珍贵的资料的帮助下，最终写成了目前学界公认最好的西南联大研究专著——《战争与革命中的西南联大》（*Lianda：A Chinese University in War and Revolution*）[⑨]，使得这所在战火中屹立的中国大学永载人类史册。

由于白英的汉语水平不足以支撑他进行深入有效的学术研究，因此白英提出过一系列不大符合中国文学实际的判断，例如他认为中国现代诗歌发展的唯一出路是印象主义，他对中国古典文学的认知仅限于唐诗，他甚至认为冯至、卞之琳、艾青都只属于中国过去的诗歌传统，与西方毫无瓜

① Yüan Chia-hua and Robert Payne eds.，*Contemporary Chinese Short Stories*，New York：Carrington，1946.

② The White Pony，Robert Payne ed.，*An Anthology of Chinese Poetry from the Earliest Times to the Present Day*，New York：John Day Company，1947.

③ Shen Tseng-wen，*The Chinese earth：stories*，Translated by Ching Ti and Robert Payne，London：G. Allen & Unwin，1947.

④ 陈倩：《美国学者罗伯特·白英的中国观》，《南京师范大学文学院学报》2014 年第 2 期。

⑤ Robert Payne，*Forever China*，New York：Dodd，Mead and Company，1945. 这部关于中国的记录是在白英的 1941—1943 年的见闻录《重庆日记》（*Chungking Diary*）的基础上，加上 1943 年后到云南的见闻写成的。

⑥ Robert Payne，*China Awake*，New York：Dodd，Mead and Company，1947.

⑦ Robert Payne，*Journey to Red China*，London：W. Heinemann，1947.

⑧ Robert Payne，*Mao Tsê-tung*，*Ruler of Red China*，New York：Schuman，1950.

⑨ ［美］易社强：《战争与革命中的西南联大》，九州出版社 2012 年版。

葛等等。尽管白英对中国文学的判断在今天看来有许多不妥之处，但是他的出现是西南联大及其文学走向世界的一个重要契机，中国现代一批以前不为外界重视的作家作品借由这一渠道开始有了自己的海外影响。白英这位中国女婿虽然没有在教学层面上成为第二个燕卜荪，但是从某种意义上说，他是西南联大与世界之间的桥梁，他对中国的记述和思考，一定程度反映了战时西方人眼中的中国形象，在人类灾难和现代性危机面前，跨文化的沟通因为战争的压力反而更显活跃，生死攸关的战略联盟，促进了超越意识形态、深入文明深处的精神交流，甚至还催化了和平共同体的乌托邦想象。①

叶公超是西南联大外文系的首位系主任，他早年在美国求学时，已经出版过一本英文诗集，并且得到美国诗人弗罗斯特的赏识。当他在剑桥深造时，又和艾略特时相过从，是第一个把艾略特介绍到中国的学者。1930年代，有关艾略特、瑞恰兹诗学的译介是中国现代诗坛的大事。对艾略特及其《荒原》的大规模介绍始于清华大学，其中《清华周刊》和《晨报·诗与批评》这两个刊物发挥了重要作用。叶公超 1934 年在《清华学报》上发表《爱略特的诗》一文推介艾略特的诗歌。他给读者推荐了三部作品，一部是艾略特的诗歌专论②，一部是讨论艾略特思想与信仰的著作③，最后一部是艾略特自选的批评论文集④。在这篇文章中，叶公超从分析两部研究艾略特的著作入手，提出艾略特诗歌的两个特点。其一是在诗歌方法上，追求扩大错综的视野，期待表现整个人类文明的心灵世界。其二是诗歌形式上仔细锤炼诗句，用字经济准确，善于用旧的句子唤起新的联想。

此时的叶公超执教于清华大学，由于他的鼓动，在他的学生中也形成

---

① 白英夫人是熊希龄的女儿熊鼎。1983 年，白英在逝世前不久，为将赴美讲学的冯亦代和卞之琳介绍给美国同行，特意在家中开了一次酒会，并遇到老友董鼎山。他请求后者将其骨灰撒入长江，自称中国是他的“第二祖国”。

② Hugh Ross Williamson, *The Poetry of T. S. Eliot*, London: Hodder & Stoughton, 1932, p. 5. 转引自叶公超《爱略特的诗》，陈子善编《叶公超批评文集》，珠海出版社 1998 年版，第 111 页。

③ Thomas McGreevy, *T. S. Eliot, A Study*, London: Chatto & Windus, 1931. 转引自叶公超《爱略特的诗》，陈子善编《叶公超批评文集》，珠海出版社 1998 年版，第 111 页。

④ T. S. Eliot, *Selected Essays 1917–1932*, London: Faber & Faber, 1932, p. 12. 转引自叶公超《爱略特的诗》，陈子善编《叶公超批评文集》，珠海出版社 1998 年版，第 111 页。

了一股追求知性诗的势力①。1937 年 4 月，叶公超在《北平晨报·文艺》上发表了《再论爱略特的诗》，这篇文章是他为学生赵萝蕤 1937 年翻译出版的《荒原》所写的序言。② 这篇序言算得上叶公超对艾略特的进一步解读，不再关注他的诗歌技巧，而是讨论他的诗歌与他个人思想理论的相互关系。在叶公超看来，当时有很多青年诗人对艾略特的学习仅只停留在对技术的模仿，而没有看到艾略特的理论思想对其诗歌的支撑作用。作为新诗革命主将的胡适，对发生在英美诗坛的现代诗运动一直敬而远之，其中主要的原因是对“如何处理新诗的现代化与中国诗歌传统之间的关系”这一问题持有不同看法。叶公超则将艾略特诗学置于中国古典诗学语境，拓展了研究思路。他将艾略特、瑞恰兹、燕卜荪等人所提倡的新批评理论糅合进中国新诗研究。叶公超甚至还把艾略特“用事”和“用旧句”的主张与宋诗的“夺胎换骨”进行比较，强调艾略特的历史意义以及他对传统的重视。他的《论新诗》在论及新诗与旧诗、传统与诗人的才能、新文化与传统等问题时，其理论来源就是艾略特的《传统与个人才能》。

瑞恰兹是英美新批评派的另一领军人物，一生中曾六次访华，并曾执教于中国的大学。1929—1930 年，他应清华大学校长罗家伦之邀在清华大学外文系开设了“文学批评”“现代西洋文学”等课程，此后又有多次访华教学经历。瑞恰兹与中国传统文化缘分颇深，他认为中国传统哲学与

① 叶公超指导过赵萝蕤翻译《荒原》，还督促他的学生卞之琳翻译艾略特的《传统与个人才能》（载《学文》1934 年第 1 期）。卞之琳说叶公超是“第一个引起我对二三十年代艾略特、晚期叶芝、左倾奥顿等英美现代派诗风兴趣的人”。参见卞之琳《星水微茫忆〈水星〉》，《卞之琳文集》（中卷），安徽教育出版社 2002 年版，第 74—75 页。九叶派诗人辛笛晚年撰文《我和西方诗歌的因缘》，其中谈道：“在叶公超的《英美现代诗》课上我接触到艾略特、叶芝、霍普金斯等人的诗作。”而辛笛本人 1936—1939 年在英国留学期间曾见到过艾略特：“艾略特个子高高的，衣冠楚楚，举止优雅，叼着烟斗，一副英国绅士模样……看到他，我立刻想起清华的叶公超他俩有相似的名士派头，骨子里含有讥讽意味。”参见辛笛《我和西方诗歌的因缘》，《外国文学评论》1995 年第 3 期。

② 赵萝蕤（1912—1998）是第一个把艾略特的《荒原》翻译成中文的翻译家。《荒原》中译本 1937 年 6 月 1 日由上海新诗社出版。1938 年，赵萝蕤随丈夫陈梦家来到昆明，陈梦家在西南联大文学院任教，赵萝蕤则在云南大学任教。1940 年，应重庆《时事新报·学灯》主编宗白华之约，赵萝蕤发表了《艾略特与〈荒原〉》，该文描述了自己翻译《荒原》的感悟：“我们生活在一个大的时代里……能有谁将活的语言来一泻数百年来我们这民族的灵魂里至痛至深的创作与不变不屈的信心。”1946 年 6 月 9 日，留学美国的赵萝蕤和丈夫陈梦家（当时执教于芝加哥大学东方学院）一同与艾略特在哈佛大学俱乐部共进晚餐。艾略特提出希望她将《四个四重奏》翻译成中文。1997 年，山东大学出版社出版了赵萝蕤的辞世译作《艾略特诗选》，完成了嘱托。参见周锋《中国现代知性诗学研究》，人民文学出版社 2013 年版。

现代诗学理论之间存在某种互通的暗道，因此尝试寻求在中国传统文化与西方现代思想之间的联结可能。1922 年，他在《美学原理》这本书中就通过对《中庸》的诠释，得出“真正的美是综感”的结论，并与他后来提出的“诗是经验”“包容的诗”等诗学理论一脉相承。瑞恰兹的批评观念向中国传播有两个特别的契机，其一是 1930 年代中后期清华学人的大力译介，其二则是西南联大。他的思想之所以与西南联大结下不解之缘，其中最重要的原因就是他的高足威廉·燕卜荪。

威廉·燕卜荪（William Empson）这位具有数学头脑的英国诗人和敏锐的批评家，早在 1930 年，就因为从瑞恰兹给他批改的一份作业中得到灵感，写出了震惊现代西方诗学界的著作《朦胧的七种类型》（*Seven Types of Ambiguity*）。1937 年来到中国后，他跟随西南联大辗转了长沙、蒙自和昆明，他开设的“英诗选读”“莎士比亚研究”和“现代诗”三门课程带来了英国诗歌的前卫思潮，对西南联大英美现代诗的译介和新生代诗人的成长影响极大，穆旦、王佐良、周珏良、杨周翰等一批对中国现代主义诗歌做出巨大贡献的诗人，都是燕卜荪的学生。姚丹甚至断言，如果没有燕卜荪，西南联大学生与英美当代诗歌的接轨要迟滞几年，甚至不可能发生。[①] 在赵瑞蕻的记忆中，第一次与燕卜荪相遇是在长沙临大暂驻的南岳山中，山间的美景与诗人的身影成了他终生难忘的诗意回忆。[②]在圣经学院的这个学期，燕卜荪的课程是“英国诗”和“莎士比亚”，由于课程资料缺乏，开头的几个星期连《莎士比亚全集》都找不到，于是燕卜荪表现了他惊人的记忆力，将整段的《奥赛罗》、乔叟和斯宾塞准确无误地默写在黑板上，再一一加以讲解。周珏良称他和穆旦“首先接触的是英国浪漫派诗人，然后在西南联大受到英国燕卜荪先生的教导，接触到现代派的诗人如叶芝、艾略特、奥登乃至更年轻的狄兰·托马斯等人的作品和近代西方的文论。记得我们两人都喜欢叶芝的诗，他（穆旦）当时的创作很受叶芝的影响。我也记得我们从燕卜荪先生处借得威尔逊（Ed-

---

① 姚丹：《西南联大历史情境中的文学活动》，广西师范大学出版社 2000 年版。

② “那时候正是小巷烟霞深沉，秋光绚烂的时节。在一个乳香的清晨，我独自一个人在长满秋草的山径上散步，我看见一个身穿灰棕色西装的外国人，手里捻了一根手杖，肋下挟了两瓶红葡萄酒；外衣上一个大口袋里装满火柴和大英牌烟卷儿；另一个大口袋里插着三四本书。他孤独地穿过一座古风的石桥，走进长沙圣经学院的暑期学校的大门里去，一个挺长的背影消失在院子里的枝条间。”赵瑞蕻：《怀念英国现代派诗人燕卜荪先生》，《离乱弦歌忆旧游》，湖北人民出版社 2008 年版，第 45—46 页。

mund Willson）的《爱克斯尔的城堡》和艾略特的文集《圣木》（The Sacred Wood），才知道什么叫现代派，大开眼界，时常一起谈论。他（穆旦）特别对艾略特著名文章《传统和个人才能》有兴趣，很推崇里面表现的思想。当时他（穆旦）的诗创作已表现出现代派的影响"[①]。王佐良回忆说："在那样一位知内情、有慧眼的向导的指引下，总使我们对于英国现代派诗和现代派诗人所推崇的 17 世纪英国诗剧和玄学派诗等有了新的认识。"[②] 此时，中国新诗也恰好到了一个转折点，"新月派"温和的后浪漫主义已经不能满足西南联大青年诗人们的诗歌追求，如今他们跟着燕卜荪读艾略特的《普鲁弗洛克》，读奥登的《西班牙》和写于中国战场的十四行诗，又读狄仑·托马斯的"神启式"诗，"他们的眼睛打开了——原来可以有这样的新题材和新写法！"[③]

作为诗人的燕卜荪带给西南联大学生们最大的礼物就是关于"晦涩"的思考和表达。燕卜荪的诗歌最突出的特征是晦涩、奇想和简练。晦涩是在工业发达的现代，诗人取象于工业制度下的都市生活，却冲击了审美惯性中的农业情感，从而造成"恋旧的不舒适"的玄妙。奇想则来源于诗人对学院派哲学、科学和辩证法的沉迷。新的知识被运用，理智的感觉更为深刻和复杂，现代意象的中心思想难以被轻易把握。简练则是建立在诗文的紧凑、句法的短促和意象概念有逻辑的交叠之上。这三个特征共同构成了燕卜荪作为一位"玄学诗人"的创作标签。燕卜荪通过他的诗作，一方面呈现了学院派诗人所独有的敏锐而复杂的智力和才华，另一方面又提出了"真实"这一所有有思想的人都必须面对的现实而切近的问题。[④] 作为批评家的燕卜荪在诗歌分析上推崇"精读法"，认为诗人必须从文字分析入手，引导人深入到作品的多层次含义中。据王佐良回忆，燕卜荪的讲课方式是"只是阐释词句，就诗论诗，而很少向一些学院派大

---

① 周珏良：《穆旦的诗和译诗》，杜运燮、袁可嘉编《一个民族已经起来》，江苏人民出版社 1987 年版，第 20 页。

② 王佐良：《怀燕卜荪先生》，《王佐良全集》（第 11 卷），外语教学与研究出版社 2016 年版，第 391 页。

③ 王佐良：《谈穆旦的诗》，《王佐良全集》（第 10 卷），外语教学与研究出版社 2016 年版，第 627 页。

④ 参见杨周翰《现代的"玄学诗人"燕卜荪》，刘洪涛选编《忧郁的解剖》，天津人民出版社 1998 年版，第 252—280 页。

师那样溯源流，论影响，几乎完全不征引任何第二手的批评见解”[①]，这迫使学生们不得不集中精力，专注于阅读原诗。但是，燕卜荪从不无视文学和社会的关系、作者和作品的关系。他认为批评应当追问作者的意图，评判作品应该有道德标准。也是基于这样的诗学观念，他才在西南联大极其推崇奥登的创作，特别对其 1930 年代的诗歌尤为赞赏。他在著作《朦胧的七种类型》[②] 中就已经提到，二三十年代的诗歌创作受到了弗洛伊德的影响，诗歌围绕着超现实主义和心理学展开，奥登诗歌在技巧上也有这种影响的痕迹，并且燕卜荪是一位反浪漫主义的诗人，这在政治态度上与奥登非常相似，他们对社会与文明都具有强烈的责任感，他认为奥登将疾病、混乱、战争和对现实世界的关切都熔铸于自己的诗歌和感情之中，注重对现实的开掘，这在思想上就非常容易引起身处国家危亡境遇下的知识分子的共鸣，并由此碰撞出智慧的火花。奥登对现实的关切、对生命的关注、机智明朗的朝气和锐气都通过他的诗歌准确地传递给了在战火中坚韧求学的联大学子。例如，穆旦在诗作《五月》的最后两行里，高度概括化的“谋害者”，充满工业感的比喻和带有政治嘲讽的笔触，几乎就脱胎于奥登的创作，而那混合着中国古典风韵和现实触感的诗句，又处处显现着燕卜荪所传授的语言和技巧。或许正如王佐良所说：“在当年昆明，穆旦和他的年青诗友是将西欧的现代主义同中国的现实和中国的诗歌传统结合起来了的。”[③]

因为有了燕卜荪在西南联大的校园中，对于艾略特的译介仍然保持着非常旺盛的势头。外文系成为译介和研究艾略特的重镇，柳无忌翻译了《维多利亚时期文学传统的支持者》，学生周珏良翻译了《怎样读现代诗》。外文系学生还推出了一系列的研究专著，例如杨周翰的《合米·德·古尔蒙与艾略特》（1945）和王佐良的《艾里奥脱：诗人及批评家》（1947），袁可嘉则痛感中国诗坛弥漫的浅薄感伤，呼吁中国诗人接受以艾略特为核心的现代西洋诗的影响。

战争硝烟使青年学生们体验到民族的苦难，颠沛流离使他们贴近了社

---

① 王佐良：《怀燕卜荪先生》，《王佐良全集》（第 11 卷），外语教学与研究出版社 2016 年版，第 391 页。

② ［英］威廉·燕卜荪：《朦胧的七种类型》，周邦宪等译，中国美术学院出版社 1996 年版。

③ 王佐良：《穆旦的由来与归宿》，《王佐良全集》（第 10 卷），外语教学与研究出版社 2016 年版，第 364 页。

会现实，艰苦生活击碎了他们天之骄子的娇气，这一切都使得西南联大诗人放弃了象牙塔式的“纯诗”，并且重新确认对社会现实的关怀与承担是现代诗歌的应有之义。例如袁可嘉就曾经强调，在现代诗人的作品中除了“强烈的自我意识”，还存在“同样强烈的社会意识”，并且表示“绝对肯定诗应包含，应解释，应反映的人生现实性”①。这些主张事实上代表了西南联大的诗人们对现实的共同态度，相对于抗战前的纯粹的现代主义诗学而言，这一时期现实世界、文学群体与诗歌理念的遭遇，正是中国现代主义诗歌观念的重大转折，这一转折的直接结果，就是这群年轻诗人的创作，在大学校园中积累的知识和视野之外，又加上了“当代的敏感”。这种结合着战乱中颠沛流离的生命体验，与介入现实所得到的震撼与滋养，帮助联大诗人们形成了一股正大、从容的坚强气概，甚至可以延伸为整个联大文学的美学风格。

第二节　教师创作的收获与彷徨

从前面的课程总览可以看出，在 1939 年以前的西南联大外文系，占据主潮的毫无疑问是英美文学，后来随着冯至、卞之琳等一批诗人兼学者的加盟，外文系丰富而多元的学术面貌逐步呈现出来，德国文学和法国文学的影响也被纳入了西南联大诗歌的创作之中。郑敏认为，西南联大的诗歌创作有三个文学层面的影响，一是英美诗歌，二是德法诗歌，三是“延安的、革命的诗歌”。法国方面“卞之琳先生受很多法国的影响。他翻译的法国诗歌也在国内影响很大，对当时西南联大的学生肯定也是有很大影响的”，而“德国方面，我认为冯至先生对人们的影响最大”，“我基本上是在我的知识背景和信念方面受到了冯至先生的影响”②。

1938 年 12 月，时任同济大学中学部主任的冯至，携妻带女随学校来到昆明。1939 年 6 月，冯至接受了北京大学的邀请，受聘西南联大外文系教授。这一次从中学到大学，从行政向教学的转变，是冯至创作和学术生涯中一次至关重要的机遇。在西南联大的几年，他创作了一生最辉煌的诗集《十四行集》、散文集《山水》和小说《伍子胥》，同时也开启了他此后毕生专注的歌德和杜甫研究。

① 袁可嘉：《新诗现代化——新传统的寻求》，《大公报·星期文艺》1947 年 3 月 30 日。

② 参见郑敏《诗歌与哲学是近邻》，北京大学出版社 1999 年版，第 453—454 页。

冯至在西南联大的第一门课是“德国抒情诗”，在此之前外文系德语教授中只有杨业治开了一门“浮士德研究”，而陈铨的关注点一直都在戏剧方面。早在留学德国期间，冯至几乎读遍了里尔克的全部作品，他翻译的里尔克《给一个青年诗人的十封信》于1938年正式出版。在回忆翻译经历的时候，冯至写道：“当我于1931年的春天第一次读到这一册书信时，觉得字字都好似从自己心里流出来，又流回到自己的心里，感到一种满足，一种兴奋。”[①] 一系列的精神收获，都灌注到了冯至在西南联大期间的创作和教学之中，因为有了冯至这座桥梁，西南联大的学生们才深入地了解了这位德国诗人。里尔克诗歌中所表现出来的自我担当、承受寂寞、潜心观察、捕捉生命细微波动的精神向度，深深影响了诸多西南联大的诗人。在回顾自己诗歌成长经历的时候，郑敏就反复强调自己对于里尔克的学习和理解是在冯至的课堂和创作中完成的。

里尔克从生存的角度体验存在，物是里尔克的核心观念，它不是主体的对象化，而是获得了独立的自我意识，与人共处在一个关系世界中，并成为主体内在自我的外化。因此里尔克对于物的观看是遵循一种远方的、生疏的、隔离的甚至无情的态度，“以便把万物从自己的身边推开，以稀少的亲切和敬畏的隔离来同它们亲近”[②]。里尔克认为“诗是经验”，“他的生命就是那片平原的生命，就是那片天空的生命，就是他周围那些动物的生命”[③]，这种内在生命与外在事物互相渗透、互相关联、本质同一的思想给予这位“中国最杰出的抒情诗人”极大的影响，帮助他发现诗歌除了表现诗人的内心世界之外，还有如此广大的现实世界，无论美丑、大小，甚至无论生命的有无，只要它真实存在于世，就可以并且应当成为诗歌表现的对象，这样的认知使他拓展了诗歌创作的视野，使得思考人生哲理、观察草木虫鱼、赞颂伟人凡人、探寻外部世界都成了诗歌表现的对象，并且此后都出现在了他的十四行诗中。1941年是冯至的诗歌创作进入神奇高峰的一年，昆明纯净晴空所映照的旷远与壮美，给久未提笔的诗人带来了如潮的灵感，十年沉寂之后，诗人的创作激情爆发，使他写出了

---

① 冯至：《〈给一个青年诗人的十封信〉译者序》，《冯至全集》（第11卷），河北教育出版社1999年版，第282页。

② 叶廷芳、李永平编：《里尔克散文随笔集》，中国广播电视出版社2000年版，第218页。

③ 叶廷芳、李永平编：《里尔克散文随笔集》，中国广播电视出版社2000年版，第86页。

个人诗歌创作的巅峰之作——《十四行集》。[①]

虽然《十四行集》创作看似起于随意的行吟，但这其中包含了冯至十年来以里尔克的方式进行的忍耐和持守，致力于深化自己对生命和存在的感受，因此，《十四行集》的诞生绝不是一个偶然的奇迹，它既可以被看作是对沦陷区吴兴华创作的遥相呼应，更重要的则是诗人以庄重的生活和创作态度归来的明证。《十四行集》中的二十七首诗看似互不相关但实为有机整体，站在生命的终点重新思考生命的来处与去处，重新思考生死的意义与价值，死亡以“新生”的方式被观看。这种诠释从生命消亡后的宁静出发，一路沿人生长河逆流而上，沉淀了尾声的感悟、饱经了中年的忧患、学习了青年的榜样、追索了少年的际遇、探求了初生的迷茫，最后终于回到生命的本源处。在诗人冯至眼中，人生长路上的一切所遇之人、所见之物，无论是人类精英还是平凡村妇，无论是参天大树还是路边微草，它们的存在和生死于世界皆有意义，生命循环往复，人与万物共存于天地之间。这种态度在《十四行集》的第一首诗中得到了近乎完美的呈现：

1　我们准备着[②]

我们准备着深深地领受
那些意想不到的奇迹，
在漫长的岁月里忽然有
彗星的出现，狂风乍起。

我们的生命在这一瞬间，
仿佛在第一次的拥抱里

---

① “1941年我住在昆明附近的一座山里，每星期要进城两次，十五里的路程，走去走回，是很好的散步。……但是有一次，在一个冬天的下午，望着几架银色的飞机在蓝得像结晶体一般的天空里飞翔，想到古人的鹏鸟梦，我就随着脚步的节奏，信口说出一首有韵的诗，回家写在纸上，正巧是一首变体的十四行。这是诗集里的第八首，是最早也是最生涩的一首，因为我是那样久不曾写诗了。”冯至：《〈十四行集〉序》，《冯至全集》（第1卷），河北教育出版社1999年版，第213—214页。

② 冯至：《十四行集》，《冯至全集》（第1卷），河北教育出版社1999年版，第216—217页。

过去的悲欢忽然在眼前
凝结成屹然不动的形体。

我们赞颂那些小昆虫，
它们经过了一次交媾
或是抵御了一次危险，

便结束它们美妙的一生。
我们整个的生命在承受
狂风乍起，彗星的出现。

彗星不再是灾祸的象征，而成为生命的奇迹。命运不可把握的惶恐都变成了理智的坦然，从容的心境使彗星闪烁出温暖的光彩，变成了“我们准备着深深地领受”的虔诚和敬意。诗的第三、四节里，诗人用文字语言完成了摄影构图，将昆虫生命中的重大时刻放大在我们眼前，无论是因为繁衍后代而进行的交媾，还是为了保全性命而抵御的危险，这两种行动的目的都是求生，而必然的结果却都是死亡。生死殊途，但却同归，是全诗的点睛之笔。渺小的昆虫用爱意和豪情，演绎出心甘情愿的悲壮毁灭。在呼啸风声中，淡定的从容扑面而来：这无形无迹、不可把握之风既可摧毁，又可含藏，狂风过后，一切成空，只留下生死变动的永恒轮回。

国难岁月，生死倏然，《十四行集》这样一部看似柔美的诗集呈现出了生命深沉的力量。承认虚无但不逃避，直面孤独但不退缩，既倾听世间万物的内在生命，又努力化海洋为山川，将流动变结晶，凝奔腾为静默，去“把住一些把不住的事体”①。从某种程度上说，《十四行集》在里尔克的影响和十四行诗体的形式之外，又在精神向度上融汇了道家和儒家的智慧，它是中国传统文化中标志性的哲学思想和生命理想的集中体现，是一支饱含着东方智慧的生命弦歌。冯至的《十四行集》一直被称为融合中西文化和中西诗学的“宁馨儿”，“它事实上把中国现代诗提高到了一个可与最完美的中外诗歌经典相媲美的水平，鲜明地标志着中国新诗已臻于成熟的现代诗阶段，并且在如何运用现代的感受力和诗学思维拓展中国

① 冯至：《十四行集》，《冯至全集》（第1卷），河北教育出版社1999年版，第242页。

古典诗歌的‘言志’、‘寄托’传统等诸多方面，都给后来者以深刻的启示和深远的影响”①。

此前对里尔克的研读帮助冯至实现了从浪漫主义到现代主义的转型，而冯至则成了里尔克在西南联大校园传播中最重要的推手，冯至的课堂讲稿《里尔克和他的诗》也由学生林锡黎以笔记的形式发表在了天津《益世报》上。因此，在很长一段时间内，在谈及德系诗人的影响时，首推的都是里尔克。但是笔者认为以里尔克的经验为先导、以歌德的沉潜为主调才是对西南联大现代主义诗风中的德系传统的完整描述，而这一两种特质的结合正是冯至对西南联大诗歌的贡献，是铸就西南联大文学正大之气的重要组成部分。

在写作《十四行集》的那段时期，冯至常常要在学校和家之间往返行走数十里路。他曾这样回忆那段时光：“我常常傍晚进城，第二天早晨下课后背着背包上山。背包里总装有两种东西，一是在菜市买的蔬菜，一是从学校图书馆借来的书籍。书籍中最沉重的是德国科塔出版社为纪念1806年起始出版歌德著作100周年由封·德·赫伦主编的《歌德全集》。”② 由于翻译的需要，冯至是以年谱为线索系统研读歌德及相关作品，因此他对歌德思想是一种成长递进式的把握。在西南联大期间，冯至一共撰写了五篇与歌德相关的专文：《歌德的晚年——读〈爱欲三部曲〉后记》（1941）、《〈维廉·麦斯特的学习时代〉中文译本序》（1943）、《浮士德的魔》（1943）、《从〈浮士德〉里的“人造人”略论歌德的自然哲学》（1944）、《歌德与人的教育》（1945）。此外，冯至还在外文系开了“德国文学史”“浮士德”“浮士德与苏黎支”“歌德”等课程。正如一些研究者注意到的，在陈铨和冯至这两位老同学的身上，歌德对于西南联大的影响表现出了完全不同的两极。③ 作为“战国策”派一员的陈铨，他吸收的是一个有无穷理想但内心充满悲哀，具有热烈情感和勇气，不顾一切勇敢追求的浪漫主义的歌德，这样的歌德给了陈铨“救亡”的力量，一柄在狂飙突进的“战国时代”奋力求生的精神利剑；而在冯至的身上，

① 解志熙：《精深的冯至与博大的艾青：中国现代诗两大家叙论》，《摩登与现代——中国现代文学的实存分析》，清华大学出版社2006年版，第120页。

② 冯至：《〈论歌德〉的回归、说明与补充》，《论歌德》，上海文艺出版社1986年版，第2页。

③ 参见叶隽《救亡与沉潜：西南联大时代冯至、陈铨对歌德的诠释》，《外国文学评论》2004年第4期。

他吸收的却是歌德独特的平静，一种在战争中沉潜，在疾病和变乱中忍耐，在长年的忧患中仍要醒来并设法恢复元气的坚忍和精神崛起。这个时期的冯至，从外来影响上看正处在一个由里尔克到歌德、杜甫的转向过程中，而从内在思想维度上则是超越青年激情模仿而走向中年成熟与自我完善的关键节点。

1942年冯至撰写散文《一个消逝了的山村》《人的高歌》等，收入散文集《山水》；这一年的冬天，因为帮助卞之琳校对里尔克《旗手》的译稿，一时兴起，开始了酝酿多年却始终未曾提笔的中篇小说《伍子胥》的写作，并于次年春天完成。这三部作品几乎都达到了冯至个人创作的最高峰。

“从学习时代的喜爱、阅读、钻研外国文学，逐渐吸收融化，成为自己的血肉，到研习时代的整理、提升，最后外化成文字作品，以思想来抒情和叙事，大学文化特别是外国文学的学习和文学创作的关系，在冯至这里有最明显和完整的体现，他的作品是典型的校园（学院）写作的一种。”① 随着战争的旷日持久，贫困、疾病甚至死亡的威胁都在迫使冯至直面现实生活中的痛苦，但是比之于生活境遇的改变，对于诗人而言，更大的痛苦却是他个人精神和审美趣味与时代精神趋向之间的脱节和冲突。1920年代的冯至接受“维特”但是反感“庸人”歌德，到了1940年代，冯至却钦佩歌德对于人生的洞察和生活的智慧，在对“如何改变学院式的思想模式”“如何在现实与集体时代中找到自己恰当的位置”的思考中，歌德的“蜕变论”和“向内又向外的生活”给了冯至巨大的启发和力量。

冯至后来回忆说，“在变化多端的战争年代，我经常感到有抛弃旧我迎来新吾的迫切需求，所以我每逢读到歌德的反映蜕变论思想的作品，无论是名篇巨著或是短小的诗句，都颇有同感”②，“我从歌德作品里领悟到一些生活的智慧，钦佩他对于人生与自然有透彻的观察和理解”③，并称歌德的《浮士德》和《维廉·麦斯特的学习时代》对于他是“两部生活教科书”④。

“蜕变论”源于歌德对于地球和生命形成机制的自然哲学和科学研

① 姚丹：《西南联大历史情境中的文学活动》，广西师范大学出版社2000年版，第167页。
② 冯至：《论歌德》，上海文艺出版社1986年版，第32页。
③ 冯至：《论歌德》，上海文艺出版社1986年版，第36页。
④ 冯至：《论歌德》，上海文艺出版社1986年版，第11页。

究。歌德认为，自然界中的一切有机形体都不是恒定不变的，它们永远都在生长和蜕变，永远处于永久流动和变化之中。蜕变是一切生命的自我选择和必然过程，生命的每一次蜕变，都是一种新生。而维廉·麦斯特的学习时代，就是使内心不断地从冲突中得到和谐，从片断达到完整，最终蜕变成一个“完整的人”。歌德对生命的领悟是，生活是“开始—回来”的不断循环，他认为人一生的使命，就是完成自我的一次次转变。而他倡导的“向内又向外的生活”，则是既与外界、与同时代的人和事保持着联系，又能够安然返回内心世界；既可以从外界吸收营养，又能够将积累的经验内化为自己的生命力量。这些从歌德身上汲取的精神滋养，都经过冯至自身的消化而再次投射到小说《伍子胥》的创作之中。

在尊重伍子胥历史故事的前提下，冯至将这部中篇小说处理为“知人心”的历史讽喻小说，注重塑造一个个性鲜明，独具风采的历史人物，将他经历坚韧与迷茫、孤单与寂寞、决绝与断念的内心世界充分展示出来。“《伍子胥》是冯至昆明时期创作中的一座桥梁。此前的《山水》和《十四行集》主要是心灵的忧思和精神遨游的结晶，此后的杂文则完全是现实的粗粝、沉重和严肃。”① 1940 年代于中国而言并不是一个抒情的年代，战争要求作家们放弃自我和个性，融入集体和时代中去，为抗战而写作，但对冯至来说，“蜕变”就是要“抛弃旧我，迎来新我”，在自我与外界、与社会之间找到平衡点。这次寻找的结果让冯至开始排斥“虚无”、否定“否定”，信奉“节制”和“宁静”，开始致力于寻求“生活的智慧”②。冯至是一个孤独感并不持久的诗人，他的创作慢慢从抒写个人感受转变为对民族命运的焦虑，这种看似与现实生活接续的努力，某种程度上已经意味着他所信仰的“个体”的防线即将崩溃，曾经稳定的“自我”世界即将塌毁，现代主义带来的激情即将耗尽，最终必然昭示着他的艺术生涯即将终结。最终，1943 年成为冯至创作的分水岭，此后再未出现过丰沛的文学创作高潮。

卞之琳是西南联大外文系一位具有特别影响力的诗人、翻译家和教师。早年与戴望舒、梁宗岱、冯至等人一起主编《新诗》月刊是他成为现代派诗人的标志。作为现代派代表诗人，他深受波德莱尔、魏尔伦、T. S. 艾略特、叶芝、里尔克、瓦雷里、奥登、阿拉贡的影响，从 1932 年

---

① 蒋勤国：《冯至评传》，光明日报出版社 2015 年版，第 168 页。

② 参见殷丽玉《论冯至四十年代对歌德思想的接受与转变》，《文学评论》2002 年第 4 期。

开始，他的抒情方式一方面从直抒胸臆，转为内敛、含蓄，呈现出对中国旧诗的继承；另一方面又显示出对西方智性诗歌的学习和靠拢。1934 年至 1937 年，诗人在英国玄学派和艾略特、瓦雷里启迪下写成的《断章》《距离的组织》《圆宝盒》《白螺壳》等诗作，显示了一种新的面貌，即“通过无我达到与宇宙本体的融合”①。张曼仪在谈到卞之琳时曾说：“从 19 世纪法国象征主义诗人过渡到其后期诗人瓦雷里及 20 世纪的英德象征主义诗歌，卞之琳接触到与自己时代更为相近的声音，受到现代人知性的蛊惑。”② 抗日战争爆发后，卞之琳先在四川大学任教，后赴延安一年，并将所见所闻写成著名诗集《慰劳信集》。1940 年秋天，卞之琳受南开大学邀请受聘于西南联大外文系，开始教授翻译课程，后又开设“亨利·詹姆士”和“小说艺术”两门课程，直至 1946 年三校复员时随南开大学返回天津，后又到北京大学任教。

卞之琳所受到的西方诗学的影响极其复杂，他对中国诗坛上西方诗学的译介之功特别卓著。1929 年卞之琳考入北京大学英文系，在赴京求学的火车上与即将去清华大学报到的钱锺书结识。卞之琳入学后，即旁听过客座教授瑞恰兹的文学批评课，因为学习法语而与梁宗岱相识，后来跟随叶公超学习英诗，卞之琳说叶公超是“第一个引起我对二三十年代艾略特、晚期叶芝、奥顿等英美现代派诗风兴趣的人”③。1930 年，学了一年法语的卞之琳开始阅读波德莱尔、魏尔伦、马拉美等人的象征主义诗歌，并尝试译诗。1931 年，徐志摩任教北大英文系教授英诗，卞之琳就坐在徐志摩的课堂之中。当徐志摩与沈从文一同阅读了卞之琳的诗作后对其才华极为赞赏，合力将卞之琳推上诗坛。从 1932 年开始，卞之琳的译作开始逐渐问世，先是以象征主义诗歌为主，然后是阿左林、纪德；1934 年受叶公超所嘱翻译艾略特《传统与个人才能》；再后来斯特莱切、弗吉尼亚·伍尔芙、里尔克、保尔·福尔、贡斯当、奥登等人的许多作品都通过卞之琳的译介而被中国读者知晓，其中他所译的里尔克《旗手》和保尔·福尔的《亨利第三》曾经给予汪曾祺极大的震撼和创作启发。《旗手》中描写一个被残杀的农夫时，卞之琳的译文是：“他有大开的眼睛，

---

① 周锋：《中国现代知性诗学研究》，人民文学出版社 2013 年版，第 146 页。

② 张曼仪：《卞之琳著译研究》，香港中文大学出版社 1989 年版，第 35 页。

③ 卞之琳：《星水微茫忆〈水星〉》，《卞之琳文集》（中卷），安徽教育出版社 2002 年版，第 74—75 页。

有些东西映在里面，绝非天空”，这句诗就多次被汪曾祺引用到自己的创作之中，甚至有学者认为对汪曾祺小说创作影响最大的实际上是卞之琳的译介作品[①]。

可以说因为有了这些译介作品，卞之琳尚未到任就已经开始对西南联大的学生产生影响，特别是他译介的对象非常广泛，从英美现代派到德国里尔克再到法国的纪德等，几乎涉及了全部对西南联大学生影响最重大的西方作家和诗人。卞之琳在西南联大任教的六年，是他个人创作中极为特殊和形成关键转变的时期。卞之琳的前期以《断章》为代表的诗歌创作早已为大家熟知，1937 年 8 月，他将此前的创作精选而成《十年诗草》，在延安的一年，他将自己的经历和见闻，结合十四行诗等一些现代主义手法写成《慰劳信集》之后，卞之琳放下了诗笔，“11 年没有写过一行诗”[②]。从诗歌世界失踪的诗人去了哪里？他自述是：“因为我曾于前两年浪迹过前后方，又出我意外惊看到世事的突变，妄自以为也算是饱经沧桑，把业余创作兴趣就集注在一部长篇小说的营造上，写知识分子因抗战带来的种种变化，不同的反应与介入，贯串以一条由诸多人物共同演出的儿女情长的轴线，只在沟通各方以至东西方的相互了解。”[③] 于是 1941 年的暑假，他开始创作长篇小说《山山水水》。卞之琳为这部小说付出了非常巨大的心血和决心，1950 年却在极度悔恨的激动情绪中，将八年心血付之一炬，使得《山山水水》终成“断章”。尽管现在已经无法一窥《山山水水》的全貌，但是这次在卞之琳看来并不成功的“出轨”，却能够反映出一个诗人面对复杂的历史际遇时对个人抱负、文学理想的选择，同时也成为理解西南联大时期西方诗学影响与实践之间曲折关系的一个途径。

1943 年是卞之琳文学和学术生涯中硕果累累的一年，也可以视为他的事业重心彻底转向的一年，诗人卞之琳真正成了小说研究者和小说家。3 月，译作《亨利第三》和《军旗手的爱与死》合集在昆明出版；5 月，译作《阿左林小集》在重庆出版；中秋前后，《山山水水》初稿完成；9 月以小说艺术为主题准备晋级研究，并在西南联大外文系开设“亨利·

---

① 参见卢军《卞之琳等译介文学对汪曾祺的影响》，《聊城大学学报》（社会科学版）2008 年第 4 期。

② 卞之琳：《〈雕虫纪历〉自序》，《卞之琳文集》（中卷），安徽教育出版社 2002 年版，第 452 页。

③ 卞之琳：《话旧成独白：追念师陀》，《卞之琳文集》（中卷），安徽教育出版社 2002 年版，第 265 页。

詹姆士”选修课程。10 月，早年译作纪德的《新的粮食》在桂林出版；11 月翻译奥登的《战时在中国作》五首，发表于《明日文艺》后被传诵一时，引起了西南联大学生诗人的集体追捧。或许因为这些早年译作的结集问世，重新引起了卞之琳阅读和研究的兴趣，因此他为合集和《新的粮食》都撰写了篇幅很长的译者序，更准确地说应该是他的批评文章。他在序言中非常认真又条理清晰地分析了里尔克和纪德的艺术技巧、道德追求和精神情操，并将其视为自己的楷模，为他的诗歌艺术探索注入了强大的理论动力和信心。1944 年卞之琳开设了“小说艺术”选修课，专门讲授福斯特（E. M. Forster）、缪尔（Edwin Muir）和卢伯克（Percy Lubbock）的小说理论。1945 年，在西南联大国文学会主办的五四文艺晚会上，卞之琳发表题为“新文学与西洋文学”的讲演，卞之琳在演讲中认为，目前的小说创作和小说理论，都只遵从“法俄写实主义和自然主义”，从题材到手法都“缺少了多样性，取材也公式化，八股化，写实反而失实，反而变成了坏的浪漫主义、八股化而不肯创造了”。因此他对影响了新文学发展的文学翻译提出了批评，并表示要在注重“选的问题”和“译的问题”的基础上，翻译一批好的西方小说。或许正是基于这样的理念，他组织了他的学生翻译了五部小说。① 在为这些译作撰写的序言中，卞之琳特别强调了三个他认为非常重要的小说创作原则：一是要“真”，要有真实的故事、真挚的体验和真诚的感情；二是要“实”，要注重写实，但不拘泥于写实；三是要“节”，应该通过暗示和节制表达作者的思想和情感。应该说，此时的卞之琳对纪德有强烈的认同和追慕，并且已经形成一套较为成熟的艺术气质和人生构想。

事实上，向小说家转变并不是卞之琳一时兴起，早在他开始英美小说的翻译之时，他就已经在进行小说技巧的学习和积累。姜涛认为，一直以来，评论界对于卞之琳诗歌的基本评论都是从“小与大”的二元关系出发，在他手中，诗歌似乎是一门“小”的艺术，这种“小”使得其本身与某种公共的、宏大的历史话语相疏离，这成为卞之琳诗歌的核心特

① 于绍方译亨利·詹姆士《诗人的信件》，冯丽云译大卫·加奈特《女人变狐狸》，青乔译大卫·加奈特《女人变狐狸·动物园人展》，周彤芬译亨利·詹姆士《螺丝扭》，林秀清译凯瑟琳·波特《开花的犹大树》，黄惟新译桑顿·怀尔德《断桥记》等。参见《卞之琳文集》（中卷），安徽教育出版社 2002 年版。

征。[①] 或许这样的顾虑也一直存在于卞之琳的文体判断之中，他曾明确表达过："诗与小说，又是两码事。我早就认为诗的体式难以表达复杂的现代事物，而散文的小说体却可以容纳诗情诗意。"[②] 因此，当他决意要以自己的创作去回应身处的时代之时，小说便成了最符合创作意图的文体选择。

很多作家在抗日战争爆发后都纷纷放弃了早年的文学理想，投身于为抗日战争服务的文学洪流之中。在这样的背景下，卞之琳的选择似乎只是作家转向潮流中并不特殊的一例。但每当提及《山山水水》的创作，"皖南事变"和"淮海战役"是卞之琳必然述及的两个重要时间节点，这是作家自述中明确而直接的定位，这就说明在他的小说动笔之初，创作的思路就已经自觉地与时代政治紧紧相连。这位在朋友们眼中沉默而腼腆的诗人，早已将自己的心血之作看作了他介入时代和回应时代的途径。这就不难理解他为什么将小说中的背景选在武汉、延安、成都和昆明。钱理群曾经从知识分子精神世界的角度细致地分析过《山山水水》中一个片段，指出其中代表知识分子个体的话语被完全磨灭，只剩下群体的声音，并认为这就是卞之琳对"个人与集体"关系的理解。[③] 解志熙、吴晓东则在此基础上挖掘了这组战争时代文学必然对立的二元因素在卞之琳 1940 年代文学理念中的思想源头[④]，李松睿更是将纪德对卞之琳思想的影响进一步明确。[⑤]

早在 1930 年代初，卞之琳就开始接触纪德的作品，并陆续将《赝币制造者》《窄门》以及《浪子回家集》等作品译成中文，1940 年代他还在写作《山山水水》之余为那些译作写了长篇译序，详细地介绍和阐释了纪德的生平与思想内涵。卞之琳在谈到小说的结构设置时提到的"螺旋式"一词是理解作家以何种方式与时代、政治发生联系的关键，而这一观念正源于纪德。所谓"螺旋式的进步"，就是在坚持自己本性的基础

---

① 参见姜涛《小大由之：谈卞之琳 40 年代的文体选择》，《巴枯宁的手》，北京大学出版社 2010 年版，第 190—209 页。

② 卞之琳：《话旧成独白：追念师陀》，《卞之琳文集》（中卷），安徽教育出版社 2002 年版，第 264 页。

③ 参见钱理群《"现代中国知识分子精神史"中的一页——卞之琳〈海与泡沫〉细读》，《齐鲁学刊》1999 年第 1 期。

④ 参见解志熙《灵气雄心开新面——卞之琳诗论、小说与散文漫论》，《现代中文学刊》2011 年第 1 期。吴晓东《〈山山水水〉中的政治、战争与诗意》，《文学评论》2014 年第 4 期。

⑤ 参见李松睿《政治意识与小说形式——论卞之琳的〈山山水水〉》，《中国现代文学研究丛刊》2012 年第 4 期。

上，永远超越从前并且永不丧失自我的精神。纪德以不断修正、不断扬弃的方式实现对自己独立品性的坚持，这一姿态就是卞之琳所理解的“螺旋式的进步”，也是最令他佩服的地方，特别是“纪德辩证地处理个人与时代、群体的关系，通过放弃个人、融入群体和时代的方式，重新获得自我。这一观念无疑对40年代的卞之琳影响至深”[①]，甚至在某种程度上说，正是在纪德的“个人胜利在于个性的放弃”这一观念的引导下，才让卞之琳下定决心，通过放弃熟悉的诗歌走向小说世界来实现自己的螺旋式进步。可以说，卞之琳用自己近乎全部的心力去实践了纪德对自己的影响，同时还积极地将这种影响传达给他的学生。

当我们回顾冯至和卞之琳在西南联大的创作路径时，就会发现他们二人之间意味深长的互证关系。两位都是在青年时代即获得较高声名的诗人，都曾经成为现代派的代表诗人，都曾经经历过漂泊和沉潜，都曾经放弃过自己熟悉的诗歌写作方式，都受到了非常明显而明确的西方诗学影响，都在教学中将这种影响传达给学生，都在西南联大任教期间到达自己文学生涯的巅峰，都经历了从诗人到小说家的转向，甚至在新时代到来之前，都以小说作为自己的文艺创作终章。如果更进一步追问他们从诗人到小说家甚至到一度停笔的缘由，那么“如何与时代产生更好的关联”这个问题就成了两位好朋友共同经历的困扰。个人创作是不是必须与身处的时代呼应？个人与集体的关系是不是必须走向个人在集体中被遗忘？这是他们在战争背景下不断探索自己的文学前途时面临的终极困惑和抉择，这个困惑与他们在艺术中一直追求的个人化、个性化的诗歌体认完全冲突，于是他们都努力做出了自己的尝试，那就是转向。冯至的《伍子胥》虽然确实取得了创作上的成功，但是它在本质上仍然是一部充满着个人化追求的作品，它的成功仍然没有帮助冯至找到继续向前延续创作的方式和动力。卞之琳虽然早已完成《山山水水》的巨著，甚至用八年的时间准备好了中英双语的周全面貌，但最终却在近乎“左倾幼稚病”的“羞愧”与“悔恨”心绪中将它化为灰烬。卞之琳借人物之口说出“我们想去服务战争，结果却像是战争服务了我们”[②] 这句话，正是两位已经转向却没

① 参见李松睿《政治意识与小说形式——论卞之琳的〈山山水水〉》，《中国现代文学研究丛刊》2012年第4期。

② 卞之琳：《桃林：几何画》，《卞之琳文集》（上卷），安徽教育出版社2002年版，第327页。

能继续前行的诗人无奈的心声。从某种意义上说，冯至和卞之琳在西南联大的几年，一方面经历了个人艺术生涯的顶峰状态，另一方面也是他们对个人化追求的最终放弃。对于前抗战时代的中国现代主义新诗而言，他们既是擎旗者也是交棒人，他们的搁笔代表着中国新诗第一波现代主义浪潮的终结，同时也意味着一种新的现代主义的来临。

第三节　新生代学生诗人的成长与创新

1939 年 1 月，茅盾应邀在文协云南分会作了一次演讲，题目是“从反面观点看问题”，在这次演讲中文艺界人士在当时都强调发展大众文学，呼吁创作朗诵诗和活报剧。毫无疑问，这是战争背景下，文学呼应现实最直接的反映，更是西南联大诗人们身处其中的时代语境。在这种语境下，全面真实地反映战争的残酷和社会生活的艰难是文学创作的主旋律，甚至几乎成了战时文学不言而喻的基本形态，但是在西南联大外文系，以冯至、穆旦为代表的一部分联大师生，却以自己对中西文化的深入理解和独到眼光，对当下世界进行了创造性的诗意处理，并由此成为 1940 年代诗人中的一个特异存在。在大时代的面前，西南联大的院墙不仅根本不可能“抵抗”，相反还会因为“千秋耻，终当雪，中兴业，须人杰”① 的壮志和学院传统中积累的视野，更积极地体察世界，更自觉地反观内心，更广泛地寻求与时代呼应的方式，甚至更多元地挖掘个人与世界关系的可能。当中国新诗的第一波现代主义浪潮在战争的波涛中被淹没时，下一波具有崭新意义的潮头开始慢慢涌起。

对于西南联大的学生诗人而言，此时他们对现代主义的理解已经与前辈们有所不同，他们开始追求现实、象征与玄学的综合：“现实表现于对当前世界人生的紧密把握，象征表现于暗示含蓄，玄学则表现于敏感多思、感情、意志的强烈结合及机智的不时流露。”② 这种“新综合”思维一方面使他们不再仅仅满足于简单地反映现实和情感，而是转向对象征世

① 《西南联大校歌词》：“万里长征，辞却了五朝宫阙，暂驻足衡山湘水，又成离别。绝徼移栽桢干质，九州遍洒黎元血。尽笳吹，弦诵在山城，情弥切。千秋耻，终当雪。中兴业，须人杰。便一成三户，壮怀难折。多难殷忧新国运，动心忍性希前哲。待驱除仇寇，复神京，还燕碣。”

② 袁可嘉：《新诗现代化——新传统的寻求》，《新诗现代化》，生活·读书·新知三联书店 1988 年版，第 7 页。

界的拓展和对形而上智慧的追求。另一方面，他们也告别了战前现代主义纯诗的精致和唯美，而加强了对现实的关注、社会的关切和民族的关怀。这一系列特征表明，这一群青年学子在西南联大丰富多元的文学教育氛围中吸纳了大量的来自西方的崭新诗歌观念，并积极地将它们运用到自己的诗歌实验之中，因此将他们称为新生代的学生诗人毫不为过。

中国现代文学的形成与发展端赖于现代大学体制的完善。在大学校园中，教师在课堂上介绍西方文艺，译介异域文化，编辑文学刊物，从事文学创作，扶植文艺青年，指导文学社团，推荐佳作刊发，推动文学风气。即使是在战争时代，以大学师生为代表的学术派群体，仍然是社会精英文化中最重要也最有生命力的载体。具体到中国新诗，特别是现代主义诗歌的发展来说，大学校园文化同样发挥着重要作用，西南联大的校园文学氛围在这里又显得更加特殊，教师在课堂中传授来自西方最新的诗学理念并且在自己的诗歌创作中进行示范，学生在学习中第一时间汲取全新的知识滋养，并及时转化为自己的创作实验，很快又在教师的支持下，在社团壁报或报纸杂志上发表，在新的读者群中被接纳。这种师生间的纵向传播和学生间的横向影响，在西南联大的校园中形成了一个相对自足的现代主义诗学场域。因为在奥登诗中看到“活泼的、广泛的、机动的流体美”①，于是有了用奥登式口吻描绘滇缅公路的杜运燮；因为在里尔克诗中看到“沉潜的、深厚的、静止的雕像美”②，于是有了写里尔克式哲理诗的郑敏；因为有了叶芝、惠特曼、艾略特、奥登、燕卜荪和纪德，于是有了自觉把现代主义向前推进一步的穆旦。虽然“他缺乏他的师辈冯至、卞之琳所有的整齐、雅致的形式感，但是他写出了一种以前中国诗中少见的受折磨的心情”③。

如前所述，因为有了一大批教师的引导，西南联大的西方现代主义氛围已经逐渐形成，无论在向内的深度还是向外的广度上，对外文系的学生都产生了非常巨大的影响。而且，当其中的佼佼者逐渐毕业并留校任教之后，教学和推介的接力进一步深化。值得注意的是，新生代的译介者们已经不满足于对观点的简单引述，而是开始深入到理论内部进行讨论，同时

---

① 蓝棣之：《论四十年代的“现代诗”派》，《中国现代文学研究丛刊》1983 年第 1 期。

② 蓝棣之：《论四十年代的“现代诗”派》，《中国现代文学研究丛刊》1983 年第 1 期。

③ 王佐良：《中国新诗中的现代主义——一个回顾》，《王佐良全集》（第 10 卷），外语教学与研究出版社 2016 年版，第 335 页。

根据自己的理解提出深化的见解。这一转变标志着西南联大诗人们对西方现代主义理论的吸收和转化的自觉。

王佐良和穆旦是同级同学，他在燕卜荪的影响下醉心于现代主义的诗歌，“觉得非写艾略特和奥登那路的诗不可，只有他们才有现代敏感和与之相应的现代手法”①。1939 年 8 月，王佐良毕业，同时被聘为西南联大外文系助教，留校工作的王佐良，完成了由“学生诗人”向“教师诗人”的转变。留校之初，他主要担任“大一英文”的教学工作，同时进行一些翻译和诗歌创作，例如曾将曹禺的《雷雨》翻译成英文，又撰写了《诗人与批评家艾里奥特》，开始了国内较早也较为系统的艾略特研究。1940 年，杨周翰和穆旦也加入到了西南联大外文系的教师队伍之中。

杨周翰在分析艾略特《传统和个人才能》一文时认为，艾略特所认为的“传统”是作为整体的欧洲文学，任何一个民族的文学都是一个有机整体，而每一个作家都是这个整体中的一部分，“历史感迫使作家在写作时不仅骨髓里有他那个时代，而且感到从荷马以下的整个欧洲文学，其中也包括他本国文学，都同时存在，组成一个同时并在的秩序”②。在杨周翰看来，艾略特的《荒原》不管怎样显示出自身的特异性，但终究是植根于此前的英国诗歌传统，《荒原》的出现既是这个传统的产物，更是它变革的推手。这样的观点影响了西南联大诗人群的诗歌观念，把民族文学看成有机整体，历史该是作家在写作时必须属于自己的时代。

只需粗略勾勒，西南联大师生在 1940 年代对西方现代主义理论的译介当居首功，卞之琳的奥登翻译，冯至的里尔克翻译，王了一的波德莱尔翻译，王佐良和钱学熙的艾略特研究，杜运燮和刘广京的奥登研究，杨周翰对奥登、艾略特、燕卜逊、麦克尼斯的研究。上述的翻译、选本、编辑、评论等一系列文学重写行为，在当时以及此后的几十年中，非常深刻地影响了西方现代主义诗人和现代主义诗论在中国的经典化和跨文化接受过程。

除去对西方现代诗人及著作的译介外，西南联大诗人们开始了推动身边诗人扩大诗坛影响力的诗歌批评活动，其中最成熟的诗人自然非穆旦莫

---

① 王佐良：《〈英国浪漫主义诗歌史〉序》，《王佐良文集》，外语教学与研究出版社 1997 年版，第 776 页。

② 杨周翰：《艾略特与文艺批评》，《攻玉集：镜子和七巧板》，上海人民出版社 2016 年版，第 153 页。

属，而王佐良可以算得上是第一位系统推介穆旦的诗歌评论家。王佐良发表的《一个中国新诗人》或许是第一篇关于穆旦诗歌创作的严谨评论。

新兴的评论家们已经开始注意到穆旦诗歌中虽然现代主义色彩极其鲜明，但是这种色彩却是与前辈们的现代主义特征相区别的。西方现代主义最显著的标志是其工业化和都市化的特征和直面生命中的虚无和痛苦，这些经验是第一代中国现代主义诗人们经过曲折学习才达到的境界。但是，对于穆旦和他的同代诗人而言，在战争、流亡、生计等多方面困境的挤压中，现实的矛盾和冲突是他们每天都要面对的问题，如果说前辈诗人们是学习发现这种挣扎，那么穆旦们则是生长于这种挣扎。因此，在王佐良看来，穆旦的杰出意义在于他对现代主义的诗歌表现力进行了自觉的发展：情绪上的深化，从愤怒、自我折磨进到苦思、自我剖析，使他的诗显得沉重；诗歌语言上的逐渐净化，从初期的复杂——“丰富和丰富的痛苦”——进到能用言语“照明世界”，使他成为中国新诗里最少成语、套话的新颖的风格家。①

除去对理论的译介和对诗歌诗人的评论，西南联大诗人开始了对中国新诗坛的观察和思考。1940 年 5 月 30 日，杜运燮在昆明《中央日报》副刊《平明》发表诗评《寻路》，在这篇很少为人们论及的文章中，杜运燮毫不客气地指出：“中国新诗，在新文学运动开始时，确曾轰轰烈烈热闹过一时。胡适先生并且勇敢天真给人发过非常乐观的预约券，说总只须十年工夫新诗便可以走上康庄大道。谁知二十余年后，回头一顾，却不得不承认诗的运气，还很背晦，与散文比较起来，显然不佳。”他认为形式上的困难是制约新诗发展的主要因素，因此借鉴西方诗歌的手法是一条可供探索的途径。杜运燮强调的借鉴主要是两个方面，一个是接近口语的节奏，另一个是现代的意象和情感。他认为新诗要向前发展，必须建立在对中国传统诗词的突破上，首先要突破的就是旧诗词中风花雪月的意象以及深藏其后的伤春悲秋的柔情。在这篇诗评中，杜运燮地刻意使用了“Rhythm”和“Image”这两个英文词语来表达对中国诗词传统中对应含义的区隔，虽然这样的方式稍显简单幼稚，也没有在方法论意义上形成实质的指导，但是仍可从中看到学院诗人对于新诗形式问题的关注，说明他们已经产生诗学建构的自觉。

---

① 王佐良：《中国新诗中的现代主义——一个回顾》，《王佐良全集》（第 10 卷），外语教学与研究出版社 2016 年版，第 339 页。

1938年长沙临时大学迁往昆明组建西南联大时，入滇路线有三条，其中一条是步行入滇，穆旦和闻一多都在此列。步行赴昆途中，穆旦常常与闻一多结伴而行探讨诗歌。一路穿行中国腹地，生活于底层的真实民众触发了这位年轻诗人的诗情，后来写下《三千里步行》组诗。与此同时，穆旦也表现出对许多外国诗人特别的喜爱，他将美国教授佩吉（Page）编选的《英国十九世纪诗人》选集视为珍宝，时常吟诵雪莱的长诗《阿童尼》，特别喜欢读华盛顿·欧文的《见闻录》，狂热地沉浸惠特曼的《草叶集》，这位“一生憎恨黑暗，追求光明，反抗强暴，同情人民，为自由和民主斗争到底的美国浪漫主义大诗人，他的新内容，新形式，新的语言，对这时期的穆旦，甚至在以后的岁月中的影响是实实在在的，是深刻的”①。

但是穆旦之所以在1940年代诗人中具有绝对的代表意义，是因为所有对他产生影响的作家都以不同的方式进入了他的精神气质，但没有一个能够成为其主导，相反，他在这种复杂的综合中，形成了自己独立的见解。他坚信一代人有一代人的历史经验，这种经验是独特并且不能被复制的，而诗歌创作正是他将属于自己的生命体验外化和呈现的过程，是他思想中的复杂纠结和灵魂中的痛苦不安的集中展现。于是，戏剧主义丰富了单一的表现形式，客观和间接的观察替代了直露冲动的抒情，面对现实的坚忍克服了浪漫主义的感伤。他渴望诗歌能够在尽量触及现实之余，仍然享有独立的艺术生命。

从创作构思上看，穆旦的诗歌主要有三种类型：写事写景、意象中心和个人哲思。其中，他表达个人哲思的诗歌是与中国传统诗歌的关联性最弱、受西方现代派影响最深但创新最多的作品。这些诗最能表现出现代派极端重视艺术想象的诗歌理念。也正是这样独特的运思，使得穆旦在艾略特和瑞恰兹之外，形成了“第三类诗”，当以理性为中心之后，穆旦的诗歌显示了开阔的视野和巨大容量，诗歌不再被时空和思维拘束，转而勇敢地表达出自己最新颖的看法，最独特的哲思和最具个人化的历史经验。

1940年3月和4月，穆旦在香港《大公报》上接连发表了两篇诗评，是这位高产诗人为数不多的诗歌评论文章。在这两篇诗评中可以清晰地看到穆旦在一系列的西方现代主义影响之后，已经逐步形成了自己独立的诗

① 赵瑞蕻：《南岳山中，蒙自湖畔》，《离乱弦歌忆旧游》，文汇出版社2000年版，第130—135页。

歌观念和主张，并将在一段时间内指导他的诗歌实践。

首先发表的是关于艾青同名诗集的评论《他死在第二次》[①]。在这篇评论中，穆旦将艾青称为“土地爱好者”，认为当时的中国诗坛“没有一个新诗人是比艾青更‘中国的’了”。围绕艾青的诗集《他死在第二次》，穆旦展开了四个方面的评价。在风格上，穆旦认为艾青的诗歌中蕴含着博大深厚的情感和“以火热的心消融痛苦和牺牲”的斗争热情，而这种超越了惠特曼式的“中产阶级盲目自足”而达到的更深沉进步、更维系向上的力量，是这部诗集中最宝贵的精神情操。在画面的呈现上，穆旦认为真实的世界和生活的背景，甚至让疲弱和病态的土地都显得亲切逼真。而比画面更出色的是立体化的表现，穆旦认为艾青的诗歌“在不同场合中”表现出了“更贴近真实的主人公的浮雕”的手法，这是一种和亨利·詹姆士小说手法极其相似的特征，其优点在于能够比其他的心理描写都更忠实于生活。艾青这部诗集最受穆旦赞扬的是他的语言，穆旦认为艾青冲破了标准口号式和词汇堆砌式的泥沼，找到了诗歌创作的“第三条道路”，即朴素、生动、自然的口语，穆旦甚至认为，这种带着单纯、自然节奏的诗歌语言，将是“此后新诗唯一可以凭借的路子”。这一次关于艾青诗歌“中国的”内蕴的赞颂，可以看到一个出身于高等学府的校园诗人并没有囿困于象牙塔中，而是已经意识到了将中国现实与学院精神文化资源进行融合的可能。

一个月后，穆旦在《大公报》上又发表了另一篇诗评《〈慰劳信集〉——从〈鱼目集〉说起》[②]，这一次评介的则是半年后即将到西南联大任教的卞之琳的新诗集《慰劳信集》。在这篇评论中，穆旦从中国诗坛崇尚艾略特式的“机智”谈起，认为卞之琳的《鱼目集》就是这种“机智”诗歌的巅峰之作，但是一味追求“机智”的诗歌创作已经与新的时代不相符合，他觉得如果诗歌仅仅停留在“脑神经运用”范围是不够的，因为这样的诗句虽然动人，但是必须“要用一点思索后才能被感动”，而战争背景下的中国诗坛，需要的是“指向感情的洪流里，激荡起人们的血液”的作品，因此穆旦认为《慰劳信集》是卞之琳在《鱼目集》之后的“路向探寻”之作，是诗人面对现实变迁的震惊而开始新题材重构的尝试。穆旦赞赏这种尝试，但是却也直率地批评《慰劳信集》仍然没有

① 穆旦：《他死在第二次》，《大公报·综合》1940年3月3日。

② 穆旦：《〈慰劳信集〉——从〈鱼目集〉说起》，《大公报·综合》1940年4月28日。

避免“机智太多”“诗句太平”和“情感太淡”的缺点。与其说这篇诗评是要评论卞之琳，倒不如说是穆旦打算借卞之琳的转变来提出自己的诗学观念——新的抒情。徐迟曾说新诗的方向是“抒情的放逐”，穆旦则在此基础上进行了明确和强化。他认为放逐的是旧的、对自然风景和牧歌的抒情，而要推动的新的抒情则是“有理性地鼓舞着人民去争取那个光明的一种东西”。围绕着“新的抒情”，穆旦提出了四个要素，其一是确认抒情的深层必须保有理性的基点、强烈的律动、宏大的节奏和欢快的调子；其二是致力于情绪和意象的健美的组合；其三是展现最广阔的生活现实，充足表现战斗的中国；其四是忠实于表现新生中的蓬勃与痛苦和面向光明的激动。这样的诗歌追求在很长一段时间里指导了穆旦的诗歌创作，甚至他还用这一原则对自己的许多诗歌进行了精心的修改。“新的抒情”的提出，充分反映了早期穆旦诗歌的美学追求，同时也体现出这一时期的诗人，正处于一种“战争乌托邦”式的激越情怀之中，在他看来，“七七抗战使整个中国跳出了一个沉滞的泥沼，一洼‘死水’……只要是不断地斗争下去，她已经站在流动而新鲜的空气中了，她自然会很快地完全变为壮大而年青”，成为一个新生的中国。[①]

这两篇诗评是在年轻的穆旦身上第一次显现出的单纯完整的诗歌理念建设，此时的他还没有经历战争深入后的通货膨胀和生存压力，还没有经历军中生涯的战火洗礼，还没有经历穿越野人山的生死考验，也还没有发展出他的怀疑主义和沉痛反思。他所歌颂的战争现实慢慢将一系列宏大艰难的问题推到他的眼前：个人的优雅和群体的严酷之间的冲突、民族国家的强化对年轻人个人主义的自由梦幻的遮蔽、个人经验的自我提升和对民族大义的服从，这一切都常常在他的内心和诗篇中纠缠不清。姚丹认为，往往当民族体验融入个人或人类时，他会比较成功，而个人的痛苦挣扎须臾不能离身，却正是穆旦最可珍贵之处，个人的感情和体验在他这里永远有独立的价值。[②]

在前面的论述中，已经可以充分地看到，1940 年代由于大学教育在

① 在全面抗日战争初期“战争的乌托邦”的论调并不鲜见，例如 1938 年 3 月 14 日，雷嗣尚在汉口《大公报》发表了《从抗战中产生新中国》的文章，就曾详细分析过抗战可能给中国带来的五个方面的变革。

② 参见姚丹《“第三条抒情的路”——新发现的几篇穆旦诗文》，《中国现代文学研究丛刊》1999 年第 3 期。

中国与世界文化交流方面起了重要的桥梁作用，尤其是当时地理位置特殊的云南昆明，因为有驼峰航线的便利和大批美国飞行员的驻扎，加之滇缅公路是大后方出境的咽喉要地，使得西南联大的学生们比之于内地大学的同学有更多的机会和更及时的便利，接触和阅读到新近出版的外文原著，同时西南联大外文系的诗歌课、翻译课、诗人、教授们的创作实践又对学生的创作实习产生了不可忽视的影响。当现代主义诗歌传承的接力棒顺理成章地向年青一代手中交接之时，充满抱负的青年学者们必然不能满足停留在 19 世纪或 20 世纪初期的传统之中，更不能满足只有模仿和移植，而没有创新和建立。因此，在西南联大学生中必然并且确实产生了 1940 年代最具总结性的青年现代主义诗歌理论家——袁可嘉。

袁可嘉是西南联大诗人群中年纪较小的一位，相比于穆旦等人蓬勃的诗才，袁可嘉虽然也精于诗歌创作，但是他更大的贡献是为共同成长的这一批朋辈诗人找到了理论阵地，逐步提炼出了专属于他们的独特的诗学意义。1946 年冬到 1948 年年底这一段时间，袁可嘉在天津《益世报 · 文学周刊》《大公报 · 星期文艺副刊》，上海《大公报》《文学杂志》《诗创造》《中国新诗》等报刊上发表了以“论新诗的现代化”为总标题的一系列评论文章。袁可嘉的诗论既能够高举“新诗现代化”的大旗，又能够建设完备的现代诗学体系和评论规范，是 1940 年代最系统、最完整、最具特色也最有成就的现代主义诗论。“新诗现代化”这个关键词的提出，一方面表现出了对发端于五四，生长于抗战的中国新诗脉络的继承，另一方面表现出了对以英美德法为代表的西方现代主义诗学的学习，更重要的是在一系列学习、借鉴、融汇、实践的过程中，最终实现了中国新诗现代化体系的构建。

陆耀东先生曾经将袁可嘉诗论的系统性归结为四个方面：第一，辩证、包含、戏剧、复杂、创造、有机和现代构成了中国现代主义诗歌的总特征。第二，“现实、象征、玄学的新的综合传统”是新诗现代化的发展方向。第三，戏剧化、感觉曲线、意象比喻的特殊构造是新诗现代化实现的多元途径。第四，将这套理论付诸实践，对 1940 年代诗人的自觉努力和理论及创作弊病做出了较为公允的评价。①

袁可嘉曾经将自己的新诗现代化理论归结为两条重要的特征：

---

① 参见陆耀东《中国新诗史》（第三卷），长江文艺出版社 2015 年版。

> 第一，在思想倾向上，既坚持反映重大社会问题的主张，又保留抒写个人心绪的自由，而且力求个人感受与大众心志相沟通，强调社会性与个人性、反映论与表现论的有机统一；这就使我们与西方现代派和旧式学院派有区别，与单纯强调社会功能的流派也有区别。第二，在诗艺上，要求发挥形象思维的特点，追求知性和感性的融合，注重象征和联想，让幻想与现实交织渗透，强调继承与创新，民族传统与外来影响的结合，这又与诗艺上墨守成规或机械模仿西方现代派有区别。[①]

在袁可嘉自己的表述中可以看到，他所倡导的新诗现代化理论，就是在井喷式盛行于1940年代的所有西方现代主义诗歌理论和重新起步的中国现代主义新诗潮之间找到契合点，并且进行理论阐明。1940年代中国现代主义新倾向的发生，纯粹自发于诗人们的内在心理需求，但是经过一系列学习、经验和表现的酝酿，以及与战争背景的发酵，最终形成了现实、象征、玄学的综合传统。

袁可嘉认为，现实“既包括政治和社会生活中的重大题材，也包括生活在具体现实中人们的思想感情的大小波澜”[②]；既包括外在的现实，又包括内在的现实；臧棣则将袁可嘉对现实的界定进一步展开，他认为“实际上包含两层意思，其一是现代文化意义的现实，其二是指当时的社会现实”，同时也还包含着现代诗人以否定和批评的方式把握现实的能力。[③] 当然，深入而论，“现实”在西南联大的诗人们身上，还体现为对自我的反省、对文化传统的重构和对生命经验的探求。

“象征”是诗歌中极为常见的手法，但也被赋予过极多的意义。在袁可嘉这里，“象征手法的要点，在通过诗的媒剂的各种弹性（文字的音乐性，意象的扩展性，想象的联想性等）造成一种可望而不可即的不定状态（Indefiniteness），从不定产生饱满，弥漫，无穷与丰富；它从间接的启发着手，终止于诗境的无限伸展”[④]。象征既要全面，也要遵循内在的

① 袁可嘉：《半个世纪的脚印·序》，人民文学出版社1994年版，第2页。

② 袁可嘉：《九叶集·序》，辛笛、袁可嘉等《九叶集》，作家出版社2000年版，第2页。

③ 臧棣：《袁可嘉：40年代中国诗歌批评的一次现代主义总结》，《文艺理论研究》1997年第4期。

④ 袁可嘉：《现代英诗的特质》，《文学杂志》1948年第2卷第12期。

完整规律，因为这世上一切伟大作品的伟大之处，正在于“对宇宙人生的全面的，整体的处理”①。

诚如张松建所言，英国 17 世纪的玄学派诗人开创的以机智（wit）、悖论（paradox）、反讽（irony）、奇喻（conceit）、思想知觉化为基础的诗风，以及由此引发丰富的想象力、精细的想象力和陌生化的语言，都使诗歌的修辞容量和表达效果得到极大强化②，是诗人将生活与哲学、具象与抽象、肉体与思辨充分结合的产物。以小见大，于平凡中见伟大，寓机智于严肃都应当成为诗歌尝试的方向，因此诗歌创作中应该尽力避免平铺直叙和无序的热情宣泄，尝试以思维的跳跃来打破常规时空的拘囿，以冷静客观的方式释放深刻的主观能量。

从西南联大外文系师生的译介、教学、创作和理论建设的诸多实践中，开放的政治立场、多元的知识来源、敏锐的哲理思辨、创新的语言形式和世界主义的诗歌抱负或许可以成为 1940 年代现代主义诗歌的“学院派”的共性特征，而在袁可嘉所总结的这个传统之中，“象征”是一个多义却并不新奇的标签，“玄学”后来也曾被考虑替换为“玄思”，而“现实”却始终在西南联大“新生代”诗人的意识里居于首位，其中“社会现实”对于他们的意义更加重大。二三十年代的中国现代主义诗潮以“纯粹”相标榜、以“摩登”为现代，排斥社会现实甚至以逃避为清高。但是抗日战争爆发，时局迫人反思，叶公超 1938 年就曾在西南联大撰文强调：抗日战争使作家们的生活发生了很大的变迁，而“经过这样一个伟大的时期，我们一般作家的意识应当扩大了，他们的灵感也应当比从前丰富了……我们只希望一般作者要在这个时期把他们的知觉的天线立起来，接收着这全民抗战中的一切。最近百年来西洋文学里最重要的趋势就是扩大了文学里的社会性，虽然一方面纯诗运动有极端个性的尝试，多半的作品仍然还是根据各种社会现象来表现人生的。我们的文艺似乎也向着这个方向……我们希望，从事文艺的人也在同样的开发一个新时期”③。正是诸如此类的提醒以及亲身的颠沛流离，使得年轻的学院诗人不得不走出象牙塔，直面战时生活，自觉地把关注的眼光投向多难殷忧的祖国，要

---

① 袁可嘉：《新写作（书评）》，《新诗现代化》，生活·读书·新知三联书店 1988 年版，第 229 页。

② 参见张松建《现代诗的再出发》，北京大学出版社 2009 年版。

③ 叶公超：《文艺与经验》，《今日评论》1939 年 1 月 1 日。

求自己的诗歌创作始终与眼前的社会现实保持血肉关联，对中华民族的复兴和中国社会的改造表现出可贵的关怀与承担，以自己的大学才气和当代敏感进一步拓展诗的现代性概念。

正如许子东所言，"现代主义要进入中国，除依据时代进步背景外，还应在'政治需要'和'民族文化需要'两者之间至少寻找一位'盟友'"①，而西南联大的现代主义诗人们正是通过"现实"这一关键词找到政治需要和民族文化之间的重合地带。战争场景所引发的强烈经验，民族存亡时刻的坚忍不屈成了 1940 年代"中国式"现代主义最显著的特征。1930 年代现代派的火炬已经在师辈手中渐渐熄灭，颓废与虚无消退，形式主义与个人主义终结。1940 年代来临后，现代主义与现实主义结盟，个人性与时代性相遇，对于西南联大的青年诗人们而言，他们面前的现代主义道路是以英美形式为示范、法德精神为引领、中国意志为内核的崭新旅程。西南联大的现代主义诗群在异域的文学启迪和中国自身的现实境遇之间崛起，它与艰苦的磨难、巨大的创伤甚至是深刻的危机紧密相连，但是此时他们的创作仍然只能算作是一种新的现代主义的实验，对于整体意义上的中国新诗而言，传统还远未形成。

① 许子东：《现代主义与中国新时期文学》，《文学评论》1989 年第 4 期。

第四章

校园内外：迁徙、融合与文学的革新

载道与审美是中国文学中两条此消彼长的河流。“五四”以后，经过文学市场的建设、文学教育的推进和出版业发展的催动，文学的审美特性被不断强化，特别是到了1930年代，在中国新文学的版图上虽然出现了“京派”和“海派”的某种冲突和对峙，但在另一层面上来说，它们共同构成并分享了“五四”以来所形成的现代文学体制。这段由大学、出版业和市场相互支撑、互为依托的文学“黄金时代”随着抗日战争的炮火一去不回。到了1940年代，战争使山河破碎，家园沦陷，亲人离散，现代文学在前两个十年中所积累起的一切范式皆被打破，文人的“圈子”被击碎，大学的校园被打开，精英们的从容优渥被生存危机所取代。如果说中国新文学的前两个十年，是文人学者们的自觉活动推动了一次次前进和革新，那么在此时的中国文学则被迫在剧烈甚至粗暴的社会活动中迭代。1940年代的文学特质充分回应了急剧变动的时局，面对民族存亡的生死时刻，争论文学究竟是审美还是载道已经丧失了实际的价值，战火中的文学注定必须承担时代和现实的任务，成为一种具有多重意义和复杂功能的载体，功利性甚至工具性在此刻与文学的本质毫不违背。

抗日战争的全面爆发，使得1940年代的文学版图从原来的京沪中心，变成沦陷区、解放区、国统区三区分离和北京、上海、延安、重庆、桂林、昆明等分散中心的格局。大批文化单位向后方转移，形成了20世纪中国文学史上最大的一次文人迁徙浪潮，也使得原本居于政治、文化、经济中心的知识分子，以“逃难”这种看似与自我身份极不匹配的窘态，纷纷向中国最不发达的地区进发。文人学者逃离都会和城市，在偏远的边地共赴国难，而1940年代的文学也同样整体冲破二三十年代的文学体制，离开经济文化中心向边地突进。这一系列的变化，最终使得“融合”成为1940年代文学前所未有的崭新特征。特别是知识分子与民间这一组在启蒙话语和社会文化层面上的天然对立体，首先在战时实现了融合，并且成了1940年代全方位大融合的先决条件。知识分子群体在流徙中了解民间，在团结中靠拢民间，甚至在活动中动员民间。特别需要注意的是，1940年代所发生的“融合”并不是一蹴而就的成果，而是随着抗战局势的变化所呈现出的渐进式过程。知识分子的精英立场，在严酷的现实面前遭遇重大挑战，生存的压力使他们逐步“陷落”民间。虽然经济的困境让知识分子直面生活的惨淡，并最终不得不与民间混同，但是，出于知识分子的本位和使命感，即使困苦生活已经让他们无力维持曾经的衣着体面而不得不穿上赶马人的蓑衣御寒，但是他们的视野和积累仍然决定了他们思考的能量，也使得他们能够在不断自我革新的过程中，把握自己与民间的关系，并且在动员民间的行动中发出自己的声音。

与此同时，经过近40年的移植和探索，1940年代的中国现代大学体制已经成熟，不仅在管理格局上实现了现代化和开放化，并且已经形成了教育背景良好、年龄结构合理、专业素质稳定的教师梯队，更不用说西南联大是当时中国最好最完备的大学的集合体，必然成为中国教育史上不可复制的里程碑，战火中组成的西南联大，它的存在本身就是对1940年代文学文化特质的一种呈现。同样，在战争的大背景下，象牙塔被打开，校园没有围墙，教授、学生与民众高度融合。在这样的前提下，对于西南联大文学教育的理解，绝不能仅仅局限于学校课堂的知识传授和简单意义的师承关系，而必须切进师生的日常生活和校园活动之中，只有将知识分子与真实世界的关系纳入1940年代文学教育的范畴去考量，才能够在恰当的历史语境中评估西南联大文学文艺活动对1940年代文学的意义。

第一节　《西南采风录》：迁徙中的观察与实践

“万里长征，辞去了五朝宫阙，暂驻足衡山湘水，又成离别。”西南联大校歌的开篇四句，简要委婉地叙述了1937—1938年三校师生所经历的颠沛流离。1937年11月1日，三校刚刚组成的长沙临时大学开学，但仅仅40天之后，南京失守，武汉陷落，长沙危急。在战火的急速蔓延下，为保存国家文化之栋梁血脉，师生们再次踏上了南迁的路途。这次由湘入滇共有三条路线，分别是海陆并用路线、汽车陆路路线和步行路线，即本节重点讨论之“湘黔滇旅行团”①。对于这一段步行南迁，学校提出的宗旨是“借以多习民情，考查风土，采集标本，锻炼体魄，务使迁移之举本身即是教育”，因此在旅行团中安排了一定的考察调研任务，随团教授作为指导老师。旅行团成员中有学校设置的文书组和摄影组，记录沿途见闻，但是关于这次迁徙更多的细节，则分别藏在学生自发写下的沿途记录之中，其中特别有代表性的是刘兆吉撰写的《西南采风录》。这一次深入中国西南腹地的徒步“长征”促成了这部歌谣集的产生，使得民间的价值以此为契机再一次被发现和重估，也成了西南联大知识分子了解和靠拢民间的开始。

刘兆吉 1935 年考入南开大学哲学教育系，这位对民歌民谣始终很感兴趣的青年从长沙出发之际就选择加入由闻一多担任指导教师的歌谣收集组，在此后漫长遥远的旅途中，真正完成了歌谣收集工作的学生，全团仅此一人，因此朱自清在序言中盛赞他“以一个人的力量来做采风工作，是前无古人的”②。一路上刘兆吉一共收集了两千余首民间歌谣，到达昆明后进行了整理编辑，书稿编成后即在学生中引起了极大的反响，穆旦、阴法鲁等同学对它极为推崇，闻一多、朱自清、黄钰生、杨振声等教授更是对它给予高度评价，并为歌谣集撰写序言或题写书名。可以说，这部《西南采风录》在刚刚到达昆明的时候，已经作为西南联大的校园名著而被争相传阅，只不过由于战时资源紧张等诸多原因，直到 1946 年 12 月三校复员北返之后才由上海商务印书馆出版发行。《西南采风录》由朱自清、黄钰生、闻一多三位教授作序，全书除将所收录的 771 首歌谣按照情歌（640 首）、童谣（35 首）、抗日歌谣（20 首）、民怨歌谣（13 首）、

① 第一条海陆并用的路线，从长沙沿粤汉铁路至广州，到香港乘船至越南海防，经河内再由滇越铁路到昆明，大部分教师及其眷属，全体女生及部分体弱的男生走这条路线。第二条汽车陆路路线是由长沙沿湘桂公路经桂林、南宁到越南河内，再由滇越铁路进入昆明，朱自清、冯友兰、陈岱孙等教授走的是这条路线。第三条步行路线则是由长沙乘船至常德，开始步行穿过湘黔腹地，经贵阳、安顺，从胜境关进入云南，经曲靖到达昆明。这个徒步旅行团由三百多名男生和十一名教师组成，黄钰生、闻一多、曾昭抡、李继侗、袁复礼等教授参与其中，学生中有穆旦、任继愈、季镇淮、丁则良、刘兆吉、向长清等人。湖南省主席张治中委派黄师岳中将领队，并委任两位中将大队长、一名上校参谋长随队保卫。旅行团于 1938 年 2 月 20 日从长沙出发，4 月 28 日抵达云南昆明，全程 3500 华里，约等于 1750 公里，用时 68 天。全体师生到达昆明后，1938 年 4 月，国立长沙临时大学正式更名为国立西南联合大学。

② 朱自清：《〈西南采风录〉序》，刘兆吉《西南采风录》，台北：东方文化书局 1971 年版，第 2 页。

采茶歌谣（4 首）、杂类（59 首）分成六种类型之外，还仔细标注了每一首歌谣的采集地，部分歌谣还有小注或评论。此外，正文之前还附了《弁言》《西南采风的经过》两篇介绍书中歌谣来历的说明文字和一篇题为《歌谣区域的方音与国音之比较》的论文，书末有《总结》和《附录·苗歌》。这部歌谣集从排布的体例上就已经显示出其学院化特征，它已经不仅仅是一部单纯记录沿途歌谣的小册子，而是一次有意识的田野调查的产物。不过本书无意对歌谣集进行文本细读式的分析和研读，而是希望以它为切入点，窥见西南联大师生在千里流徙的路途中思想意识变化的端倪。

由于有朱自清序言的珠玉在前，《西南采风录》的存在首先就被视为 1920 年代歌谣运动的余脉。虽然《西南采风录》与北大歌谣运动有一定的传承关系，但如果从歌谣收集活动的内部动力来看，刘兆吉的这一次工作与 1920 年代的歌谣运动却有着实质性的差别。

1922 年 12 月 17 日，时值北京大学二十五周年校庆之际，《歌谣》周刊正式发行。这是法语系学生常惠在周作人指导下的产物，同时也是北京大学歌谣研究会的会刊。《歌谣》周刊的内容通常分为两部分，一是研究专论，一是《民歌选录》。截至 1925 年 6 月停刊之时，共出版了 96 期，歌谣研究会共收集歌谣 13908 首，刊登 2260 首。1936 年《歌谣》短暂复刊，后因抗日战争全面爆发而结束。北京大学的歌谣征集活动主要有两个目的，一个是学术的，另一个是文艺的。从学术性方面来说，歌谣征集是对民族学资料的基础性、广泛性收集，因此歌谣研究会“希望投稿者不必自己先加甄别，尽量的录寄，因为在学术上是无所谓卑猥或粗鄙的。从这学术的资料之中，再由文艺批评的眼光加以选择，编成一部国民心声的选集”①。从文艺性方面来说，歌谣研究会已经意识到人民的真感情可能造就一种新的民族性的诗歌，甚至有可能成为中国新诗的发展方向，这样的判断在一定程度上揭开了现代新诗改革运动的帷幕。从历史意义方面来考量，歌谣研究会的收集工作，既提醒知识分子注重民间文学的价值，注意到歌谣中所蕴含的大量社会问题，同时又促进了文人学者与普通民众的精神连接，甚至从某种程度上说，它引起了知识分子对自己与民众关系的反思，甚至逐渐引发对自身世界观改造的可能。

---

① 参见北京大学歌谣研究会《歌谣》周刊第 1 号，1922 年 12 月 17 日。

颇有意味的是，这次歌谣征集的最主要方式是“投稿”，收集者居于文化中心地带进行号召，素材从四面八方向文化中心汇集。即使不考虑收集过程中的种种潜在的技术缺失、编造杜撰和删减流散，仅从形式上就能够反映出知识分子阶层对于“中心”的固守。这一次歌谣收集从实质的意义上说是为“五四”之后中国新文学、新文艺体制的确立服务的，因此由歌谣世界构筑的“民间”和“平民”，与其说是一种实体化的存在，不如说是文学观念的抽象化塑造，其人类学意义大于功能性意义，或者说对于知识分子而言，“民间”是一个需要观察的对象和思考的维度，不过暂时没有极大的迫切性需要将其纳入自身的文学体系之中，更不必因“关切”而去“发动”。

但是到了抗日战争爆发后，这样的情况就已经完全不同。旧有的“中心”几乎全部陷落，高高在上的“精英”此刻尽数沦为“流民”，无论是文学还是文人，都必须进入民间才能生存。刘兆吉自己就在谈及采风的经过时特意总结了两个专门性的问题，其一是歌谣收集的方法，其二是收集过程遇到的困难。这两千多首歌谣主要有三个来源，一是访问田间路旁的老农牧童，或者茶楼街头的乡民；二是访问沿途中小学教育馆（局）和文化机构；三是摘抄自沿途房舍的墙壁涂鸦。中国国土广大，方言众多，南方方言尤为复杂，更加上还有少数民族语言掺杂其中，这样复杂的语言状况给来自北方的刘兆吉带来了不小的困难，“一群人，围着一个异乡的青年，有时面面相觑，有时哄然大笑，是笑言语不通，手指脚划，面面相觑，是要窥测真意。本来，一个穿黄制服的外乡人，既不是兵，又不一定是学生，跑来问长问短，是稀有，所以舍不得让他就走；可疑，所以对他又不肯说话”①，再加上风俗和戒备心的原因，很少有妇女接受访问，因此刘兆吉就曾非常坦诚地担忧自己收集的歌谣中，恐怕因为少了妇女这一最重要的歌谣拥有群体的参与，而难以反映湘黔滇腹地歌谣的全貌。

穿着草鞋打着绑腿，在田间山林赔笑询问，还要提防土匪、解释误会的歌谣采集，真正实现了歌谣收集过程中主体位置的转变。战争使知识分子被迫进入民间，并深入到更原始、更底层的中国边地乡村或少数民族寨子，直面真实世界的切身体验较之于曾经来源于字里行间的感悟必定具有更大的冲击力。加之步行团的部分路线与红军长征路线重合，因此刘兆吉

① 黄钰生：《〈西南采风录〉序》，刘兆吉《西南采风录》，台北：东方文化书局 1971 年版，第 4 页。

还收集到了不少歌颂红军的歌谣，虽然因为审查的原因几乎被全部删除未能出版，但是对于收集者而言，他在第一现场的所见所闻必然丰富了其社会观察的角度。1920 年代的歌谣运动，收到歌谣即告完成，而 1940 年的收集实践，则穿过歌谣直达民间本体。如果说 1920 年代的歌谣运动在某种程度上蕴含了对民众集体创作情景的浪漫主义想象的话，那么 1940 年代的歌谣收集实践则完成了对歌谣生存土壤的现实主义勘探。

除去与歌谣运动的关联，《西南采风录》还被归入了民间文学的研究范畴，在为数不多的研究成果中，研究者们反复罗列的是其突出的史料价值和民族性特征。[①] 在民间文学的研究视野下，《西南采风录》的价值首先是一本歌谣集，它符合民间文学对歌谣的定义和期待。中国最早的民间文学研究者是胡愈之，他关于民间文学的早期定义中有三个基本要点，其一是民间文学的创作人是民族全体，而不是某一个特定的个人；其二是民间文学基本通过口述传承，而非书本；其三是民间文学的传播形态基本是流动的，而非固定。[②] 早在 1914 年，弗兰克·西德奎克（Frank Sidgwick）在《民谣》一书中指出："民谣是最早出现的文学样式之一。它的产生不仅早于史诗、悲剧，也早于作家文学和语言文字。它是民众的，是属于没有文化的阶层的人们的。"[③] 此外，因为《西南采风录》记录的是湘黔滇三省的歌谣，除去基本的民间文学意义之外，这三个拥有众

① 相关专著：黄涛：《中国民间文学概论》，中国人民大学出版社 2010 年版；段宝林：《中国民间文学概要》，北京大学出版社 2018 年版。相关论文：张景华：《论〈西南采风录〉的情歌文化》，《云南师范大学学报》（哲学社会科学版）1992 年第 4 期；陈晓华、刘重来：《前无古人的采风壮举——记〈西南采风录〉及其编者刘兆吉》，《中国图书评论》2001 年第 2 期；彭斯远：《刘兆吉和他的〈西南采风录〉》，《重庆社会科学》2005 年第 1 期；刘鲁嘉：《〈西南采风录〉：管窥中国民族性的另一个窗口》，《安徽文学》（下半月）2008 年第 12 期；田素庆：《一个人的"田野"——兼谈刘兆吉〈西南采风录〉少数民族民间歌谣的实录意义》，《民族文学研究》2012 年第 3 期；陈濛：《从〈西南采风录〉的文学特征谈起——民间歌谣再认识》，《通化师范学院学报》2016 年第 3 期。

② "民间文学的作品，有两个特质：第一，创作的人乃是民族全体，不是个人。普通的文学著作，都是从个人创作出来的，每一种著作，都有一个作家。民间文学可是不然；创作的决不是甲，也不是乙，乃是民族的全体。第二，民间文学是口述的文学（Oral Literature），不是书本的文学（Book Literature）。书本的文学是固定的，作品完成之后，便难变易。民间文学可是不然；因为故事、歌谣的流行，全仗口头的传述，所以是流动的，不是固定的。"原文作者胡愈之《论民间文学》，原载《妇女杂志》第 7 卷第 1 号，1921 年 1 月。转引自［美］洪长泰《到民间去——1918—1937 年的中国知识分子与民间文学运动》，董晓萍译，上海文艺出版社 1993 年版，第 6 页。

③ 原载 Frank Sidgwick，*The Ballad*，转引自［美］洪长泰《到民间去——1918—1937 年的中国知识分子与民间文学运动》，董晓萍译，上海文艺出版社 1993 年版，第 7 页。

多少数民族的省份也为刘兆吉的歌谣集增加了一定的民族学成分。

在民间文学作品的框架中，对于这部歌谣集的研究已经比较准确到位，但是如果将其置于民间、民族与社会的综合关系中来考量，以《西南采风录》为代表的徒步旅行成果，将具有更为丰富的历史意义。

1910 年代后期至 1920 年代，中国知识分子由于接受了 1870 年代俄国民粹派理论，开始了“到民间去”的倡导。李大钊是这场运动的思想领袖，他认为在中国这样一个农业大国，农民的境遇就是中国的境遇，同样，农民的解放才是中国的解放。1919 年 1 月，北京大学学生组织了“平民教育演讲团”响应李大钊的号召，他们的活动一直持续到 1925 年，成员中就有日后成为《歌谣》周刊编辑的常惠。逐渐地，知识分子们因为怀着祖国贫弱山河破碎的忧患，“到民间去”成为 1920 年代知识分子口中一个非常响亮的口号，号召青年学生投身乡村建设和改革的洪流，担负起教育农民的义务。这样的努力逐步地让更多的青年知识分子认识到中国的希望不在城市，而在乡村。应该说，这个运动标志着中国知识分子已经意识到，在国家前途渺茫的时代，当务之急是深入了解和研究农村。在中国知识分子的眼中，民众是生活在文明地区边缘的人们，借助卢梭在《民约论》中关于集体的阐释，“民间”也同样是一个由共同意识联系起来的、约定俗成的社会集团，而民间文学正是这种社会集团的精神产物。

自古以来，民间文学始终是一种从形式到内容都与“正统文学”和“贵族文学”相对立的文学形态。在中国的大多数知识分子眼中，口头传播、劳动群众集体创作、取材于日常生活、简练质朴是民间文学最显著的特征。民间文学的真实、清新、健康与“贵族文学”的晦涩、虚伪、腐朽形成强烈的对比。正是基于对民间文学重要性的反思，使得“五四”以后的大批中国知识分子增强了与传统精英观念决裂的信念，在他们看来，培养民族文化精神的途径应该是接近和熟悉下层文化，从中汲取新的力量和健康的土壤，民间文学的强大力量完全能够用来改造社会，挽救国家。顾颉刚就一再提出，知识分子应该尽快到农村去，唤醒民众、投身到时代斗争的洪流中去。他还说，既然民歌，尤其情歌，最能传达民众的真情实感，那么它就可以用来当作拯救国家命运的武器。因此，到 1920 年代中期以后，中国知识分子认为民间文学是民族精神的最好代表，是民族特征的最生动体现，甚至是民族思想最好的结晶。在这种思想认识的基础上，“中国知识分子头脑中的‘民众’概念逐渐与‘民族’概念统一起来”①。

闻一多在《西南采风录》的序言中就对民间歌谣赞不绝口。例如：

> 吃菜要吃白菜头，跟哥要跟大贼头。睡到半夜钢刀响，妹穿绫罗哥穿绸。

又如：

> 火烧东山大松林，姑爷告上丈人门。叫你姑娘快长大，我们没有看家人。

一般都市中人看不起乡下人的“粗鄙”，认为他们不够“文明”。而闻一多则认为，在这些歌谣所蕴含的“野蛮”中，恰恰体现的是民族最原始的性情和最宝贵的斗志，这些是在战争条件下不至于亡国灭种的希望所在。在闻一多看来，战争本来就是对文明的毁灭，这种尚武的血性是抗日战争胜利的希望，而所谓“文明”的“白脸斯文人”，此时恰恰成了“天阉”民族的病弱形象，处于战火中的中国，不需要这样的“斯文”。

闻一多的这篇序言在发掘民间“野性”美学特征的层面上被反复引述，并成为反映其抗战中“尚武崇力”思想的代表之作。但是在笔者看来，这篇写于1939年的小文中还蕴含了两条既对立又相通的思想线索。

首先必须注意到的是，即便闻一多已经敏锐地将歌谣中的某些充满力量的特质与时代的核心问题相连接，但是退回其原初的对照线就能发现，这样的评断本身还是站在了“原始”与“现代”、“野蛮”与“文明”、“尚武”与“尚文”这类二元对立的立场上，民间和“乡下人”仍然作为他者被观察和记录，甚至其中还不乏闪烁着些微启蒙光芒的精英意识，尽管这个意识是以反思自身的羸弱为前提、以称扬民间的豪爽为目的而存在的。

其次，刘兆吉的民歌多数采集于苗、土家、彝等少数民族乡民之口，但是在闻序中却从未将民族血统问题作为论述的背景，相反是把他所褒扬

---

① 参见［美］洪长泰《到民间去——1918—1937年的中国知识分子与民间文学运动》，董晓萍译，上海文艺出版社1993年版，第30页。

的“血性”与“勇毅”纳入了“为国家争人格”和“四千年文化”的统一体之中。这一表述的背后或许可与顾颉刚的“中华民族”观点略作参照。早在1926年，关于“民族与国家”的问题就曾经引起过激烈的讨论。顾颉刚认为中华民族之内绝不能再分析出民族，构成民族的条件是“团结的情绪”，中华民族的内部能够包含异语言、异文化和异体质分子，但是应该取消民族的实体性差异，“中华民族只能有一个”。这场争论的另一面是以吴文藻、费孝通为代表的一派，他们更赞成建立多民族的民族国家，并认为多民族国家内部的文化多元性和丰富性是构成大一统国家的基础。① 当然，这里并不是要转而讨论闻一多的民族国家观念，而是借助这一社会学争论的参照，或许可以看到另一种更大的融合倾向，即在战争背景下，深入到民族复杂流动地区后所形成的共性提炼。边地纷繁的民风和现实的复杂状况，均打破了原本居于中心的知识分子的固有想象，迫使他们必须直接面对和深入思考更为真实的中国，并最终向既重视“一体”，但是必须承认“多元共存”的方向发展。

除了刘兆吉的《西南采风录》之外，旅行团中还有很多学生写下了自己的旅行记录。钱能欣是北京大学政治系1936级学生，研究西南边疆是其夙愿，因此他在穿越湘黔滇的旅途中，从政治学的视角将沿途所过之地的人口、社会经济状况进行了力所能及的记录，写成了《西南三千五百里》一书，于1939年由商务印书馆出版，在1980年代以前，几乎算得上是唯一详细记录旅行团历程的著作。在这本小册子里，钱能欣特别记录了湘西、黔东和滇南的各少数民族因生活环境差异而产生的各具特色的分支和民俗，并引证古籍加以说明。

清华大学土木系1936级学生杨式德的《湘黔滇旅行日记》于2009年付印出版，成为西南联大南迁风云的又一见证。与前两位的记录相比，杨式德的日记是以工程师的眼光对西南边疆的建筑、公路、生产工具、水利设施进行考察，不仅有表面状况的记录，更有对内在结构运作和数学运算的分析。因此，在杨式德的日记中，不乏各种形式的图画和公式以记录地形或工具的基本形态特征。例如他在看到湘西农民提取河水灌田的转轮和

① 吴文藻一派的出发点是他们认为民族是以公用的文字、方言、历史传统组成的人群，其中无须政治统一，只需拥有共属的文化心理。而国家则是政治组织的致密人群，需求一定的疆土、统一的政府和最高的主权。民族是一种文化精神，并不包含政治意味，而国家则是一种政治组织。

利用水力研磨木浆的机器后非常感兴趣，并通过观察、画图和计算，发现其变水轮旋动为木杆往复直动，从而一反蒸汽火车的特殊机理；到黄果树参观之时，特别对瀑布流量和流速作了估算，分析对其进行发电能力开发的可行性；途经黔滇之交的十八盘公路，惊叹于地势奇绝之余，对高山公路中建筑的"之"字弯进行考察，并通过数理计算分析其角度与车速的关系。

在旅行团的行进途中，师生们并不是匆匆无为的过客，他们在安南县为庆祝台儿庄大捷与安南县政府合办祝捷大会；在镇远县的欢迎大会上，曾昭抡教授就国防工业问题发表演讲；在芦山县举行苗汉联欢会；在贵阳参观民政、财政、教育和建设四厅，并与迁至贵阳的大夏大学学生联谊；在安顺参观民众教育馆、图书馆和中小学。一系列的文化考察活动使这群来自文化中心的知识分子有机会看到边地社会的政治、经济、军事、地理、文化等多方面状况，有机会纠正对少数民族地区的"蛮夷"偏见，更为重要的是磨炼了在战争中坚忍顽强的意志，并促进了对真实中国的认识。

经由这次跨越三省的跋涉，20 世纪百年中国三次知识分子"到民间去"的第二次浪潮开启，它前承世纪之初李大钊之号召，而此后的一次则从解放区文艺运动开始一直覆盖到了新中国成立初期的三十年。战火中的流徙磨去了精英们的某些璀璨光环，撞击了他们原有的生活方式和学术天地，但是在这段"采风"的路途中，兼收并蓄、多元共存的可能已经以各种形式的变体开始深入到南迁的知识分子心中，为他们在未来八年漫长的困境中，做好了变革和突围的准备。

第二节　"我们"的团结：朗诵诗的校园创作

现代朗诵诗发端于"五四"，自 1937 年抗日战争爆发后至今从未断绝。朗诵诗的观念从 1930 年代初被提出之后，就备受关注，甚至到 1930 年代后期还形成过热烈的讨论。当时争论的出发点是关于新诗纯诗化和大众化的道路之争，而在新诗的大众化方向上，歌谣化和朗诵诗成为两种关键性的实践。有学者非常仔细地梳理过朗诵诗的理论探索与实践道路，认为从 1930 年代末开始，贯穿整个 1940 年代，朗诵诗已经算得上是诗坛的中心话题，也逐渐被认定为新诗大众化最重要的方式，甚至朗诵诗的艺术标准，也由此被泛化为现代新诗创作的主要诗学标准。“现代新诗正是经由朗诵诗理论探索这个关节，逐步走向诗学一体化进程。”[①] 然而饶有意味的是，在实际发展的过程中，朗诵诗并未成为新诗创作的唯一道路，甚至变成了一条根本不重要的道路。到现在为止，中国新诗并没有成为大多数人的听觉艺术，仍然致力于视觉艺术的追求。也许正因为如此，对于朗诵诗这种诗歌体式的关注始终不够充分。

关于朗诵诗的理论探索，不能绕过的三个重要人物是高兰、朱自清和李广田。高兰对朗诵诗的贡献主要在于运动和实践方面，朱自清、李广田两位则完成了对朗诵诗概念、诗学特征和美学意义的建构。从发生学的角度上说，朗诵诗勃兴于全面抗日战争初期，武汉、重庆、延安等地都曾是朗诵诗流行的重镇，高兰、穆木天、陈纪滢、光未然、赵沨、雷石榆、金克木（柯可）、沈从文等人都曾提倡和推动过朗诵诗的浪潮，并进行了积极的理论探索，但是李光荣却指出西南联大朗诵诗并不在这个主体的浪潮中，“西南联大朗诵诗是另一股独立的脉流，与重庆、武汉、延安的朗诵诗无关”[②]，并且他还进一步论证了朱自清和李广田的朗诵诗思想发端于西南联大的朗诵诗实践，而其中最重要的源头则是对闻一多朗诵诗思想的继承。[③] 在李光荣看来，西南联大朗诵诗的“独立”之处在于其诗学观念实现了对此前朗诵诗潮流的超越，这一标举西南联大朗诵诗独立性表征的判断可谓独具慧眼，遗憾却未能进一步回答其“独立”的缘由。或许当我们把西南联大朗诵诗从诗学研讨的框架中抽离并放回到 1940 年代文学与社会的关系中去考察，就有可能推进到这股“独立的脉流”源头，探究其之所以“独立”的深层原因。

在一般的观念中，典型的朗诵诗大多具有政治性、宣传性和群众性三大特征，而西南联大朗诵诗却不能用这样的方法简单标识。相较于其他类型的诗歌，朗诵诗对时局变化的反应更为敏锐，因此西南联大朗诵诗以“一二·一”运动为界可以分为前后两期，前期西南联大朗诵诗以新诗社

① 刘继业：《朗诵诗理论探索与中国现代诗学》，《中国社会科学》2003 年第 5 期。

② 李光荣：《西南联大的朗诵诗观念——从闻一多到朱自清和李广田》，《中国现代文学研究丛刊》2017 年第 8 期。

③ 参见李光荣《何谓“全新的诗”？——闻一多的朗诵诗理论试探》，《西南民族大学学报》（人文社科版）2017 年第 5 期；李光荣《西南联大的朗诵诗观念——从闻一多到朱自清和李广田》，《中国现代文学研究丛刊》2017 年第 8 期；李光荣《西南联大与我国朗诵诗的中兴》，《广西师范学院学报》（哲学社会科学版）2017 年第 6 期。

的活动为核心，是其最为主要也颇具特色的阶段，尤为明显的特征在于自觉从民间困苦的角度出发，推崇“使命感”和“真实感”，但并不特别地为政治集团或意识形态服务，反而注重挖掘自身的丰富性和原动力去实现对知识阶层的团结，并在此基础上发动知识阶层内部的觉醒和斗志。而后期则从“一二·一”运动到西南联大复员北返，这期间只有短暂的五个月时间，此后三校分别在京津两地展开的朗诵诗活动从某种程度上已经可以视为与全国朗诵诗主潮的“合流”，故后期朗诵诗在本节不再作专门讨论。

新诗社是西南联大后期的一个非常重要的学生社团，这个社团的宗旨就是求“新”。写新的诗，做新的人，追求新的精神价值，因此始终具有勃勃生机。新诗社是一个开放性的社团，这一组织特点使得他们没有对社员进行任何登记，大家兴味相投，自由来去。在诗歌的创作上，朗诵诗是新诗社创作的主体，从社团成立之初，他们就以写人民的诗作为自己的诗歌追求，而这一追求的源头就是闻一多。

闻一多在《八年的回忆与感想》中回顾西南联大岁月时说：“联大风气开始改变，应该从民国 33 年算起。那一年政府改 3 月 29 日为青年节，引起了教授和同学们一致的愤慨。”① 此后，凡谈及西南联大的历史分期问题，闻先生此言几成定论。但是，如果要充分理解后期西南联大，特别是以闻一多为代表的一批教授思想的急剧转变，更为重要的年份或许应该是 1943 年。这一年，经济的崩溃和极端疯狂的通货膨胀，使得西南联大教师的生活水平跌至谷底，知识分子的生存困顿与民间底层苦难完全融为一体，“生计问题”成为促成他们重新思考中国社会的物质原因。国民政府此时无力挽救经济灾难，反而加大意识形态控制，更使得知识分子在精神层面深感压抑。这样的双重压迫，使闻一多这位曾经潜心闭门读书的“何妨一下楼主人”，最终转变为西南联大教授群体思想剧变的代表。

1943 年 1 月，穆旦结束从军生涯，从印度回到昆明，短暂停留后返回北平。他之所以不愿意留下来是因为觉得皖南事变以后，昆明的社会空气压抑而苦闷，学生社团活动全部被停止，生活也更加糟糕。据杨西孟统计，1943 年是西南联大师生经济最艰难的年份，“薪津的实在价值如崩岩

① 际戡记录整理：《八年的回忆与感想》，西南联大《除夕副刊》编《联大八年》，新星出版社 2010 年版，第 10 页。

一般的降落。至三十二年下半年，薪津的实值只等于战前法币八元”①，而此时的昆明米价相当于1937年的6250倍。② 2月，沈从文散文《水云》连载完毕。3月22日，蒋介石《中国之命运》开始在昆明发售，规定必须人人阅读。联大知识分子对此反应强烈，闻一多自述道：“《中国之命运》一书的出版，在我一个人是一个很重要的关键。我简直被那里面的义和团精神吓一跳，我们的英明的领袖原来是这样想法的吗？‘五四’给我的影响太深，《中国之命运》公开的向‘五四’宣战，我是无论如何受不了的。”③ 5月，西南联大教授会继1942年12月后第二次召开不谈学术，只“商讨生活维持问题”的专门会议，会后集体上书教育部要求加薪，未获批准。6月，教育部决定对大学中文系教材和课程安排进行统一规定，教育部代表刘健群抵昆督办，此举引起中文系教授的极大不满，认为学术自由受到严重干涉。在此前后，西南联大“十一学会”成立，定期举行文学、历史、哲学等学科的学术报告和讨论会，除了发起人王佐良、丁则良以外，参加者有学校的青年教师和研究生，教授有闻一多、吴宓、潘光旦、雷海宗、曾昭抡等人。这一学会原本的宗旨是“自由主义士大夫的坐而论道”，但随着时间的推移和论题的深入，最终变成了一个讨论政治的社团。7月，经济更加恶化，西南联大食堂状况极度堪忧。9月，西南联大按照教育部规定设置党义教学委员会，并在全校开设党义课程为共同必修课程。同月，冯至散文集《山水》出版，此后几乎不再进行散文和诗歌创作，而逐渐转向杂文。10月27日，闻一多在唐诗课上讲解田间的诗，引起极大反响。11月，教育部下令征调大四男生应征入伍担任美军翻译。11月13日，闻一多发表《时代的鼓手——读田间的诗》；11月25日闻一多致信臧克家，述及自

① 北京大学、清华大学、南开大学、云南师范大学编：《国立西南联合大学史料·教职员卷》，云南教育出版社1998年版，第561页。

② 以米价为例，1937年平均每公石（约154市斤）国币8元8角，到1941年平均每公石升到134.3元，1942年2月达400元，4月至600元，11月涨至800元，约为战前的100倍。其他物品涨幅不如米价，但也达10倍至20倍。1942年的涨价还不过是小试锋芒，此后才真正是一发而不可收，1945年8月米价每公石已高达55000元，是1937年平均价（8元8角）的6250倍。参见李行健《抗战期间的昆明物价》，《昆明文史资料选辑》（第七辑），昆明市政协文史资料委员会编印；谢洁吾《抗战时期昆明的米价》，《昆明文史资料选辑》（第七辑），昆明市政协文史资料委员会编印。

③ 际戡记录整理：《八年的回忆与感想》，西南联大《除夕副刊》编《联大八年》，新星出版社2010年版，第10页。

己近年来的转变，表示："近几年来我在联大的圈子里声音喊得很大，慢慢我要向圈子外喊去，因为经过十余年故纸堆生活，我有了把握，看清了我们这民族，这文化的病症，我敢于开方了。"① 同月，冯至小说《伍子胥·二》、卞之琳译奥登《战时在中国作》、杨周翰《现代的玄学诗人——燕卜荪》发表于《明日文艺》。

经过简单梳理就能发现，这一年发生了许多在此后引起巨大影响的事件，其中西南联大知识分子们的生活困苦是无法绕过的历史背景。

抗日战争前，教授的地位"也常能与方面之权要乃至更高的官员分庭抗礼。关于薪金高呢？正薪四百至六百元，比国府委员的薪金只差二百元，比各省厅长的薪金高出一二百元不等，比中等教员的薪金高出五倍至十倍，比小学教员的薪金高出二十倍至三十倍，而抗日战争两年后，大学教授的薪金比小学教员只高四五倍；三年后，只高二三倍；四五年后，差不多一样的薪金"②。刚到昆明的时候，教授们所持的法币和滇币之间还有一定程度的兑换率差，因此绝大部分人都觉得昆明的生活便宜而安逸，即使家中人口较多家累较重的教员，一月薪金满足全家日常温饱并不是一件困难的事情。随着战事的持续，物资逐渐短缺，通货膨胀的状况越来越严重，对于昆明这个战前并不起眼的小城而言，尽管龙云政府已经尽了极大努力进行经济调控，但是仍然无力应对越来越多涌入昆明的"外乡人"，通货膨胀一路狂飙不止，薪金价值一直下滑不停。尤其是1940年以后，物价高涨，公教人员的生活受到了极大冲击，就生活水准而言，比起抗日战争前，教授们的境况不啻有天壤之别。大学教师仅靠薪俸已经难以维持日常开销，但是出于知识分子的安贫乐道，大家都在尽自己所能地想办法，"始以积蓄贴补，继以典质接济"，逐渐"典质已尽""罗掘俱穷，告贷无门"③，然而到了1943年，昆明已经成为战时全国物价最高昂的城市④，知识分子最终不得不放下自

---

① 闻黎明、侯菊坤编：《闻一多年谱长编》，上海交通大学出版社2014年版，第599页。

② 王力：《清苦》，《龙虫并雕斋琐语》，中国社会科学出版社1982年版。

③ 《蔡维藩等54人提议召开教授大会共商解决生计办法》，转引自姚丹《西南联大历史情境中的文学活动》，广西师范大学出版社2000年版，第324页。

④ 近些年来，关于彼时教师薪金与生存状况的研究逐渐丰富，在此不再对当时的状况作细节性赘述。例如，姜良芹：《抗战时期高校教师工资制度及生活状况初探》，《南京师大学报》（社会科学版）1999年第3期；严海建：《抗战后期的通货膨胀与大后方知识分子的转变——（转下页）

己的清高，开始八仙过海各显神通，于是众所周知的梅贻琦夫人卖定胜糕、十二位教授共同发起订立《诗文书镌联合润例》[①]、闻一多挂牌治印[②]等事相继发生。尽管浦江清为闻一多治印所撰写的骈文启事文辞精美，颇具风雅，但仍然无力掩盖其赚钱谋生的世俗色彩，闻一多自己做梦也没有想到会有这样为了吃饭而被迫挂出公开治印招牌的一天。不仅如此，他还要依靠做口译培训课程、在昆华中学兼课等方式才能稍稍维持全家的生活，甚至他的兼课条件只是能够满足家人的几间住房，而闻夫人则还在门前小院开了一片菜地以补贴一家人的餐食。从此以后，闻一多时常会说自己是一个“手工业者”，这样以付出劳力方式维持生计的苦衷里，放下的是知识精英最后的架子和脸面。导致教师生活贫困化的直接原因是战时通货膨胀的恶性发展，这固然与战争带来的经济状况急剧恶化有密切的关系，但是通货膨胀还带来了另外的冲击，引起了国民收入分配的重新变动，这就意味着不是所有人都在战争中落魄，商业经营者、小私营银行以及专门从事投机活动的人成了通货膨胀中的受益者，而工薪阶层则在财政困窘和物价狂飙的双重打击下从日常焦虑逐渐转变为彻底绝境，遗憾的是，此时的大学教师正是这样的工薪阶层。他们原本生活在城市，出于安全和经济的考虑，在一次又一次关于房租的讨价还价中，逐渐向远郊和农村转移，与最普通的农民成为乡间邻里。如果说抗日战争之前或者抗日战争初期，知识分子对农民的关照主要还是一种俯视和悲悯的话，物价的膨胀却把他们的经济条件逐渐拉到了同一标准上，甚至由于农村尚有田产山林的自然物产可依仗，某种程度上一部分农民的生活还能超过这些大学教授，连年战争使得知识分子群体逐渐从战前社会的中上层，滑落至社会底

（接上页）以大后方的教授学者群体为论述中心》，《重庆社会科学》2006 年第 8 期；何斯民：《抗战时期中国文化精英的生活状况及其报国途径——以迁滇文化精英为分析案例》，《学术探索》2006 年第 6 期；陈育红：《抗战时期国立大学教授薪俸及其生活状况考察——以国立西南联大为中心》，《湖南人文科技学院学报》2013 年第 5 期；王锋：《抗战时期大后方学校教师的生活状况探析》，《河北北方学院学报》（社会科学版）2013 年第 6 期；郑会欣：《战时后方高级知识分子的生活贫困化——以几位著名教授的日记为中心》，《抗日战争研究》2018 年第 1 期。再如：竺可桢、顾颉刚、朱希祖、吴宓、朱自清、浦江清、闻一多、梅贻琦、熊庆来、郑天挺等诸位现先生的日记。

① 《诗文书镌联合润例》全文参见闻黎明、侯菊坤编《闻一多年谱长编》，上海交通大学出版社 2014 年版，第 608—609 页。

② 闻一多：《治印启事》，全文参见闻黎明、侯菊坤编《闻一多年谱长编》，上海交通大学出版社 2014 年版，第 609 页。

层，绝大多数教授也从昔日高高在上的“精神贵族”，最终沦为“物质平民”甚至“贫民”。西南联大成了没有院墙的大学，教授们在昆明的大街小巷以及市郊的村镇中赁屋而居，与贩夫走卒在同一间店铺中买米，教授夫人和乡村农妇在同一条河里洗衣，1940 年代的艰难岁月里，知识精英们保持着精神上的卓然，但在日常生活中和昆明最下层的人民一道经历着战争与贫困的磨难。

如果说这种艰苦的生活是因护民族独立、保家国存亡而必须承受的不得已之苦，那么怀有忧乐襟怀的知识分子必然能够忍受，并以自己的高洁与坚韧与国家共度时艰，但是遗憾的是，尽管知识分子们做到了“守节”，可军队和政府的贪腐却成了压倒他们内心平衡的最后一根稻草，王力曾不无讽刺地说：“假使我们吃不饱，为的是给前方士兵吃，倒也处之泰然，但是听说士兵比我们吃得更坏；比我们吃得更好的，除了某几种人之外，乃是垄断者谷仓里的大老鼠，和过分利得者家里的小狼狗！”① 这种愤怒在当时的知识阶层中并不鲜见。于经济之颓势无力挽救，于贪腐和不公包庇纵容，却于意识形态和教育严格管控，这是令西南联大的教授们最为愤慨的事情，“各系的教授们声明他们对当局已没有义务可履行。为了活下去，有什么办法，就用什么办法”②。在费正清的表述中已经可以明显地看到整个西南联大知识分子群体的灰心失意。蒋梦麟甚至在给胡适的信中这样写道：“联大苦撑五载，一切缘轨而行，吾辈自觉不满，而国中青年仍视为学府北辰，盛名之下，难副其实。图书缺乏，生活困苦(物价较战前涨百倍以上)，在此情形之下，其退步非人力所可阻止。弟则欲求联大之成功，故不惜牺牲一切，但精神上之不痛快总觉难免，有时不免痛责兄与雪艇、孟真之创联大之议。”③ 这种苦闷后来成为许多知识分子转变的征兆，闻一多正在此列之中。“当时大多数联大学生关注的焦点已不再局限于学术领域……他们对通货膨胀、吏治腐败、经济萧条、社会不公等问题极为敏感”④，如《联大八年》中所述，学生们在西南联大的食堂中已经吃着混有沙子和老鼠屎，难以下咽仅能勉强果腹的“八宝

① 王力：《龙虫并雕斋琐语》，中国社会科学出版社 1982 年版，第 113 页。

② 费正清：《费正清自传》，黎鸣译，天津人民出版社 1993 年版，第 318 页。

③ ［美］易社强：《战争与革命中的西南联大》，饶佳荣译，九州出版社 2012 年版，第 253 页。

④ ［美］易社强：《战争与革命中的西南联大》，饶佳荣译，九州出版社 2012 年版，第 279 页。

饭”时，“在学校后面铁路旁边茅棚里住的贫民，每餐饭还带了他们仅有的洋铁罐，来搜索我们的残余。看了这种情形，同学除了自己要硬咽下几碗‘八宝饭’外，还要花脑筋想想：‘中国的问题在那（哪）里’！”[①] 于自我困顿之中仍然不忘关心国家的命运和前途，这是知识分子身上最可宝贵的自觉，这种从失望中发出的思考，恰好与进入抗日战争相持阶段后日益明显的国共斗争相呼应，学生们逐步走出了象牙塔，激进的浪潮渐渐在西南联大的校园中蔓延。

当然，知识分子因为贫困而向民间的“滑落”并不只有物质上的消极，相反，这一次与农民的融合才是真正意义上的同甘共苦，知识分子们充分体会到农民在战争中所付出的牺牲和奉献，再对照他们同样悲惨的生存境遇，“知识分子从原来关注自己对政府的义务，转而关注自己对农民的责任，唤醒农民成了心中的一块巨石，进而影响到他们对文学功用的判断”[②]，从这个意义上讲，朗诵诗的出现就是这种意识的产物。再进一步说，这是一次沿着“五四”的精神脉络更向前深入的民间体验，到达乡间就能发现从辛亥革命开始的社会变革对农村产生的影响最小，彼时社会中存在的种种问题都与这种不彻底性相关，但同时，农村再加上“边地”“民族”的特性，使得知识分子们原本看似完善的社会认知体系受到了挑战，一个个新的问题被逐步发现。这种崭新的启蒙必然引发对“中国向何处去”的思考，恰在此时，国共两党均明确给出了两条完全不同的道路，但是蒋介石给出的保守主义路线，特别是对“五四”的批评使他失去了来自大学内知识精英的支持。

1943年秋天，因为此前朱自清的推荐，闻一多在自己的唐诗课上第一次打破不谈与课程无关内容的惯例，向学生推荐了诗人田间的诗歌。他把田间的诗歌称为“鼓的声音”，不久后他写成了诗评《时代的鼓手——读〈田间的诗〉》。这一次推介田间的课程带给了学生们极大的震动，他们没有想到有一种新的诗歌竟然让沉浸古典文学多年的闻一多如此激动，而受到鼓舞最大的人，莫过于在窗外旁听的历史系学生何孝达（何达）。课后他便钻进了图书馆，寻找和品读田间等人的新诗，并因此找到了12位志同道合的朋友。这一群青年学子急切地想要形成一个自己的组织，并

---

① 走幸田：《我住在新校舍——衣食住行及其他》，西南联大《除夕副刊》编《联大八年》，新星出版社2010年版，第87页。

② 姚丹：《西南联大历史情境中的文学活动》，广西师范大学出版社2000年版，第324页。

在茫然之中不约而同地想到了闻一多，希望能够得到他的指点和帮助。1944 年 4 月 9 日，学生们应闻一多之邀，去了他位于昆明北郊十多公里外司家营的家中拜访，闻一多和学生们围坐在院中的树下，请大家一一朗读了自己的作品，这是新诗社的成员第一次体验集会朗诵。闻一多听后给出了自己非常中肯的建议，这些建议被学生们记录下来整理成为诗社的纲领性文件。其中闻一多说道，“我们的诗社，应该是新的诗社，全新的诗社。不仅要写新诗，更要做新的诗人”[①]，“新诗社”因此得名。一起去司家营的 12 位同学成了诗社的发起人[②]，何孝达和施载宣担任社长，拜访闻一多的那一天作为诗社的成立日。社员们把闻一多的谈话内容归结成了新诗社的四条纲领：

> 一、我们把诗当作生命，不是玩物；当做工作，不是享受；当作献礼，不是商品。
>
> 二、我们反对一切颓废的晦涩的自私的诗，追求健康的爽朗的集体的诗。
>
> 三、我们认为生活的道路，就是创作的道路；民主的前途，就是诗歌的前途。
>
> 四、我们之间是坦白的直率的团结的友爱的。

新诗社的纲领与闻一多在《时代的鼓手》一文中的诸多观点非常相似，只是进一步发展为社团的诉求。从某种意义上说，新诗社是闻一多“新的新诗观”的实现方式。这四条纲领中既富有使命感，又充满责任感，诗歌追求明确，趣味简单清晰，强调诗歌与生活的统一，从而明确了其大众化诗歌的目标，民主的诉求决定了它与朗诵诗的政治性特质相呼应，更富意味的是一个没有登记制度的社团，却将社员之间的关系写进了组织纲领之中，透露出一种形而上的同志情谊，使得这个社团的理想主义情结得到了充分彰显。

作为新诗社的社长，何达的创作最引人注目，何达的诗是西南联大朗

---

① 史集：《闻一多先生和新诗社》，《云南师范大学学报》（哲学社会科学版）1987 年第 2 期。

② 新诗社的 12 位发起人：何孝达、沈叔平、施载宣、康伣、赵宝煦、黄福海、周纪荣、赵明洁、段彩媚、施巩秋、王永良、万绳楠。

诵诗成就的标志，“西南联大的朗诵诗创作和朗诵诗运动与何达的名字紧密相连”[①]。新诗社成立后的第一首诗歌，就是何达创作的《我们的心》：

> 我们太潮湿了！/我们太寒冷了！/把我们的肋骨/像两扇大门似地/打开！/让阳光/直晒到我们的心。

这首七行四句的短诗中，有三句都反复强调着一个主题词——我们。以“我们”代替“我”，是朗诵诗在语言上的一个显著特点，这既标志着诗歌创作主体由个人化向集体化的转变，同时还尽力体现着诗歌创作主体希望成为某种集团代言人从而获得大众意识的努力。这首诗被看作是西南联大学生社团经过“皖南事变”高压的长期沉寂之后，重新发出声音的标志，而这一个声音却恰恰不是一个“我”而是“我们”，因此研究者甚至将这首诗看作是西南联大“五四”精神复苏的先声。

此后，何达又创作了《我们开会》，这首诗尤其受到朱自清的推崇，甚至将何达的诗集用这首诗的名字命名，并视其为何达朗诵诗的代表作：

> 我们开会/我们的眼睛/像车辐/集中在一个轴心
> 我们开会/把我们的背/都向外/砌成一座堡垒
> 我们开会/我们的灵魂/紧紧地/拧成一股巨绳
> 面对着/共同的命运/我们开会/就变成一个巨人

从内容上来讲，这首诗可以算得上新诗社四纲领的“诗化版”，“一个轴心、一座堡垒、一股巨绳、一个巨人”，这样的修辞将团结和紧密表现得淋漓尽致，从行动上的密切，推进到思想上的统一，并最终上升到精神上的一致。大家的眼睛向一处看，力气向一处使，全力对外精诚合作去迎接共同的使命，这也与朱自清认为抗日战争以来的诗歌趋势是对“胜利的展望”[②]的判断暗合。从形式上看，全诗共分为四节，每节四行，前三节的节奏完全一样，与第四节形成一定的差异。这种形式与朱自清在《抗战与诗》当中关于朗诵诗的主张无缝对接。朱自清认为在朗诵诗身上

---

① 李光荣、宣淑君：《季节燃起的花朵——西南联大文学社团研究》，中华书局 2011 年版，第 340 页。

② 朱自清：《抗战与诗》，《新诗杂话》，岳麓书社 2011 年版，第 32 页。

存在新诗发展过程中的一个悖论，随着新诗发展的要求，散文化和去格律化成为主要的方向，但是如果结合其民间性和宣传性的需要，那么格律又必须成为朗诵诗的追求，最终“散文化民间化的同时却促进了格律的发展”① 成为朗诵诗身上一个有趣的矛盾体。此外，朱自清还指出，诗歌的民间化还具有“复沓多”和“铺叙多”这两个特点，“复沓”是歌谣的生命，散文化之后就变为重叠，其存在的目的是使诗歌在没有韵的情况下，仍有节奏，仍能够借助与歌谣这种大众习惯的形式相类似的方法，推动新的诗歌被接受。

何达作为新诗社的干将，除去朗诵诗创作的实践之外，还努力进行经验的总结，他曾对朗诵诗的创作提出三个方面的要求，第一要听得懂，第二要好听，第三要有感染力。基于这样的主张，他认为绿原的诗歌并不适合朗诵，因为其中常有晦涩深奥或语义复杂的词句，必须借助文字才能看懂。但是他很推崇田间，觉得他的诗口语化强，节奏韵律突出。②

为了对比的方便，以下再罗列几首新诗社成员的朗诵诗代表作品：

是你带来了印度洋的海水/对于高黎贡山的问讯，/娴雅地来了，像牧人赶着羊群，/一声质朴的笑，一阵清朗的铃声。

是你把恒河菩提的圣露/撒给我们以和平的虔诚，/庄严的振荡，像佛寺的钟，/在绯色的清晨，绯色的黄昏。

是你把热带棕榈青翠的芳香/分润给滇南葱郁的松林，/轻盈地萦绕着山，一圈笑靥，/把街市的喧嚣溶解在月明。

是你传颂着盟友胜利的消息，/给忧愁的脸上添点欢容。/骄傲啊——像骑着马的安琪儿，/泼撒着笑，渲染待画的天穹。

却顽皮地带来炫目的一闪，/却顽皮地带来轰隆的一震，/轻一下，重一下地敲击：/喂，我来了！/我来了啊！/是我从遥远的印度洋上，/为你们带来至诚的慰问。

——萧荻《云的问讯》③

① 朱自清：《抗战与诗》，《新诗杂话》，岳麓书社 2011 年版，第 31 页。

② 参见何达《诗朗诵与朗诵诗》，秀实编《何达作品评论集》，香港文学评论出版社 2012 年版。

③ 萧荻：《云的问讯》，李光荣编选《西南联大文学作品选》，人民文学出版社 2011 年版，第 68—69 页。

千年的老树/就是这样的/枯了，枯了，赤裸裸的枝干/在冷风里抖索，悲哀地，孤单单地，/像一个飘零老人饿死在他乡的枯骨。

营巢枝上的乌鸦把小雏带走了，/它们恐怕遭受老树倾颓的连累，/那些林鼠、蚂蚁、蛀木……/互相庆祝的爬着，跳着，/还有站在老树旁边的年青的白杨/斜睨着老树的躯壳，得意了。

却谁知一阵风雨洒过，/就在枯树的根上，轻轻地，轻轻地/钻出一枝茁壮的嫩苗，/像新生的小犊，光着眼。

——白炼《新生》[①]

小孩子从你肩下穿过/仰望着你的/金花环，笑着/你憨厚肥圆的面孔

你却仰望着那更高的/万物的母亲/你的母亲——太阳/在她温暖的怀抱中/你渐渐成长

环绕你的孩子/每个可爱的/你都给他亲吻/更把光明的种子/播散给那些柔嫩的心

——尹落《朝阳花》[②]

沈季平（闻山）参加了远征军，《山，滚动了!》[③] 这首诗歌是他从前线寄回的作品，深得闻一多的喜爱，并将它编入了自己所编的《现代诗钞》之中。

山，拉着山/山，排着山/山，追着山/山，滚动了！/霜雪为他们披上银铠/山群，奔驰向战场啊！

奔驰啊！/你强大的巨人行列/向鸭绿 黄河 扬子 怒江/奔流的方向，/和你们在苦斗中的弟兄/长白 太行 大别 野人山/拉手啊！

当你们面前的太平洋掀起了胜利的狂涛/山啊！/我愿化一道流星/为你们飞传捷报

① 白炼：《新生》，李光荣编选《西南联大文学作品选》，人民文学出版社 2011 年版，第 76 页。

② 尹落：《朝阳花》，李光荣编选《西南联大文学作品选》，人民文学出版社 2011 年版，第 66 页。

③ 闻山：《山，滚动了》，李光荣编选《西南联大文学作品选》，人民文学出版社 2011 年版，第 70 页。

从表现的形式上来看，萧荻、闻山的两首稍具复沓的特征，而白炼和尹落的诗歌则更呈现了对新鲜的形象、匀称的结构和精美的修辞的追求。四首诗歌都共同表现出了对色彩、构图的敏感，闻一多在新月时期提出的“三美”主张一次次在青年诗人的作品中被实践。这样的追求很明显是想要在听觉和视觉之间寻找平衡的可能，说明新诗社的诗人们在朗诵诗创作过程中，希望探索既可为朗诵服务又可供阅读、既具有音乐性又具有形式感的新经验。这些诗歌中虽然已经将目光集中于真实世界具体的人和物，但是字里行间仍然保留着一些浪漫的唯美情调，同时又不乏现代派诗歌那种智性的闪光，它们共同表现了不同侧面的抒情，却又非常默契地没有发生任何喧嚣的动员。这样的努力恰恰是学院诗歌创作中对艺术性追求的最佳证明。

从内容上看，除了萧荻和闻山的两首与抗日战争关联更为紧密之外，四首诗歌表现的内容都不尽相同，但是它们却无一例外地呈现出了非常浓厚的文化色彩。萧荻的诗中充满着异域的风情，白炼的诗歌呈现着生死的思考，尹落的诗歌表达着爱和温情，闻山的诗歌涌动着家国的襟怀。如果我们再进一步将他们的诗歌和重庆朗诵诗的战争国家主题以及延安朗诵诗的生活生产主题去做对比的话，就会发现西南联大朗诵诗讨论更多的是民主、自由、反战、博爱等更为抽象也更为形而上的问题。这些问题的背后是“五四”所带来的现代化甚至现代性的理想，而这些理想在 1940 年代仍然为知识分子所独有，远远不是整个社会共享的话题。

这些与常规朗诵诗相悖的独异特质为何会出现在新诗社的代表作品之中？笔者认为与新诗社的组织活动方式密切相关。

新诗社虽然组织形式松散，但是组织活动却非常认真，最经常的活动是朗读和讨论社员的习作，最初的时候是每周或者每两周举行一次朗读讨论会，司家营草地朗诵成为一种社团惯例被保存和坚持下来。作为社团导师的闻一多常常叼着烟斗参加到学生的活动中来，仔细聆听学生的朗诵和讨论，再发表他的评语和见解，“谈兴正浓时，他往往会随手拿起一首诗高声地朗诵起来，做出示范”①。社员沈季平因为崇拜闻一多，特意将自己的笔名取为“闻山”，在他看来，闻一多的朗诵“像是要把诗的全部思想、音韵、作者的感情，都融化在他的声音里似的；他在体味着，欣赏

① 秦泥：《如坐春风，如沐朝阳》，赵慧编《回忆纪念闻一多》，武汉出版社 1999 年版，第 223 页。

着，同时也在重新表现着”[①]。闻一多是一个充满激情的人，因此特别适合进行激越的诗朗诵，此后他曾在一次集会中公开朗诵过艾青的《大堰河》一诗，不仅带给与会教师极其深刻的震撼，还成了西南联大诗歌朗诵会的保留节目，并引发了朱自清关于朗诵诗声音感染力问题的思考。后来参加集会的学生多起来，社员们就在教室里进行讨论，或者到室外的旷地，“这是一种别有情致的朗诵会，像新诗社初始的司家营朗诵会那样，几棵小树，一块草地，一阵轻风，充满了诗情画意”[②]。这样的朗诵会经常发生，1944 年 10 月 1 日，正值中秋节，“新诗社在英国花园举行赏月诗歌朗诵会，邀请闻一多和冯至参加，到会社员 45 人。大家坐在草地上，周围是高大的柏树，明月当空，环境幽美，大家朗读诗歌，谈论感想，欢声笑语阵阵，闻一多和冯至就新诗创作问题讲了话”[③]。甚至经过了 40 多年的时光，冯至再谈起当年新诗社活动的情景时，仍然有这样深刻的记忆：“每逢春秋佳日，在近郊的小树林，在某家花园，在课堂里，或在月光下，大家热烈讨论，纵情朗诵，细心聆听闻一多的名言谠论，我从中也得到不少启发。”[④] 从这些记录文字中可以看到，新诗社在成立之初虽然列出了四条明确的纲领，同时也的确积极地付诸实践，但是无论对于担任指导教师的闻一多、冯至，还是作为高校学生的社员们来说，他们身上专属于知识分子的雅致已经深入骨髓之中，并且必然表现在他们的诗歌创作上。当然这里并非是要对这种优雅的诗歌朗诵会进行批评，而是想要透过它们发现西南联大朗诵诗中的知识分子特征，从某种意义上说，这种理想主义与浪漫主义相混合的特征恰恰是西南联大朗诵诗能够在知识分子群体内部形成共鸣的契机。

随着朗诵经验的不断积累和理论水平的提高，新诗社并不仅仅在花园月下停留，而是迅速成长为西南联大后期影响最大的诗歌团体，他们产生影响的方式仍然是诗歌朗诵会，只不过其形式和规模都发生了巨大的

① 闻山：《教我学步的人》，赵慧编《回忆纪念闻一多》，武汉出版社 1999 年版，第 175 页。

② 李光荣、宣淑君：《季节燃起的花朵——西南联大文学社团研究》，中华书局 2011 年版，第 319 页。

③ 李光荣、宣淑君：《季节燃起的花朵——西南联大文学社团研究》，中华书局 2011 年版，第 319 页。

④ 冯至：《〈闻山散文集〉序》，《冯至全集》（第 5 卷），河北教育出版社 1999 年版，第 156—157 页。

变化。

1944 年 10 月 9 日，新诗社举行成立半周年纪念晚会，地点选在了西南联大南区学生服务处的小礼堂，闻一多、冯至、楚图南、光未然、李广田、闻家驷、沈有鼎、李何林、尚钺、吕剑等 14 位先生出席，昆明文化界人士和大中学生 100 多人参加。在这次晚会中，社员们朗诵了自己的作品，楚图南、光未然、冯至、闻家驷、闻一多等先生也朗诵了一些中外诗歌。一个仅仅成立半年就能够举行这样大规模庆祝活动的社团，在西南联大尚属首例。更具意义的是，在这次纪念会前后，新诗社响应了文协的号召，为贫病作家捐款，既将印有诗社成员作品的《扫荡报·副刊》专刊进行了义卖，又在朗诵会开始之前将拟好的《给贫病作家的慰问信》交给与会的师生签名，使朗诵会同时成了募捐会。此后，新诗社为此事一直努力到 1945 年 2 月，共筹集善款 36 万元，“此数占西南联大募集总数 62 万元的一半多，占文协昆明分会 200 余万元的 1/6，占全国大后方城市 300 多万元的 1/10，成绩相当可观，得到了文协昆明分会和中华文协总会的感谢”①。这次活动极大地促进了新诗社在西南联大和昆明诗歌界的声望和影响力，正是在这种巨大成功的鼓舞之下，新诗社开始着力于探索专属于自己的活动方略。

此时，因为有闻一多的引荐，一些非西南联大的学生也开始逐步加入到新诗社这个没有围墙的社团之中，使得新诗社很快成了一个超越校际界线、向昆明诗歌界辐射的文学组织。这些特征上和形式上的转变，促成了新诗社活动的内外双线化结构。所谓“内”是仍然以西南联大的学生为主体，仍然注重坚持学习、交流和探讨，帮助社员们在创作和朗诵技巧上进行锻炼和提高；而“外”则是利用广泛的社会资源，走出西南联大的院墙，举行跨校联合的大型诗歌朗诵会。直至这种朗诵会产生，新诗社才算是真正走上了闻一多理想中的“朗诵诗”社的道路，也真正实现了其社会影响力。

表 4-1 粗略地统计了新诗社举办过的几次引起较大反响的活动及朗诵会的基本情况：

① 李光荣、宣淑君：《季节燃起的花朵——西南联大文学社团研究》，中华书局 2011 年版，第 322 页。

表 4-1　　西南联大新诗社部分活动及诗歌朗诵会简况表①

时间	地点	参加人数	合作者	主题及活动内容
1945 年 4 月 9 日	西南联大南区 3 号教室	60		“诗歌与人民性”座谈会，闻一多、楚图南、李广田、闻家驷、尚钺等教授出席
1945 年 4 月 21 日	西南联大南区 10 号教室	200	文协昆明分会	马雅可夫斯基逝世 15 周年纪念会，何达、郭良夫、李实中、光未然朗诵，田汉、闻家驷、李何林、常任侠、吕剑出席
1945 年 5 月 2 日	学校东食堂	2000		“以诗歌纪念五四”，闻一多、何达、刘振邦、何兆斌、朱自清、光未然、吕剑、郭良夫、常任侠等朗诵
1945 年 6 月 14 日	云南大学至公堂	1000	文协昆明分会、云南大学、中法大学、新中国剧社等 16 团体	“诗人节纪念晚会”，光未然、韩北屏、李实中、何达及云南大学文艺研究社全体社员等朗诵
1945 年 9 月 3 日	学校东食堂	1000		“为胜利、民主、和平、团结而歌”，庆祝抗战胜利，闻一多、光未然、吴征镒、李公朴、郭良夫、萧获及部分中学生朗诵
1945 年 10 月 29 日	学校东食堂	1000	文艺社、冬青社等社团	“西南联大成立八周年庆祝会”，朗诵者不详
1946 年 12 月 16 日	西南联大图书馆及广场			悼念“一二·一”四烈士

1945 年 4 月 9 日是新诗社成立一周年的纪念日，在这场“诗歌与人民性”主题座谈会上，参会的师生们围绕什么是人民性、诗人与人民性、从人民性回顾实验中诗歌、如何使中国诗歌具有人民性、从人民性展望中国诗歌前途这五个议题展开了热烈的讨论，这是新诗社有记录的活动中对人民性讨论得最为深入的一次，也是为数不多的以开放式座谈会举行的纪念活动。

1945 年 5 月 2 日的“五四”纪念朗诵会是西南联大“五四”纪念周的一部分，这一年的“五四”纪念活动尤为隆重，内容十分丰富。在这一次朗诵会上闻一多登台朗诵了艾青的诗歌《大堰河》。这一次朗诵会直

① 整理参考李光荣、宣淑君《季节燃起的花朵——西南联大文学社团研究》，中华书局 2011 年版；邓招华《西南联大诗人群史料钩沉汇校及文学年表长编》，人民出版社 2016 年版；闻黎明、侯菊坤编《闻一多年谱长编》，上海交通大学出版社 2014 年版。

接触发了朱自清两年后《论朗诵诗》的写作。

1945 年 9 月 3 日的“为胜利、民主、和平、团结而歌”朗诵会是专门为庆祝抗战胜利而举办的。这一天会场的座位被特意排成了“V”字形，闻一多在会上朗诵了艾青的《火把》，光未然朗诵了他的新作《民主在欧洲旅行》，与会师生纷纷登台用诗歌为抗日战争胜利欢呼，其中何其芳的《夜歌》被朗诵了三次之多。

从表 4-1 中可以看到新诗社已经快速成长为了一个“走出去”的诗社，“每次开会时，到会的有中法大学的、云南大学的、英语专科学校的、天祥中学的、五华中学的、昆华中学的、昆华女中的、昆华商校的、云大附中的、联大附中的……还有云南日报的、省政府的、税务局的、银行界的人士”①，只要稍加留意就会发现，新诗社虽然“交游广泛”，但是朋友们都有一个共同的特征，就是同属于知识分子阶层，而且文化素质至少都已经达到了中等以上的教育程度。在目前能够找到的史料中，除去“一二·一”运动时对四烈士的纪念中新诗社的成员发表了大量极具现实感的作品外，新诗社的朗诵活动从来没有出现在工厂和市民身边，更不用说农村了，甚至到了“一二·一”纪念时，新诗社的作品也多以书写的方式粘贴在图书馆和纪念堂之中。不可否认，新诗社的朗诵诗和诗歌朗诵会的影响力是巨大的，超越了同期很多社团的辉煌成就，一定程度上形成了动员的力量，但是也因其学院化的背景和创作风格，使得它所动员的必然是能够理解它的作品与立意、诉求与期待的人群。正如冯至的所说，每一次与社员们开会回来之后，“心里都感到兴奋，情感好像得到一些解放”②，新诗社能够动员与它同属知识阶层的人们发现和评估自己在社会民主生活中的意义和价值。

在“一二·一”运动后，冯至次日即创作《招魂》一诗献于四烈士灵前，尽管这首诗经过多次版本修改才最终镌刻在纪念碑上③，但是它无疑代表了与新诗社密切相关的教师创作朗诵诗的最高水平。这位曾经的“纯诗”追求者在《十四行集》后搁笔已久，因这首朗诵诗再次被提起诗

① 新诗社：《新诗社》，西南联大《除夕副刊》编《联大八年》，新星出版社 2010 年版，第 180 页。

② 冯至：《从前和现在——为新诗社四周年作》，《冯至全集》（第 4 卷），河北教育出版社 1999 年版，第 129 页。

③ 参见李光荣《冯至〈招魂〉诗的创作、发表与版本考》，《新文学史料》2017 年第 2 期。

人的本色，而这首朗诵诗最为人称道的特征是它的“戏剧化”，即使用问答的方式进行哀悼和控诉，发出鼓动和倡议，呼唤自由和正义。整首诗歌在遣词造句、结构体式和节奏的掌握上无处不体现着一位学院派诗人的匠心。

1946年西南联大复员北返后，新诗社在三校分别重新成立。1947年朱自清发表《论朗诵诗》，1948年李广田发表《诗与朗诵诗》，这两篇文章被研究者普遍认为是朗诵诗的“定论”，此处不再赘述两文中的主要观点。诚如李光荣的论断所言，朱、李二位先生的朗诵诗思想，发端于抗日战争之初，既与闻一多的观点一脉相承，又密切联系了西南联大朗诵诗的具体实践。但是必须注意到的是，两位先生具有总结性意义的文章均发表于西南联大结束之后。从朗诵诗的发展脉络来看，抗日战争结束后，围绕着中国未来前途和命运的大论战，朗诵诗再次迎来了它的辉煌时代，尤其是在1940年代后期的学潮之中。[①] 朱自清在《新诗杂话》的结尾收录了他翻译美国诗人阿奇保德·麦克里希（Archibald Macleish）的论文《诗与公众世界》，李广田先生坦言自己写《诗与朗诵诗》的时候是受到了这篇文章的启发。在《诗与公众世界》中，为朗诵诗的盛行提供了广阔的社会视野，即公众世界、私人世界与政治世界原本各不相扰，但是在大战之后却模糊了边界，甚至混合成了同一个世界。而在两位先生从西南联大到战后平津民主运动浪潮的体验中，不仅能够看到公众世界、私人世界、政治世界的混合，与此同时还有知识世界与平民世界、个人与集体、政治与文学、校园与社会等一系列复杂的交错与重构。但是即使在这样的情况下，两位先生仍然秉持了相似的观点，即朗诵诗可以占有诗坛地位，但是不宜“独占”。诗歌中可以有朗诵诗，也可以有非朗诵诗。这样的主张在一定程度上显示出了知识分子的眼光和坚持。

西南联大朗诵诗之所以能够成为一股“独立的脉流”，在于它的发起者已经开始从“五四”倡导的个人主义向集体的、社会的立场过渡；在于它的倡导者已经意识到在战争和现实的双重困境中，象牙塔的唯美和纯粹，必须与现实世界的真切甚至粗粝妥协共存；更在于它的实践者已经开始尝试对雅与俗的中和。研究者们常用“雅俗共赏”来形容西南联大朗诵诗，在笔者看来，所谓“雅俗共赏”实际是文化精英阶层向平民阶层

---

① 钱理群：《校园风暴——1948年4-5-6月》，《文艺争鸣》1997年第6期，后收入《1948：天地玄黄》。

的偏重，毕竟“雅”的群体终究是社会中的少数人群。因此校园中的文化精英们认可了通俗化和大众化的价值，但是绝不主张让其“独占”文坛，“罢黜百家”更不是他们赞同的局面。因此，1940 年代的文人群体仍然在这种倾向中，寻求兼容并存的多元性可能。从这个意义上分析，西南联大朗诵诗的创作没能与朗诵诗的主潮合流，一方面可以说是其学院化的局限使其缺乏动员社会底层的能力，但另一方面未尝不是朗诵诗的另一种存在可能。如果说通常的朗诵诗是“为人民的朗诵诗”，那么把西南联大朗诵诗称为“为知识分子的朗诵诗”或许更为贴切。

结　　语

通过以上各章的考察可以看出，大学与中国新文学的发展具有密切的关联，作为战时中国最好最完备的大学，从文学教育的角度研究西南联大文学对中国新文学的影响，无疑具有其代表意义。

“大一国文”充分沿袭了以杨振声为代表的新文学先驱者的教育理念，在课程设置上，借用全校通识课程的优势，将国文系和非国文系的学生均纳入新文学接受和输出的大环境之中，以必修的形式确立新文学课程在现代大学课程体系中的合法地位，并通过有针对性的训练，进一步强化大学生的语体文写作能力，同时也在学生的心中逐步树立了语体文的正统意义，并使其受到重视、鼓励和保护。在教材的编写中，将新文学作品引入教材内容之中，并使其与文言文作品的比重近乎等同，这样的做法一方面确认了新文学作品在中国文学史上的地位，另一方面也推动了新文学起步三十余年后的第一次经典化进程。尽管语体文的地位得到政府确认并强制推行已有数十年，但从北大到清华再到充满新锐精神的西南联大，国文系的中心仍然是国学，新文学依然弱小单薄。但是，借由“大一国文”的推动，对于教师队伍而言，是一次新文学教学梯队建设的重要契机，对于学生而言，通识课程的学习使他们有机会在新文学倡导者的引领下，快速而准确地接近新文学的优秀成果，培养他们对于新文学的审美趣味和修养，使新文学作家被更多人认识，使新文学作品更深入人心，使新文学阅读和鉴赏具有更为广泛的受众基础。更有意义的是，基于课程的学习和考察，使得大学校园中的青年学子突破了对新文学的隔膜，成为积极阅读甚至从事语体文写作的中坚，为新文学作家梯队贡献了充足的新生力量。事实证明，在西南联大的文学类学生社团中，涌现出了一大批用语体文进行写作的学生作家和诗人，他们以实验者的身份扩大了 1940 年代中国新文学创作成果的作品体量，并形成了一个相对稳定的新文学创作圈。

在这个新文学创作和实验圈中，沈从文和汪曾祺这对师生十分具有代表性。沈从文作为一个学历低、无留学经历但新文学创作成果丰硕的作家跻身高校教师行列，这本身就是新文学作家寻求主流认可的一种体现。作为教师的沈从文没有经历过专门的文学和教育学训练，但是凭借着自身出众的创作才华和对新文学创作的理解，以个人实践的方式探索了一条重实践、重细节、重感受的文学创作教学之路。尽管进入 1940 年代后的沈从文自己已经进入了创作的瓶颈期，在个人思想意识经历痛苦挣扎的时候，沈从文还是不遗余力地承担了校园文学阵营与校外文学传播之间的桥梁重任，经由沈从文之手推介的作品和作者不计其数，对从事新文学创作的学生给予了热忱的鼓励和帮助，并且以开放的心态欣赏着学生们在小说创作方面的诸多尝试，并且为新文学作家队伍储备了汪曾祺这样具有实验意义的作家，并促其成为接续 1940 年代文学传统的当代作家。对于青年汪曾祺而言，西南联大的课程、师生和社团是他思想成长的土壤，课外阅读和讲座交流是他知识积累的途径，习作发表则是对他文学实践的极大鼓励。可以说，西南联大的学习时光，帮助汪曾祺实现了从文学爱好者向一个成熟作家的知识积累和创作实习，是其文学道路上最为重要的阶段。此外，文学社团的蓬勃兴起给了学生们进行新文学创作的动力，沈从文、萧乾等老师通过各种途径搭建起西南联大社团与《大公报》《中央日报》等主流报纸的沟通渠道，使学生们的创作实践与中国新文学的社会影响扩大相关联，形成了校园文学向社会大众的溢出，学院文学与现代传媒的合作，更进一步促进了西南联大新文学共同体的形成，并借由媒介力量，为战争中民族国家意识的重构助力。

在西南联大的文学教育中，外文系和国文系一样扮演着十分重要的角色。由于三校联合的背景，西南联大外文系几乎集中了当时最为杰出的一批留学归国精英。他们的少年时代与中国传统文化切近，青年时期又接受西方现代知识教育，甚至还有很多人直接参与了发生在 20 世纪西方的文学变革，或者与变革中的骨干力量私交甚笃，再加上以燕卜荪、温德和白英为代表的极具文学才华的外教队伍，使得外文系的学生有条件第一时间接收到第一手来自西方文学世界的新知。吴宓、叶公超和燕卜荪在英美诗学的校园展开中厥功至伟，冯至和卞之琳则为西南联大校园诗歌创作提供了颇具意义的创作榜样，而以穆旦、袁可嘉为代表的学生诗人顺利接过了现代主义诗歌创作的接力棒，成为中国新诗的“新生代”。因为有了教师的译介和示范，有了学生诗人大胆的实践与创新，西南联大现代主义诗歌形成了自己充满大学才气又饱含当代关切的独立特征，成为西南联大对中国现代文学最重要也最具代表性的文学贡献。西南联大外文系既为西方现代主义思潮的中国传播起到了推动的作用，又完成了中国现代主义诗人的代际更迭，真正开辟了现代主义诗歌理念百家争鸣，现代主义诗歌创作百花齐放的繁荣局面，成为 1940 年代与解放区诗歌、“七月”诗人群相区别的，具有独立意义的诗歌潮流。

由于战争的背景，西南联大注定不可能是一个不问世事的文学桃花源，相反，随着战事和现实社会状况的变迁，西南联大文学成为反映时代变迁的风向标。战争的残酷与现实的窘困打破了大学校园的院墙，尤其是 1942 年以后，随着社会经济的崩溃，西南联大知识分子从精英的优渥生活向凡尘坠落，不得不与底层民众一起面对生存的危机。对于西南联大的知识分子而言，短短八年时间，他们经历了三次与民间关系的重估。第一次起于京津暂住长沙迁徙昆明的数千里流亡，使得知识分子对民间的关注从五四时期具有民俗学意义的“收集”变为身临其境的体验，“民间”的他者地位逐步变化。第二次从 1938—1943 年，随着战况的变化，西南联大知识分子经历了从速胜的热忱到持久战的坚韧的转化，生活水平的逐渐下滑，精英世界与民间世界的距离进一步缩小。到了 1943 年之后，战争进入相持阶段，经济崩溃，知识精英彻底与民间混同，西南联大的知识分子开始了一种新的启蒙，他们注意到来自民间的最底层的力量可能是中国最有希望的崛起动力，他们发现了文学作品形式变化后对民间世界和社会变革的意义，因此一大批学生社团开始探索以文学创作的形式动员民间的方法。如果深入考察师生们文学活动的变化，可以发现两个层面的转向特征。其一是在社会政治的层面上，在抗日战争进入相持阶段特别是皖南事变之后，关于中国前途和命运的思考成为知识分子的自觉，特别是 1943 年经济崩溃之后，国民党当局无力挽救民生却又着力加强意识形态控制，使得社会政治矛盾日益突出，因此在国统区的知识分子阶层中，明显地呈现出左翼化的转变。其二则是在这种左翼化转变促使知识分子们对民间的价值进行重新评估，他们发现已有的认知体系和表现形式已经无法恰当地解释和适应时代的需求，于是创作者们开始寻求一些新的形式和方法去与民间连接，去表现和动员民间，去发掘民间力量的主动性和爆发力。从迁徙途中的民歌收集到联大后期的朗诵诗创作，以闻一多为代表西南联大师生在校园内外的文学活动既反映了“边地”与“底层”特征的双重叠加，又体现出知识分子群体对民间社会的关注和对社会现实的担当。

西南联大实际存续八年，但是它对中国新文学的贡献并未随着三校分别复员北返而宣告终结。从1940年起，西南联大师范学院国文系创办了《国文月刊》杂志。这一刊物汇聚了一大批国文教育名师大家，将论述国文教学问题、促进国文教学、讨论国文教材、促进青年国文自修作为刊物的宗旨。主要登载四类文章：其一为通论，讨论国文教学中的各种问题。其二是专论，侧重于语言学、文字学、文学史、文学批评以及音韵、文法、训诂、修辞等内容的短篇札记。其三是诗文选读，对古典文学和现代文学作品进行详细的注释和解说。其四是谬误示例，专门对学生作文中的常见问题进行专项评点，指出误字谬句，指导修改训练。除此之外还刊登学生习作、书报评介和各类通讯问答。1946年西南联大北返之前，《国文月刊》由开明书店接手主办，至1949年8月停刊。

《国文月刊》可以视为以西南联大国文系教师为主体的国文理论建设研讨基地，其中进行过两次重要论争。其一是由国文教育研讨引发的“文白之争”，其二是从1945年起一直延续到1947年的关于中文系和外文系如何设置的“系科之争”。1943年2月，杨振声在《国文月刊》上发表了《文言文与语体文》，阐述了近代文明国家都是语文一体的特征，从这一观点出发可以窥见，在西南联大的国文教育队伍中，已经有一批新文学先驱充分意识到“语文一体”已经突破了其单纯的语言或文学的意义，而成为一个与国家现代化密切关联的问题。杨振声关于语言的理解，是他相信语体文是现代人“活的语言”的直接呈现，是“以现代的语言表现现代人的思想情感”的文体，也就是说，语体文大体与口语相等；因此他从“政治的、教育的、人民日常生活”三个方面来确立语体文和文学的现代化在国家现代化中的重要作用。他认为在当时的中国，人民就是“确是我们抗战建国的柱石”的“我们的农民、士兵与工人”，民族国家的民主政治的必要条件是“政府与人民间意志的沟通”，人民能够直接接受，并用以充分表达他们意见的手段，只可能是“他们日常所用语言的符号”，也就是语体文。如果不使用语体文，也就令人民丧失了参与国家政治的机会，“那是民主政治的罪人，也是中华民国的笑话”；教育上，如果认为接受高等教育理所应当接受和使用文言文，“一般的国民不妨就用语体文”，那么，结果是“也必在无形中把我们的好国民分成两个阶级”，这也正是五四新文化运动所要破除的文化的特权；日常生活中，“文字最天真自然的本分，只是把语言记载下来”①，自然也是白话，形成文章就是语体文。这些观点虽然看似都是五四启蒙话语的旧事重提，但杨振声对“语文一体”的强调，其深远意义在于建立了中国文学的现代化与国家的现代化之间的紧密联系，将中国文学的发展与世界文学的大视野并行视之，用现代人的语言和现代人的立场来表现现代人的生活。在具有世界性的开阔视野中，文学的想象与民族国家的想象相结合，文学的现代化与民族国家的现代化相统一。

1945 年 11 月，丁易在《国文月刊》撰文《论大学国文系》，他认为大学国文系应该分为文学组、文学史组和语言文字组，其中文学组尤其应当以创造新的文艺作为建设的主要任务。这一主张遭到了西南联大国文系语言学教授王力的强烈反对，他认为大学是研究高深学问之所，传授的只能是科学知识，因此国文系应该致力于培养学者而非作家，更遑论新文学作家。在他看来，即使是要以培养新文学作家为目标，那实施者也只应该是外文系，而不是国文系。因为新文学本来就不是从传统文学中自然生发而来，相反，正是因为对传统的反叛和对西方文学的认同才产生了新文学。从这个争论开始，闻一多曾经主张将国文系与外文系合并，并以语言系和文学系为区分的意见被重新提出。朱自清整理了闻一多的意见，代其写作了《调整大学文学院中国文学外国语文二系机构刍议》发表在 1947 年 12 月的《国文月刊》。闻一多提出上述主张，是因为他认为语言学和文学是科学与艺术的性质区别，而不仅仅是内容差别，中西对立、语文不分不利于学科建设。在他的观点的基础上，朱自清撰写了《关于大学中国文学系的两个意见》以作补充。在朱自清看来，两系合并对于新文学人才的培养殊为重要，中国文学的修养和新人才的结合才有可能实现新文学的真正现代化。

尽管这一场声势浩大的讨论最终未能付诸变革实际，但可以把它看作是以西南联大学者集体为主力的新文学教育者们对中外文系与新文学创造之间相互关系的一次总结。这次讨论从可能性和必要性入手，最终上升到对国家现代化、文学现代化的理解和追求。这类讨论所具有的鲜明的学院

---

① 杨振声：《文言文与语体文》，《国文月刊》1943 年第 2 期。

化特质，是大学文学教育视野下的特定产物，但是其思考和影响却超出了校园之外，而上升为文学与国家观念的思考和诉求。

总体而论，西南联大的文学教育是在大学中建设新文学的一次卓有成效的探索，借由通识课程构建了现代文学的理念，在大学教育的框架下确立了新文学的合法地位，通过专业课程教学和创作实践中尝试现代化路径，在校园内外的文学活动中探索文学形式的革新，在刊物研讨中完成理论建设。西南联大文学正是基于这样的校园机制，在抗日战争时期大后方的特殊社会历史环境中，促进了中国新文学的成熟，并成为 1940 年代文学史中极为重要的组成部分。

参考文献

北京大学、清华大学、南开大学、云南师范大学编：《国立西南联合大学史料》，云南教育出版社 1998 年版。

巴金、黄永玉等：《长河不尽流——怀念从文》，湖南文艺出版社 2018 年版。

卞之琳：《卞之琳文集》，安徽教育出版社 2002 年版。

[美] 伯特·斯特恩：《温德先生：亲历中国六十年的传奇教授》，马小悟、余婉卉译，北京大学出版社 2016 年版。

常云平、罗玲：《调适、规划与重建——抗战时期的中国教育近代化》，科学出版社 2017 年版。

陈达：《浪迹十年之联大琐记》，商务印书馆 2013 年版。

陈纪滢：《陈纪滢文存》，华龄出版社 2011 年版。

陈平原：《北大精神及其他》，上海文艺出版社 2000 年版。

陈平原：《北大旧事》，北京大学出版社 2003 年版。

陈平原：《大学何为》，北京大学出版社 2006 年版。

陈平原：《大学小言——我眼中的北大与港中大》，生活·读书·新知三联书店 2014 年版。

陈平原：《大学新语》，北京大学出版社 2016 年版。

陈平原：《大学有精神》，北京大学出版社 2009 年版。

陈平原：《花开花落中文系》，生活·读书·新知三联书店 2013 年版。

陈平原：《抗战烽火中的中国大学》，北京大学出版社 2015 年版。

陈平原：《老北大的故事》，北京大学出版社 2015 年版。

陈平原：《现代中国的文学、教育与都市想像》，北京师范大学出版社 2011 年版。

陈旭光：《中西诗学的会通——20 世纪中国现代主义诗学研究》，北京大学出版社 2002 年版。

陈子善编：《叶公超批评文集》，珠海出版社 1998 年版。

陈国安、王海燕：《远去的辉煌——从“大一国文”说起》，《江苏教育学院学报》2009 年第 6 期。

陈濛：《从〈西南采风录〉的文学特征谈起——民间歌谣再认识》，《通化师范学院学报》2016 年第 3 期。

陈倩：《美国学者罗伯特·白英的中国观》，《南京师范大学文学院学报》2014 年第 2 期。

陈晓华、刘重来：《前无古人的采风壮举——记〈西南采风录〉及其编者刘兆吉》，《中国图书评论》2001 年第 2 期。

陈雪：《西南联大外文系教授群体研究》，《黑龙江高教研究》2017 年第 10 期。

陈育红：《抗战时期国立大学教授薪俸及其生活状况考察——以国立西南联大为中心》，《湖南人文科技学院学报》2013 年第 5 期。

程光炜、刘勇等：《中国现代文学史》，北京大学出版社 2011 年版。

程波：《新诗现代性的特殊生态——西南联大诗人群研究》，《南京师范大学文学院学报》2002 年第 4 期。

崔银河：《晨报副刊与中国现代文学》，远方出版社 2005 年版。

《大一国文》编撰委员会编，张耀宗整理：《西南联大国文课》，译林出版社 2015 年版。

《大学本科学程一览·国文系》，《国立清华大学一览》，1930 年。

戴望舒：《戴望舒全集》，中国青年出版社 1999 年版。

邓招华：《西南联大诗人群史料钩沉汇校及文学年表长编》，人民出版社 2016 年版。

邓久平编：《汪曾祺全集》，北京师范大学出版社 1998 年版。

杜运燮、袁可嘉、周与良编：《一个民族已经起来——怀念诗人、翻译家穆旦》，江苏人民出版社 1987 年版。

杜运燮、张同道选编：《西南联大现代诗钞》，中国文学出版社 1997 年版。

杜运燮等编：《丰富与丰富的痛苦：穆旦逝世 20 周年纪念文集》，北京师范大学出版社 1997 年版。

董奇峰：《从“大一国文”到“大学文学”——“大学语文”课程教学目标、学习内容的演变浅探》，《淮北煤炭师范学院学报》（哲学社会科学版）2010 年第 5 期。

段宝林：《中国民间文学概要》，北京大学出版社 2018 年版。

范智红：《世变缘常——四十年代小说论》，人民文学出版社 2002 年版。

方龄贵：《西南联大见闻琐忆》，《云南师范大学学报》（哲学社会科学版）2007 年第 4 期。

废名：《莫须有先生坐飞机以后》，海燕出版社 2018 年版。

［美］费正清主编：《剑桥中华民国史》（第 2 部），章建刚等译，上海人民出版社 1992 年版。

［美］费正清：《费正清自传》，黎鸣译，天津人民出版社 1993 年版。

冯惠敏：《中国现代大学通识教育》，武汉大学出版社 2004 年版。

［英］弗吉尼亚·伍尔芙：《伍尔夫读书笔记》，黄梅、刘炳善译，译林出版社 2015 年版。

冯友兰等：《联大教授》，新星出版社 2010 年版。

冯友兰：《三松堂全集》，河南人民出版社 1994 年版。

冯至：《论歌德》，上海文艺出版社 1986 年版。

冯至：《冯至全集 》，河北教育出版社 1999 年版。

高恒元：《东南大学与学衡派》，广西师范大学出版社 2002 年版。

耿云志主编：《胡适遗稿及秘藏书信》（第 35 册），黄山书社 1994 年版。

［美］耿德华：《被冷落的缪斯：中国沦陷区文学史（1937—1945）》，张泉译，新星出版社 2006 年版。

郭冠球：《忆温德教授》，《云南师范大学学报》（哲学社会科学版）1990 年第 3 期。

《国文系课程指导书（民国二十年九月订）》，北京大学档案，案卷号：1930014。

［德］哈贝马斯：《公共领域的结构转型》，曹卫东等译，学林出版社 1999 年版。

何斯民：《抗战时期中国文化精英的生活状况及其报国途径——以迁

滇文化精英为分析案例》，《学术探索》2006 年第 6 期。

胡适：《胡适全集》，安徽教育出版社 2003 年版。

胡玉伟：《〈在延安文艺座谈会上的讲话〉与一九四〇年代的文学转型》，《当代作家评论》2011 年第 4 期。

黄延复、王小宁整理：《梅贻琦日记：1941—1946》，清华大学出版社 2001 年版。

黄延复：《二三十年代的清华校园文化》，广西师范大学出版社 2000 年版。

黄涛：《中国民间文学概论》，中国人民大学出版社 2010 年版。

黄万生：《中国现代诗学流变史》，人民出版社 2000 年版。

黄子平：《幸存者的文学》，远流出版有限公司 1991 年版。

［美］洪长泰：《到民间去——1918—1937 年的中国知识分子与民间文学运动》，董晓萍译，上海文艺出版社 1993 年版。

黄葵：《“不是情诗”的情诗——西南联大现代主义诗人群爱情诗创作研究》，《时代文学》（上半月）2008 年第 3 期。

黄葵：《“两个生命在永深的意义下结合”——西南联大现代主义诗人群诗歌意象构成分析》，《时代文学》（下半月）2008 年第 6 期。

季剑青：《北平的大学教育与文学生产：1928—1937》，北京大学出版社 2011 年版。

季培刚：《杨振声年谱》，学苑出版社 2015 年版。

季培刚编著：《杨振声编年事辑初稿》，黄河出版社 2007 年版。

季羡林编：《胡适全集》，安徽教育出版社 2003 年版。

江弱水、青乔编：《卞之琳文集》，安徽教育出版社 2002 年版。

姜良芹：《抗战时期高校教师工资制度及生活状况初探》，《南京师大学报》（社会科学版）1999 年第 3 期。

姜涛：《冯至、穆旦四十年代诗歌写作的人称分析》，《中国现代文学研究丛刊》1997 年第 4 期。

姜涛：《巴枯宁的手》，北京大学出版社 2010 年版。

蒋宝麟：《民国时期中央大学的学术与政治：1927—1949》，南京大学出版社 2016 年版。

蒋登科：《九叶诗派的合璧艺术》，西南师范大学出版社 2002 年版。

蒋梦麟：《西潮与新潮》，人民出版社 2012 年版。

蒋勤国:《冯至评传》,光明日报出版社 2015 年版。

金以林:《近代中国大学研究》,中央文献出版社 2000 年版。

[美] 金介甫:《凤凰之子:沈从文传》,符家钦译,中国友谊出版公司 1999 年版。

《昆明文史资料选辑》(第 7 辑),昆明市政协文史资料委员会编印。

蓝棣之:《现代诗的情感与形式》,人民文学出版社 2002 年版。

蓝棣之:《论四十年代的“现代诗”派》,《中国现代文学研究丛刊》1983 年第 1 期。

李斌:《东北沦陷区文学与“外来”文学关系研究》,吉林人民出版社 2011 年版。

李方编:《穆旦诗全集》,中国文学出版社 1996 年版。

李方编:《穆旦诗文集》(增订版),人民文学出版社 2018 年版。

李光荣、宣淑君:《季节燃起的花朵——西南联大文学社团研究》,中华书局 2011 年版。

李光荣:《民国文学观念——西南联大文学例论》,商务印书馆 2014 年版。

李光荣:《西南联大与中国校园文学》,人民出版社 2014 年版。

李光荣:《西南联大文学与〈大公报・文艺〉》,《抗战文化研究》2008 年第 10 期。

李光荣编:《西南联大文学作品选》,人民文学出版社 2011 年版。

李光荣:《〈钓〉:汪曾祺的文学开端》,《新文学史料》2009 年第 1 期。

李光荣:《冬青社的小说创作》,毛迅、李怡主编《现代中国文化与文学》(第 5 辑),巴蜀书社 2008 年版。

李光荣:《冯至〈招魂〉诗的创作、发表与版本考》,《新文学史料》2017 年第 2 期。

李光荣:《何谓“全新的诗”?——闻一多的朗诵诗理论试探》,《西南民族大学学报》(人文社科版)2017 年第 5 期。

李光荣:《沈从文在西南联大》,《新文学史料》2013 年第 2 期。

李光荣:《西南联大的朗诵诗观念——从闻一多到朱自清和李广田》,《中国现代文学研究丛刊》2017 年第 8 期。

李光荣:《西南联大与我国朗诵诗的中兴》,《广西师范学院学报》

（哲学社会科学版）2017 年第 6 期。

李洪涛：《精神的雕像——西南联大纪实》，云南人民出版社 2009 年版。

李瑞山、陈振、邹铁夫：《民国大学国文教育课程教材概说》，《中国大学教学》2015 年第 8 期。

李松睿：《书写“我乡我土”——地方性与 20 世纪 40 年代中国小说》，上海人民出版社 2016 年版。

李松睿：《政治意识与小说形式——论卞之琳的〈山山水水〉》，《中国现代文学研究丛刊》2012 年第 4 期。

李闻二烈士纪念委员会编：《人民英烈李公朴、闻一多先生遇刺纪实》，1946 年。

李怡、易彬编：《穆旦研究资料》，知识产权出版社 2013 年版。

李宗刚、谢慧聪辑校：《杨振声文献史料汇编》，山东人民出版社 2016 年版。

廖四平：《袁可嘉研究》，中国社会科学出版社 2015 年版。

梁柱：《蔡元培与北京大学》，北京大学出版社 1996 年版。

凌宇：《从苗汉文化和中西文化的撞击看沈从文》，《文艺研究》1986 年第 2 期。

凌宇：《从边城走向世界》，生活 · 读书 · 新知三联书店 1985 年版。

凌宇：《中国现代文学史》，湖南师范大学出版社 1993 年版。

凌宇：《沈从文小说的倾向性和艺术特色》，《中国现代文学研究丛刊》1980 年第 3 期。

刘超：《学府与政府：清华大学与国民政府的冲突及合作（1928—1935）》，天津人民出版社 2015 年版。

刘洪涛、杨瑞仁编：《沈从文研究资料》，天津人民出版社 2006 年版。

刘洪涛选编：《忧郁的解剖》，天津人民出版社 1998 年版。

刘敏慧：《试论西南联大现代主义诗群的生成》，《南京农业大学学报》2006 年第 4 期。

刘继业：《朗诵诗理论探索与中国现代诗学》，《中国社会科学》2003 年第 5 期。

刘进才：《阿左林作品在现代中国的传播与接受》，《中国现代文学研究丛刊》2004 年第 4 期。

刘鲁嘉：《〈西南采风录〉：管窥中国民族性的另一个窗口》，《安徽文学（下半月）》2008 年第 12 期。

刘西渭：《〈边城〉与〈八骏图〉》，《文学季刊》1935 年第 3 期。

刘宜庆编著：《绝代风流：西南联大生活录》，北京航空航天大学出版社 2009 年版。

刘兆吉：《西南采风录》，台北：东方文化书局 1971 年版。

龙泉明：《论四十年代诗歌的历史发展》，《文学评论》1997 年第 2 期。

卢洪涛：《中国现代文学思潮史论》，中国社会科学出版社 2005 年版。

陆耀东：《中国新诗史》，长江文艺出版社 2015 年版。

卢军：《卞之琳等译介文学对汪曾祺的影响》，《聊城大学学报》（社会科学版）2008 年第 4 期。

罗常培：《中国文学的新陈代谢》，《国文月刊》1943 年第 19 期。

[美] 罗伯特・汉弗莱：《现代小说中的意识流》，程爱民、王正文译，湖南人民出版社 1987 年版。

罗岗：《危机时刻的文化想象：文学・文学史・文学教育》，江西教育出版社 2005 年版。

罗岗：《“1940”是如何通向“1980”的？——再论汪曾祺的意义》，《文学评论》2011 年第 3 期。

罗振亚：《中国现代主义诗歌史论》，社会科学文献出版社 2002 年版。

骆寒超：《中国现代诗歌论》，江苏人民出版社 1984 年版。

吕进等：《大后方抗战诗歌研究》，重庆出版社 2015 年版。

马永波：《九叶诗派与西方现代主义》，东方出版中心 2010 年版。

麦赐球：《西南联合大学教学记事——“大一国文”开篇〈学记〉》，《云南师范大学学报》（哲学社会科学版）2003 年第 6 期。

蒙自师范高等专科学校等编：《西南联大在蒙自》，云南民族出版社 1994 年版。

欧阳哲生编：《胡适文集》，北京大学出版社 1998 年版。

彭斯远：《刘兆吉和他的〈西南采风录〉》，《重庆社会科学》2005

年第 1 期。

齐家莹编:《清华人文学科年谱》,清华大学出版社 1999 年版。

钱理群、吴福辉、温儒敏:《中国现代文学三十年》,北京大学出版社 1998 年版。

钱理群:《1948:天地玄黄》,中华书局 2008 年版。

钱理群:《对话与漫游——四十年代小说研读》,上海文艺出版社 1999 年版。

钱理群:《二十世纪中国小说理论资料》,北京大学出版社 1997 年版。

钱理群主编:《中国沦陷区文学大系》,广西教育出版社 2000 年版。

钱理群:《"现代中国知识分子精神史"中的一页——卞之琳〈海与泡沫〉细读》,《齐鲁学刊》1999 年第 1 期。

钱理群:《"言"与"不言"之间——〈中国沦陷区文学大系〉总序》,《中国现代文学研究丛刊》1996 年第 1 期。

清华校友总会编:《校友文稿资料选编》(第 6 辑),清华大学出版社 2000 年版。

璩鑫圭、唐良炎编:《学制演变》,上海教育出版社 1991 年版。

任彦申:《五四精神与北京大学的传统 》,《北京高等教育》1999 年第 4 期。

沈从文《沈从文全集》,北岳文艺出版社 2002 年版。

史春风:《商务印书馆与中国近代文化》,北京大学出版社 2006 年版。

史集:《闻一多先生和新诗社》,《云南师范大学学报》(哲学社会科学版)1987 年第 2 期。

司马长风:《中国新文学史》,九龙:昭明出版社 1980 年版。

苏北选编:《汪曾祺早期逸文》,安徽文艺出版社 2016 年版。

苏雪林:《沈从文论》,《文学》1931 年第 3 期。

苏云峰:《从清华学堂到清华大学:1928—1937 》,生活·读书·新知三联书店 2001 年版。

苏云峰:《从清华学堂到清华大学 1911—1929》,生活·读书·新知三联书店 2001 年版。

孙晋三:《从卡夫卡说起》,《时与潮文艺》1944 年第 3 期。

孙玉石：《中国初期象征派诗歌研究》，北京大学出版社 1983 年版。

孙玉石：《中国现代诗歌艺术》，人民文学出版社 1992 年版。

孙玉石：《中国现代主义诗潮史论》，北京大学出版社 1999 年版。

孙玉石：《解读穆旦的〈诗八首〉》，《诗探索》1996 年第 4 期。

孙中田、逄增玉、黄万华：《镣铐下的缪斯：东北沦陷区文学史纲》，吉林大学出版社 1999 年版。

唐湜：《新意度集》，生活・读书・新知三联书店 1989 年版。

唐弢：《中国现代文学史》，人民文学出版社 1979 年版。

田素庆：《一个人的“田野”——兼谈刘兆吉〈西南采风录〉少数民族民间歌谣的实录意义》，《民族文学研究》2012 年第 3 期。

汪龙麟、张仕英编著：《他们奠基西南联大》，吉林出版集团有限责任公司 2012 年版。

汪曾祺：《晚翠文谈新编》，生活・读书・新知三联书店 2002 年版。

汪曾祺：《汪曾祺小说全编（全三册）》，人民文学出版社 2016 年版。

汪成法：《中国现代大学与新文学传统》，南京大学出版社 2016 年版。

王彬彬：《中国现代大学与中国现代文学》，上海人民出版社 2011 年版。

王翠艳：《女子高等教育与中国现代女性文学的发生——以北京女子高等师范为中心》，文化艺术出版社 2007 年版。

王翠艳：《燕京大学与“五四”新文学》，文化艺术出版社 2015 年版。

王锋：《抗战时期大后方学校教师的生活状况探析》，《河北北方学院学报》（社会科学版）2013 年第 6 期。

王力：《龙虫并雕斋琐语》，中国社会科学出版社 1982 年版。

王珞编：《沈从文评说八十年》，中国华侨出版社 2004 年版。

王培元：《抗战时期的延安鲁艺》，广西师范大学出版社 2000 年版。

王圣思：《九叶之树常青——“九叶诗人”作品选》，华东师范大学出版社 1994 年版。

王圣思编：《“九叶诗人”评论资料选》，华东师范大学出版社 1995 年版。

王淑华、刘福森：《民国时期大一国文教材的演变》，《濮阳职业技术学院学报》2014 年第 5 期。

王淑萍：《西南联大诗人群的现代主义追求》，《郑州大学学报》2008 年第 4 期。

王晓明：《潜流与漩涡：论二十世纪中国小说家的创作心理障碍》，中国社会科学出版社 1991 年版。

王向辉：《西南联大“大一国文”课程的当今思考——兼论当前“大学语文”课程困境的缘由所在》，《安徽文学》2010 年第 12 期。

王瑶：《中国新文学史稿》，上海文艺出版社 1982 年版。

王燕：《西南联大外文系的文化精神——外文系与联大诗人群》，《廊坊师范学院学报》2004 年第 1 期。

王燕：《再论西南联大外文系的文化精神——外文系与中文系》，《廊坊师范学院学报》2005 年第 1 期。

王泽龙：《中国现代诗潮论》，华中师范大学出版社 1995 年版。

王佐良：《王佐良全集》，外语教学与研究出版社 2016 年版。

［英］威廉·燕卜荪：《朦胧的七种类型》，周邦宪等译，中国美术学院出版社 1996 年版。

闻黎明、侯菊坤编：《闻一多年谱长编》，上海交通大学出版社 2014 年版。

闻一多：《闻一多全集》，生活·读书·新知三联书店 1982 年版。

闻一多：《闻一多文集 》，群言出版社 2014 年版。

闻一多著，书林主编：《闻一多文集》，线装书局 2009 年版。

闻一多著，颜浩考释：《新文艺和文学遗产》，山东文艺出版社 2006 年版。

吴福辉：《中国现代文学发展史》（插图本），北京大学出版社 2010 年版。

吴宏聪：《忆恩师杨振声先生》，《现代教育报》2004 年 3 月 19 日。

吴立昌：《人性的治疗者》，业强出版社 1992 年版。

吴思敬：《郑敏诗歌研究论集》，学苑出版社 2011 年版。

吴晓东：《梦中的彩笔：中国现代文学漫读》，北京大学出版社 2018 年版。

吴晓东：《〈山山水水〉中的政治、战争与诗意》，《文学评论》2014

年第 4 期。

吴迎君：《汪曾祺的现代主义面孔》，《当代文坛》2006 年第 6 期。

《西南联大语体文示范》，中国国家图书馆馆藏缩微资料，索取号：MGTS/022616。

西南联大《除夕副刊》编：《联大八年》，新星出版社 2010 年版。

西南联大北京校友会编：《国立西南联合大学校史：1937—1946 年的北大、清华、南开》，北京大学出版社 1996 年版。

西南联大北京校友会编：《笳吹弦诵在春城：回忆西南联大》，云南人民出版社、北京大学出版社 1986 年版。

西南联大北京校友会编：《我心中的西南联大：西南联大建校 70 周年纪念文集》，清华大学出版社 2008 年版。

［美］夏志清：《中国现代小说史》，台北：传记文学出版社 1985 年版。

萧乾：《小说艺术的止境》，《大公报·星期文艺》1947 年 1 月 15 日。

谢慧：《西南联大与抗战时期的宪政运动》，社会科学文献出版社 2010 年版。

谢冕：《一颗星亮在天边——纪念穆旦》，《名作欣赏》1997 年第 3 期。

谢泳：《西南联大与中国现代知识分子》，福建教育出版社 2009 年版。

谢泳：《血色闻一多》，同心出版社 2005 年版。

解志熙：《摩登与现代——中国现代文学的实存分析》，清华大学出版社 2006 年版。

解志熙：《文学史的“诗与真”：中国现代文学文献校读论集》，北京大学出版社 2013 年版。

解志熙：《爱欲书写的“诗与真”——沈从文现代时期的文学行为叙论》，《中国现代文学研究丛刊》2012 年第 12 期。

解志熙：《出色的起点——汪曾祺早期作品校读札记》，《十月》2008 年第 1 期。

解志熙：《感时忧国有“狂论”——〈战国策〉派时期的沈从文及其杂文》，《现代中文学刊》2014 年第 2 期。

解志熙：《灵气雄心开新面——卞之琳诗论、小说与散文漫论》，《现代中文学刊》2011 年第 1 期。

辛笛：《我和西方诗歌的因缘》，《外国文学评论》1995 年第 3 期。

辛笛、袁可嘉等：《九叶集》，作家出版社 2000 年版。

秀实编：《何达作品评论集》，香港文学评论出版社 2012 年版。

徐翔、黄万华：《中国抗战时期沦陷区文学史》，福建教育出版社 1995 年版。

许纪霖：《激情的归途》，《读书》1998 年第 10 期。

[加] 许美德：《中国大学 1895—1995：一个文化冲突的世纪》，许洁英主译，教育科学出版社 2000 年版。

许霆：《中国现代诗学论稿》，复旦大学出版社 2012 年版。

许霆：《袁可嘉：精心构建新诗现代化的理论——中国现代诗学批评家评述之七》，《常熟理工学院学报》2005 年第 1 期。

许渊冲：《逝水年华》，外语教学与研究出版社 2011 年版。

许渊冲：《追忆逝水年华》，生活·读书·新知三联书店 1996 年版。

许子东：《现代主义与中国新时期文学》，《文学评论》1989 年第 4 期。

姚丹：《西南联大历史情境中的文学活动》，广西师范大学出版社 2000 年版。

姚丹：《“第三条抒情的路”——新发现的几篇穆旦诗文》，《中国现代文学研究丛刊》1999 年第 3 期。

严海建：《抗战后期的通货膨胀与大后方知识分子的转变——以大后方的教授学者群体为论述中心》，《重庆社会科学》2006 年第 8 期。

严家炎：《严家炎论小说》，江西高校出版社 2002 年版。

严家炎：《中国现代小说流派史》，人民文学出版社 1989 年版。

杨联芬：《归隐派与名士风度——废名、沈从文、汪曾祺论》，《北京师范大学学报》（社会科学版）2005 年第 2 期。

杨蓉蓉：《学府内外——20 世纪二三十年代上海现代大学与中国新文学关系研究》，光明日报出版社 2007 年版。

杨绍军：《西南联大时期的文学创作及其外来影响》，作家出版社 2007 年版。

杨绍军：《战时思想与学术人物：西南联大人文学科学术史研究》，社会科学文献出版社 2012 年版。

杨绍军：《西南联大诗人群体的新诗批评理论及其外来影响——以袁可嘉、王佐良为中心的探讨》，《昆明师范高等专科学校学报》2008 年第 2 期。

杨振声：《文言文与语体文》，《国文月刊》1943 年第 2 期。

杨周翰：《攻玉集：镜子和七巧板》，上海人民出版社 2016 年版。

杨祖陶：《回眸——从西南联大走来的六十年》，人民出版社 2010 年版。

叶公超：《文艺与经验》，《今日评论》1939 年 1 月 1 日。

叶隽：《救亡与沉潜：西南联大时代冯至、陈铨对歌德的诠释》，《外国文学评论》2004 年第 4 期。

叶廷芳、李永平编：《里尔克散文随笔集》，中国广播电视出版社 2000 年版。

叶文心：《民国时期大学校园文化：1919—1937》，中国人民大学出版社 2012 年版。

伊继东、周本贞主编：《西南联大与现代中国研究》，人民出版社 2008 年版。

易彬：《穆旦年谱》，中国社会科学出版社 2010 年版。

易彬：《穆旦评传》，南京大学出版社 2012 年版。

易彬：《穆旦与中国新诗的历史建构》，中国社会科学出版社 2010 年版。

易社强：《战争与革命中的西南联大》，九州出版社 2012 年版。

殷丽玉：《论冯至四十年代对歌德思想的接受与转变》，《文学评论》2002 年第 4 期。

余斌：《西南联大：昆明天上永远的云》，云南人民出版社 2015 年版。

余斌：《西南联大的背影》，生活 · 读书 · 新知三书店 2017 年版。

余永祥：《一幅色彩斑驳的湘西历史画卷》，《湘潭大学学报》1981 年第 1 期。

虞云国编著：《程应镠先生编年事辑》，上海人民出版社 2016 年版。

袁可嘉：《半个世纪的脚印》，人民文学出版社 1994 年版。

袁可嘉：《新诗现代化》，生活 · 读书 · 新知三联书店 1988 年版。

袁可嘉：《现代英诗的特质》，《文学杂志》1948 年第 12 期。

袁伟时：《蒋介石在 1943 年——强国梦与宪政之路》，《炎黄春秋》2003 年第 7 期。

《云南文史资料选辑》（34），云南人民出版社 1988 年版。

臧棣：《袁可嘉：40 年代中国诗歌批评的一次现代主义总结》，《文艺理论研究》1997 年第 4 期。

臧克家：《悲愤满怀苦吟诗》，《新文学史料》1980 年第 3 期。

张寄谦编：《联大长征》，新星出版社 2010 年版。

张景华：《论〈西南采风录〉的情歌文化》，《云南师范大学学报》（哲学社会科学版）1992 年第 4 期。

张玲霞：《清华校园文学论稿：1911—1949》，清华大学出版社 2002 年版。

张曼菱：《西南联大行思录》，生活 · 读书 · 新知三联书店 2013 年版。

张传敏：《民国时期的大学新文学课程研究》，人民出版社 2010 年版。

张曼仪：《卞之琳著译研究》，香港中文大学出版社 1989 年版。

张松建：《现代诗的再出发——中国四十年代现代主义诗潮新探》，北京大学出版社 2009 年版。

张同道：《探险的风旗——中国现代主义诗潮回眸》，《文学评论》1996 年第 3 期。

张同道：《探险的风旗——论 20 世纪中国现代主义诗潮》，安徽教育出版社 1998 年版。

张天星：《报刊与中国文学的近代转型》，复旦大学出版社 2015 年版。

张天翼：《张天翼文集》，上海文艺出版社 1993 年版。

张新颖：《沈从文的前半生（1902—1948）》，上海三联书店 2018 年版。

张新颖编：《生命流转，长河不尽》，北岳文艺出版社 2015 年版。

张新颖：《学院空间、社会现实和自我内外——西南联大的现代主义诗群》，《当代作家评论》2001 年第 1 期。

张岩泉：《20 世纪 40 年代中国现代主义诗歌研究》，华中师范大学出版社 2012 年版。

章斌：《罗伯特·白英〈当代中国诗选〉的编撰与翻译》，《中国现代文学研究丛刊》2012年第3期。

赵家璧主编：《中国新文学大系》，良友图书印刷公司1935年版。

赵捷民：《忆西南联大的几位文史教授》，《云南师范大学学报》（哲学社会科学版）1986年第1期。

赵慧编：《回忆纪念闻一多》，武汉出版社1999年版。

赵瑞蕻：《离乱弦歌忆旧游》，湖北人民出版社2008年版。

赵㻛：《历史观念、文化心态与文学研究：评姚丹〈西南联大历史情境中的文学活动〉》，《中国现代文学研究丛刊》2001年第1期。

赵园：《沈从文构筑的"湘西世界"》，《文学评论》1986年第6期。

赵学勇：《沈从文与东西方文化》，兰州大学出版社1990年版。

郑会欣：《战时后方高级知识分子的生活贫困化——以几位著名教授的日记为中心》，《抗日战争研究》2018年第1期。

郑敏、李润霞：《诗与哲学的起点——郑敏访谈》，《新诗评论》2005年第1期。

郑敏：《诗歌与哲学是近邻——结构—解构诗论》，北京大学出版社1999年版。

郑以纯：《联大风光》，《宇宙风·乙刊》1940年版，第28页。

钟叔河编：《周作人文类编》，湖南文艺出版社1998年版。

周锋：《中国现代知性诗学研究》，人民文学出版社2013年版。

周佳荣：《开明书店与五四新文化》，香港中华书局2009年版。

周礼红：《郑敏创作思想研究》，中央编译出版社2014年版。

朱成甲：《北京大学与五四运动——兼论北大与教育救国、文化救国思潮的内在联系》，《北京大学学报》（哲学社会科学版）2000年第3期。

朱栋霖、丁帆、朱晓进：《中国现代文学史》，高等教育出版社1999年版。

朱光潜：《朱光潜全集》，安徽教育出版社1993年版。

朱乔森编：《朱自清全集》，江苏教育出版社1996年版。

朱寿桐：《汉语新文学通史》，广东人民出版社2010年版。

朱自清：《新诗杂话》，岳麓书社2011年版。

Payne, Robert, *China Awake*, New York: Dodd, Mead and Company, 1945.

Payne, Robert, *Journey to Red China*, London: W. Heinemann, 1947.

Payne, Robert, *Mao Tsê-tung*, *Ruler of Red China*, New York: Schuman, 1950.

Payne, Robert, *Forever China*, New York: Dodd, Mead and Company, 1945.

Pony, White and Robert Payne, eds., *An Anthology of Chinese Poetry from the Earliest Times to the Present Day*, New York: John Day Company, 1947.

Shen Tseng-wen, *The Chinese Earth*: *Stories*, translated by Ching Ti and Robert Payne, London: G. Allen & Unwin, 1947.

Yüan, Chia-hua and Robert Payne, eds. and tr., *Contemporary Chinese Short Stories*, New York: N. Carrington, 1946.

后　　记

“万里长征，辞却了五朝宫阙。暂驻足衡山湘水，又成离别。绝徼移栽桢干质，九州遍洒黎元血，尽笳吹、弦诵在山城，情弥切。　千秋耻，终当雪，中兴业，须人杰。便一成三户，壮怀难折。多难殷忧新国运，动心忍性希前哲。待驱除仇寇，复神京，还燕碣。”

这首满江红是西南联大的校歌，记录了联大师生的南迁之路、不屈之志和北归之愿。1938 年 4 月，于抗日战争全面爆发后即踏上南迁征途的北京大学、清华大学、南开大学，几经辗转终于到达云南昆明，并正式更名为国立西南联合大学，下设文学院、理学院、工学院、法商学院、师范学院，在昆八年，弦诵不辍。抗战胜利后，组成西南联大的三校于 1946 年复员北返，师范学院作为回馈云南人民的礼物，整建制留在昆明独立办学，定名国立昆明师范学院，1950 年改名昆明师范学院，1984 年更名云南师范大学。作为西南联大在昆明的唯一余脉，云南师范大学继承了西南联大草木苍翠的校园、刚毅坚卓的校训、沉郁坚忍的校歌和求实奋进的精神，历经 86 载的更迭发展，始终深耕西南边疆师范事业，被誉为“红土高原上人民教师的摇篮”。

正如我的导师罗岗教授序中所言，我的本科和硕士均就读于云南师范大学，硕士毕业后留校任教，可以说从 18 岁起，云南师范大学就与我的人生成长密不可分。随着对学校历史的深入了解，我对西南联大也产生了非常浓厚的兴趣，因此在攻读博士不久，便在罗老师的支持和指导下把西南联大的文学教育定为了博士论文选题，并由此开始了对西南联大更为聚焦的学习和研究。

当年，钱穆先生在西南联大任教期间完成了《国史大纲》，他在书中写下这样一段话：“值此创巨痛深之际，国人试一翻我先民五千年来惨淡创建之史迹，一棒一条痕，一掴一掌血，必有渊然而思，憬然而悟，揪然而悲，奋然而起。”当我们隔着 80 多年的时光回望那段历史，千秋耻已经雪，但是中兴业仍然需人杰。

随着一页页资料的打开，我仿佛重新回到历史现场，一个真实、立体的西南联大逐渐在我眼前展开。在我看来，西南联大并不是传奇，更不是神话，而是一群有责任有担当的知识分子在共赴国难之时挺起的民族脊梁。战争使象牙塔中的师生必须直面流亡甚至死亡，“国破山河在”对于他们来说并不是一句古诗，而是眼前的现实。西南联大师生在艰难岁月中坚持教学以吸取人类思想的精髓，在严酷的社会生活中磨砺意志品质。当大学才情与当代敏感相结合，当文化的价值和时代的意义共同嵌入到文学教育中时，才最终形成了西南联大文学严肃纯洁的精神品格和正大从容的浩然之气。

这本小书是我的博士学位论文，是我学习和研究西南联大过程中收获的第一个小果子，实在是青涩粗糙不成样子。在我校对书稿的过程中，在华东师大求学的时光又在眼前。

华东师大是我的童年梦想，但由于种种原因，直到攻读博士研究生，我才得以进入她的怀抱。闵行校区的通讯地址是东川路 500 号，学校周围是剑川路、金平路、鹤庆路、华宁路……这些路名全部都来自云南。当我这个花了 13 年终于圆梦的云南学生看见周边路名之时，欢天喜地又一厢情愿地相信这是我与华东师大奇妙而又美好的缘分。虽然此刻我身在昆明，但在我心中，闵行图书馆里的灯火依然耀眼，教学楼前的粉樱玉兰如约绽放，樱桃河畔的垂柳腊梅仍存幽香，十一月校园中不扫的落叶照样浪漫，和师长同门结下的革命友情，既是曾经在上海这座城市里的温暖记忆，更是现在从祖国四面八方连接我们的深情厚谊。

我的这本小书即将付梓，心中充满感激。感谢我的导师罗岗教授，他在学习中给我指导，以渊博知识和深广视野为我打开新世界的大门，在我毕业后仍然扶持我的成长，愿意百忙中为我作序；他在工作中做我榜样，身体力行为我示范良师益友的敬业爱岗。难忘一次次在老师办公室的谈话，那都是当我遇到困难时至关重要的答疑解惑；难忘一条条长语音长文字的微信留言，那都是我远在千里之外时仍然得到的恳切指导。这些耐心亲切的谆谆教诲，有问必答的细致指点，既让我在学习上获益良多，也教给我做一个好老师的言行和品格。

感谢培养我的云南师范大学和我工作的国际汉语教育学院，这本小书的出版经费得到了学校和学院的全力支持；感谢我的责任编辑慈明亮和责任校对杨林，给我颇多帮助指点又包容我的拖沓延宕；感谢我的爸爸妈妈全力支持我的学习和工作，让我完全没有后顾之忧；感谢我的先生做我的坚强后盾，让我们的小日子过得有滋有味；感谢我的爱猫黑豆白果，这两只曾经流浪的小家伙，总是有情有义地睡在电脑旁书桌边，陪伴我度过每一个挑灯苦战的学习夜晚。

却顾所来径，苍苍横翠微。感谢求学路上经过的一切困顿挫折、迷茫歧路，它们最终都变成了珍贵的磨砺。更加感谢前行途中收获的所有教导帮助、鼓励支持，它们全部都化为了动力和勇气。

今年春天，我和先生喜得爱女青舟，就把这本小书当做一份特别的礼物送给初生的她吧，百日方始，未来可期。

感念亲情温柔，师恩难忘，友谊绵长，今后唯有不断努力，方不负这一切美好相遇。

2024 年夏于昆明